文學理論的興起

晚清民初的一份知識檔案

馬　睿　著

民國文學與文化系列論叢

文史哲出版社印行

國家圖書館出版品預行編目資料

文學理論的興起：晚清民初的一份知識檔案
/馬　睿著--. --初版 -- 臺北市：文史哲，
　民 106.02　頁；公分（民國文學與文化
　系列論叢；6）
ISBN 978-986-314-355-0（平裝）

1.中國文學史　2.現代文學　3.文學評論

820.908　　　　　　　　　　106002463

民國文學與文化系列論叢　6

文學理論的興起
晚清民初的一份知識檔案

著　　者：馬　　　　　　　　　　　　睿
出 版 者：文　史　哲　出　版　社
　　　　　http://www.lapen.com.tw
　　　　　e-mail：lapen@ms74.hinet.net
登記證字號：行政院新聞局版臺業字五三三七號
發 行 人：彭　　　正　　　雄
發 行 所：文　史　哲　出　版　社
印 刷 者：文　史　哲　出　版　社
　　　　　臺北市羅斯福路一段七十二巷四號
　　　　　郵政劃撥帳號：一六一八〇一七五
　　　　　電話886-2-23511028 · 傳真886-2-23965656

定價新臺幣四二〇元

二〇一七年（民一〇六）二月初版

文學理論的興起
晚清民初的一份知識檔案

目　次

總序 一

民國文學史觀的建構
—— 現代文學研究的新思維與新視野

張堂錡

一

　　「民國文學」是有關中國現代文學學科研究歷史進程中，繼「中國新文學」、「中國現代文學」、「20 世紀中國文學」、「百年中國文學」之後，近期出現並開始受到重視與討論的一種新的學科命名與思維方式。它的名稱、內涵與意義都還在形成、發展的初始階段。類似的思維與說法還有「民國史視角」、「民國視野」、「民國機制」等。這些不同的名稱，大抵都不脫一個共同的「史觀」，那就是回歸到最基本也最明確的時間框架上來進行闡釋。陳國恩〈關於民國文學與現代文學〉即明確指出：「作為斷代文學史，民國文學中的『民國』可以是一個時間框架。就像先秦文學、兩漢文學、魏晉南北朝文學、隋唐文學和宋元明清文學中的各

個朝代是一個時間概念一樣，民國文學中的民國，是指從辛亥革命到 1949 年中華人民共和國成立這一時段。凡在這一時段裡的文學，就是民國文學。」這應該是大陸學界對「民國文學」一詞較為簡單卻完整的解釋。

北京師大的李怡則提出「民國機制」的說法，他在〈民國機制：中國現代文學的一種闡釋框架〉中也認為：「民國機制就是從清王朝覆滅開始，在新的社會體制下逐步形成的推動社會文化與文學發展的諸種社會力量的綜合」，然而，「隨著 1949 年政權更迭，一系列新的政治制度、經濟方式及社會文化氛圍、精神導向的重大改變，民國機制自然也就不復存在了。中國文學在新的機制中發展，需要我們另外的解釋。」當然，他們也都注意到了「民國」從清王朝－中華民國－中華人民共和國的線性時間概念之外的更豐富意義，例如陳國恩提到了民國的價值取向；李怡也強調必須「從學術的維度上看『政權』的文化意義，而不是從政治正義的角度批判現代中國的政治優劣」，他認為這樣的「民國文學」研究是「對一個時代的文學潛能的考察，是對文學生長機制的剖析，是在不迴避政治型態的前提下尋找現代中國文學的內在脈絡。」

面對大陸學界出現的這些不同聲音，在台灣的現代文學研究者已經不能再視而不見，如何在一種學術交流、理性互動、嚴謹對話、多元尊重的立場上進行對相關議題的深入討論，應該說，對兩岸學者都是一次難得的「歷史機遇」。台灣高喊「建國百年」，大陸紀念「辛亥百年」，一個「民國」，各自表述。但不管怎麼說，「民國」開始能夠被大陸學界接

受並引起討論熱潮，這本身就是一種試圖突破既有現代文學研究框架的努力，也是大陸學界在意識型態方面對「民國」不再刻意迴避或淡化的一種轉變。正是在這種轉變中，我們看到了中國現代文學研究的新契機。

二

　　民國文學不是單一的學術命題，不論從研究方法或視野上來看，它都必須涉及到民國的歷史、政治、經濟、教育、法律、文化、社會與思想等諸多領域，它必然是一個跨學科、跨地域、跨國別的學術視角，彼此之間的複雜關係說明了此一命題的豐富性與延展性。

　　必須正視的是，台灣對「民國」的理解是以「建國百年」為前提，而大陸學界則是以「辛亥百年」為前提，如此一來，大陸對「民國」的解釋是一個至 1949 年為止的政權，但台灣則是主張在 1949 年之後「民國」依然存在且持續發展的事實。拋開歷史或政治的解釋權、主導權不論，「民國」並未在「共和國」之後消失，這是不爭的事實。因此，在討論民國文學與文化之際，就會出現 38 年與 100 年的不同史觀。箇中複雜牽扯的種種原因或現實，正是過去對「民國文學」研究難以開展的限制所在。而恰恰是這樣的分歧，李怡所提出的「民國機制」也就更顯得有其必要性與可操作性。他說 1949 年政權更迭之後，民國機制不復存在，指的是「中華民國在大陸」階段，共和國機制在 1949 年之後取代了民國機制，但是「中華民國在台灣」階段，要如何來解決、解釋，「民國

機制」其實可以更靈活地扮演這樣的闡釋功能。

「民國文學」的提出，並不是要取代「現代文學」，事實上也難以取代，因為二者的側重點不同，前者關注現代文學中的「民國性」，後者關注民國文學的「現代性」，這是一種在相互參照中豐富彼此的平等關係。現代性的探討，由於其文學規律與標準難以固定化，使得現代文學的起點與終點至今仍是一種遊移的狀態，從晚清到辛亥，從五四到1949，再由 20 世紀到 21 世紀，所謂文學的「現代化」與「現代性」都仍在發展之中。「民國性」亦然。從時間跨度上，現代文學涵蓋了民國文學，但在民國性的發展上，它仍在台灣有機地延續著，二者處於平行發展的狀態，不存在誰取代誰的問題。

在大陸階段的民國性，是當前大陸「民國文學」研究的重心，它有明確的歷史範疇與時間框架，但是在台灣階段的民國性，保留了什麼？改變了什麼？在與台灣在地的本土性結合之後，型塑出何種不同面貌的民國性呢？這是兩岸學者都可以認真思考的問題。

民國文史的參照研究，其重要性無庸置疑，而其限度與難度也在預料之中。「民國文學」作為一個學術的生長點，其意義與價值已經初步得到學界的肯定。現代文學的研究，在經過早期對「現代性」的思索與追求之後，發展到對「民國性」的探討與深究，應該說也是符合現代文學史發展規律的一次深化與超越。在理解與尊重的基礎上，兩岸學界確實可以在這方面開展更多的合作機會與對話空間。

三

　　為了呼應並引領這一充滿學術生機與活力的學術命題，政大文學院與北京師範大學於 2014 年幾乎同時成立了「民國歷史文化與文學研究中心」，四川大學、四川民族大學也相繼成立了類似的研究中心；政大中文研究所於 2015 年正式開設「民國文學專題」課程；以堅持學術立場、文學本位、開放思想為宗旨的學術半年刊《民國文學與文化研究》，在李怡、張堂錡兩位主編的策劃下，已於 2015 年 12 月在台灣出版創刊號；由李怡、張中良主編的《民國文學史論》、《民國歷史文化與中國現代文學研究》兩套叢書則分別由花城出版社、山東文藝出版社出版，在學界產生廣泛的迴響。規模更大、影響更深遠的是由李怡擔任主編、台灣花木蘭出版社印行的《民國文化與文學研究文叢》，自 2012 年起陸續出版了《五編》七十餘冊，計畫推出百餘冊，這套書的出版，對現代中國文學研究打開了新的學術思路，其影響力正逐漸擴大中。

　　對「民國文學」研究的鼓吹提倡，台灣的花木蘭出版社可以說扮演了積極推動的重要角色。自 2016 年 4 月起，由劉福春、李怡兩人主編的《民國文學珍稀文獻集成》叢書第一輯 50 冊正式發行，並計畫在數年內連續出版這套叢書上千種，這真是令人振奮也令人嘆為觀止的大型學術出版計畫！

　　從 2016 年 8 月起，文史哲出版社也成為民國文學研究的又一個重要學術平台，除了山東文藝出版社授權將其出版的

《民國歷史文化與中國現代文學研究》叢書 6 本交由文史哲出版社出版之外，其他有關民國文學研究的學術專著也將列入新規劃的《民國文學與文化系列論叢》中陸續出版，如此一來，民國文學研究將有了一個集中展現成果、開拓學術對話的重要陣地，這對兩岸的民國文學研究而言都是一個正面而積極的發展。文史哲出版社是台灣學術界具有代表性的老字號出版社，經營四十多年來，出版過的學術書籍超過三千種以上，對兩岸學術交流更是不遺餘力，彭正雄社長的學術用心與使命感實在讓人欽佩！這次願意促成這套叢書的出版，可說是再一次印證了彭社長的文化熱忱與學術理念。

　　我們相信，只要不斷的耕耘，這套書的文學史意義將會日益彰顯，對民國文學的研究也將會在這個基礎上讓更多人看見，並在現代文學領域產生不容忽視的影響力。對於「民國文學」的提倡與落實，我們認為是一段仍需持續努力、不斷對話的過程，但願這套叢書的問世，對兩岸學界的看見「民國文學」是一個嶄新而美好的開始。

2016 年 7 月，台北

總序 二

民國歷史文化與中國現代
文學研究的新可能

李　怡

　　中國現代文學發生發展的社會歷史背景是「民國」，從民國歷史文化的角度考察中國現代文學，既是這一歷史階段文化自身的要求，也是中國現代文學研究新的動向。

　　中國現代史上的「中華民國」是現代中國歷史進程的重要環節，無論是作為「亞洲第一個共和國」的歷史標誌，還是包括中國共產黨人在內的全體中國人都曾為「民國」的民主自由理想而奮鬥犧牲的重要事實，「民國」之於現代中國的意義都是值得我們加以深究的。與此同時，中國現代文學的「敘史」也一直都在不斷修正自己的框架結構，從一開始的「新文學」、「現代文學」到1980年代中期的「二十世紀中國文學」，每一種命名的背後都有顯而易見的歷史合理性，但同時又都不可避免地產生難以完全解決的問題。「新文學」在特定的歷史年代拉開了與傳統文學樣式的距離，但「新」

的命名畢竟如此感性，終究缺乏更理性的論證；「現代文學」確立了「現代」的價值指向，問題是「現代」已經成了多種文化爭相解釋、共同分享的概念，中國之「現代」究竟為何物，實在不容易說清楚；「二十世紀中國文學」確立的是百年來中國文學的自主性，但是這樣以「世紀」紀年為基礎的時間概念能否清晰呈現這一文學自主的含義呢？人們依然不無疑問。正是在這樣一種背景上，關於中國現代文學「敘史」的「民國」定位被提了出來，形成了越來越多的「民國文學史」命名的呼籲。

「民國文學」的設想最早是從事現代史料工作的陳福康教授在 1997 年提出來的[1]，但是似乎沒有引起太多的注意；2003 年，張福貴先生再次提出以「民國文學」取代「現代文學」的設想，希望文學史敘述能夠「從意義概念返回到時間概念」[2]，不過響應者依然寥寥。沉寂數年之後，在新世紀第一個十年即將結束的時候，終於有更多的學者注意到了這個問題，特別是最近兩三年，主動進入這一領域的學者大量增加。國內期刊包括《中國社會科學》、《文學評論》、《中國現代文學研究叢刊》、《文藝爭鳴》、《海南師範大學學報》、《鄭州大學學報》、《現代中國文化與文學》都先後發表了大量論文，《文藝爭鳴》與《海南師範大學學報》等還定期推出了專欄討論。張中良先生進一步提出了中國現代

1　陳福康：《應該「退休」的學科名稱》，原載 1997 年 11 月 20 日《文學報》，後收入《民國文壇探隱》，上海書店出版社 1999 年。
2　張福貴：《從意義概念返回到時間概念 —— 關於中國現代文學的命名問題》，香港《文學世紀》2003 年 4 期。

文學研究的「民國史視角」問題，我本人也在宣導「文學的民國機制」研究。在我看來，「民國文學」研究的興起十分正常，它們都顯示了中國現代文學研究在經歷了半個多世紀的探索之後一次重要的學術自覺和學術深化，並且與在此之前的幾次發展不同，這一次的理論開拓和質疑並不是外來學術思潮衝擊和感應的結果，從總體上看屬於中國學術在自我反思中的一種成熟。

　　當前學界的民國文學論述正沿著三個方向展開：一是試圖重新確立學科的名稱，進而完成一部全新的現代文學史；二是為舊體文學、通俗文學等「新文學」之外的文學現象回歸統一的文學史框架尋找新的命名；三是努力返回到歷史的現場，對民國社會歷史中影響文學的因素展開詳盡的梳理和分析，結合民國文學歷史的一些基本環節對當時的文學現象進行新的闡述和研究。在我看來，前兩個方向的問題還需要一定時間的學術積累，並非當即可以完成的工作，否則，倉促上陣的文學史寫作，很可能就是各種舊說的彙集或者簡單拼貼，而第三個方面的工作恰恰是文學史認識的最堅實的基礎，需要我們付出扎實的努力。

　　從民國歷史文化的角度研究中國現代文學，可以為我們拓展一系列新的學術空間。

　　例如民國經濟形態所造就的文學機制，民國法制形態影響下的文學發展，民國教育制度的存在為文學新生力量的成長創造怎樣的文化條件、為廣大知識分子的生存提供怎樣的物質與精神的基礎等等。還有，仔細梳理中國現代作家的「民國體驗」，就能夠更加有效地進入他們固有的精神世界與情

感世界，為我們的中國現代文學提出更實事求是的解釋。

　　當然，討論中國現代文學的「民國」意義，挖掘其中的創造「機制」絕不是為了美化那一段歷史。在現代中國文化建設的漫長里程中，在我們的現代文化建設目標遠遠沒有完成的時候，沒有任何一段歷史值得我們如此「理想化處理」，嚴肅的學術研究絕不能混同於大眾流行的「民國熱」。今天我們對歷史的梳理和總結是為了呈現 20 世紀上半葉中國文學發展的一些可資借鑒的機制，以為未來中國文學的生長探尋可能 —— 在過去相當長的歷史中，我們習慣於在外國文學發展的歷史中尋找我們模仿的物件，通過介紹和引入西方文學的各種模式展開自己。殊不知，其中的文化與民族的間隔也可能造成我們難以逾越的障礙。如今，重新返回我們自己的歷史，在現代中國人自己有過的歷史經驗和智慧成果中反思和批判，也許就不失為一條新路。

　　呈現在讀者諸君面前的這一套「民國文學與文化系列論叢」，試圖從不同的方向挖掘「以歷史透視文學」的可能。這裡既有新的方法論的宣導 —— 諸如「民國」作為「方法」或者作為「空間」的含義，也有不同歷史階段的文學新論，有「民國」下能夠容納的特殊的文學現象梳理 —— 如民國時期的佛教文學，也有民國文學品種的嶄新闡述。它們都能夠帶給我們對於歷史和文學的一系列新的感受，雖然尚不能說架構起了民國歷史文化現象的完整的知識結構，卻可以說是開闢了文學研究的新的可能。但願我們業已成熟的中國現代文學研究，能夠因此而思想激蕩、生機勃發。

2014 年 6 月，北京

緒　論

　　本書所謂「文學理論的興起」，包含多重含義：一是文學理論作為一門學科在中國形成，是謂學科的誕生；二是輸入和移植各種外來文學理論的熱潮興起，是謂理論輸入的勃興；三是文學理論取代傳統文論成為現代中國主要的文學知識形態，是謂新的知識形態和新的知識生產方式的產生；四是文學理論在現代中國的社會文化變革中發揮了重要作用，是謂文學理論之社會文化價值的增長。換言之，晚清以來幾代學人經歷和參與的文學理論的發展是一種現代性的知識建構，它同時擁有兩種歷史，即作為專業知識的歷史和作為社會話語的歷史。1898 年京師大學堂的設立，是中國現代教育史、學術史上的一個標誌性事件，儘管此時的學科分類和課程設置還明顯帶有傳統知識形態和儒家意識形態的烙印，但西方學科體系和知識理念的影響已正式見諸官方教育檔，制度層面的實際操作也已開始。中國文學知識從傳統形態向現代形態的轉變，以及由此產生的文學理論的學科化，也正是以此為起點。同時，京師大學堂是維新變法這一政治文化實踐的產物，這意味著現代學科建制以及作為一種現代知識的文學理論，一開始就與中國社

會對現代政體、現代政治文化倫理的探索結下了不解之緣。現代學科體系和現代政治文化，這兩大基因奠定了此後一個世紀中國文學理論的總體形態。因而考察文學理論這門學科在中國的形成過程，就如同打開了一份厚重的知識檔案。

一

文學理論的學科化過程是在兩種歷史的絞纏中展開的。

文學理論成為專業性學科，是現代性分化原則作用於知識領域的產物。西方先於中國經歷這一過程。在中國，文學理論作為專業知識的身份是在西學介入和傳統文論式微的過程中確立起來的，無須諱言，它在成立之初就是一門西化學科，並非本土文論自發演化的結果。清末民初之際，仿效西方模式發展出來的現代高等教育和學術建制，通過學科設置和課程設置，全面重構了中國的知識體系，形成當時所謂「新學」的體制性基礎，文學理論依託於這一體制走上專業化、學科化的道路，並成為「新學」的一個分支。

文學概論課程的開設是文學理論學科形成的標誌。1913 年的《教育部公佈大學規程》已列出「文學概論」這一課程，但未被列入中國文學科，而是外國文學科下

設的課程，[1]可見是對西方課程體系的直接輸入。1917 年，北京大學開始討論在中國文學科開設「文學概論」，但據當時《國立北京大學學科課程一覽》記載，直至 1920 年這門課程才真正進入大學課堂，當年講授這一課程的教師是周作人。[2]也是在這一年，留美歸國的梅光迪在南京高等師範學校第一屆暑期學校開講文學概論課程。[3]課程開設促使教材編選被提上議事日程，早期的文學概論教材，要麼是從國外直接引進的，影響較大、傳播較廣的有美國人溫徹斯特（C T Winchester）的《文學評論之原理》（Some Principles of Literary Criticism）、日本人本間久雄的《文學概論》等；要麼是中國學者借鑒、模仿其框架體例編寫而成的，如劉永濟的《文學論》、田漢的《文學概論》等。早期文學概論課程的講授者，也大都有留學經歷，無論取道日本還是直抵歐美，他們的知識結構顯然都經過了西學的重塑。

---

[1] 璩鑫圭、唐良炎編：《中國近代教育史資料彙編·學制彙編》，上海：上海教育出版社，1991 年，第 698~699 頁。

[2] 《國立北京大學學科課程一覽》現藏北京大學檔案館，轉引自程正民、程凱：《中國現代文學理論知識體系的建構——文學理論教材與教學的歷史沿革》，北京：北京大學出版社，2005 年，第 6 頁。

[3] 據王德滋主編《南京大學百年史》記載，1920 年夏，南高師首次舉辦暑期學校，見《南京大學百年史》，南京：南京大學出版社，2002 年，第 86 頁；梅光迪在 1920 年南高師暑期學校講授文學概論課程，有當時參加該課程的學生楊壽增、歐梁記錄整理的《文學概論講義》為證，收入梅鐵山、梅傑主編：《梅光迪文存》，武漢：華中師範大學出版社，2011 年，第 67~91 頁；另可參見眉睫（梅傑）：《梅光迪和他的〈文學概論〉》，載《中華讀書報》，2012 年 10 月 17 日；此外 1920 年《北京大學日刊》所載《南京高等師範學校暑期學校一覽》也有相關記載。

　　學科建制、課程開設、早期師資構成以及教材使用情況，都顯示西學影響對文學理論在中國現代學科體系中的確立起到了至關重要的作用。但強調文學理論的現代屬性、西學屬性，並不是說它像社會學、心理學等現代學科一樣完全是移植的，在本土傳統中沒有相關資源。相反，有關文學的知識一直是中國傳統學術的核心，因而如何處理傳統與西學的關係，如何實現傳統的現代轉換也一直是中國文學理論學科建構中自設的基礎命題。在文學理論作為專業知識的歷史中，有著大量關於中西關係、傳統與現代關係的學理性思考。

　　在近代中國，文學理論同時也承襲了傳統文論作為社會話語的身份，並從西方資源中為這一身份找到合法性依據。社會話語是擁有一定話語權的主體對重要的社會公共問題的表述，而且通過這些表述形成了被普遍接受的、相對穩定的術語、概念。在作為社會話語的歷史中，文學理論深度捲入了百年來中國社會的政治文化實踐，參與了新文化的建構，參與了對國家、民族出路的探索，甚至成為國家意識形態話語的一部分。自晚清直至 20 世紀 80 年代，中國每一次重要的社會文化變革，文學理論都不能置身事外。或是主動參與或是被動捲入，文學理論都在此過程中獲得了學術之外的權力，當然也承受了學術之外的負荷和責難。在很多時候，中國文學理論作為社會話語的重要性遮蔽了它作為學術話語的專業性，對學理的尊重讓位於對立場的表達，這使得文學理論學科在相當長時期內難以建立或堅持學術規

範，難以進行有效的學術積累。

這兩種歷史並非井水不犯河水地分頭發展，而是相互介入、相互塑型。概念、術語的形成演化，學術資源的選擇，以及學科體制的建構，本來都屬於文學理論作為專業知識的歷史，但文學理論作為社會話語所擔負的功能也對這些歷史過程發生實際影響。比如「新文學」、「新詩」、「審美」等概念的產生，西方文藝思潮和學術著作的輸入、譯介，文學理論在現代文學教育體系中的位置，左翼文學理論對「現實主義」的徵用，不同理論體系的分歧和論爭，就是在兩種歷史的糾葛中成形的。面對這樣的歷史，知識社會學的思路或許能夠為我們的學術史考察提供一個有效的敘述模式：專業知識和社會話語之間形成的張力主導著百年中國文學理論的發展軌跡，既使文學理論成為一個思想活躍、信息量豐沛的知識領域，也使文學理論對自身的定位無法成為一個純粹的學理性問題。在多重壓力之下，角色焦慮、身份錯位幾乎是百年中國文學理論的常態。

二

置身兩種歷史之中的中國文學理論長期遭遇來自道德、傳統、西學以及持續變化的學科理念等方面的多重壓力，時常陷入倫理的困境和學理的困惑，並表現出知識建構上的混亂和自主性的缺乏。

（一）道德困境：社會倫理與學術倫理的分裂和博

弈

　　在前現代中國，文論並不是作為一門專業知識而存在的，它衍生於意識形態話語，是社會文化倫理的核心支撐，也是知識群體表達政治意見的一種重要方式，因此傳統文論在闡述文學主張的同時也就是在承擔社會責任。傳統文論自設並遵循的內在的知識原則與社會對這種知識的要求是一致的，二者之間幾乎不存在衝突，也就是說，學術倫理與社會倫理沒有分裂。「經世致用」即是對這種狀況的經典表述。彼時，知識群體面臨的壓力通常來自現實政治與儒家理想的衝突，這是一種負面力量與正面價值的衝突，是外力壓迫與內心信仰的矛盾，而信仰本身並未產生分裂或危機，只要能夠不計一己之得失對政治威權進行批評，對風俗民情施行教化，就既是「繼絕學」也是「開太平」，同時滿足了知識群體在學術倫理與社會倫理兩個層面上的自我期許。

　　源於西方的現代學術倫理輸入以後，國人對知識的性質與價值有了不同認識，並對傳統學術倫理有所反思有所批評。現代學術倫理的核心是在現代性分化原則下形成的學術獨立理念，「獨立」有兩方面含義：一是獨立於具體的物質功利與道德功利，學問的最高價值是對普遍真理的探索，不應受制於一時一地的立場和標準；二是不同學科各有獨立的適用範圍和價值取向，不應用這一學科的標準和功能去衡量另一學科，也不應囿於現實利益去推崇一些學科而輕視另一些學科。這兩種獨立都意味著學術的終極目的並非直接滿足現實的社會需

求。1911 年王國維在《國學叢刊序》中提出的「學無中西，學無新舊，學無有用無用」之說，是中國知識界對現代學術倫理最為凝練的一種表述，既有具體的針對性，也顯示當時的中國知識界在西方影響下正在形成新的學術倫理。同時期的章太炎也有類似表述，如「僕謂學者將以實事求是，有用與否，固不暇計」，「學者在辨名實，知情偽，雖致用不足尚，雖無用不足卑」[4]云云，此外，章氏對新式教育官學化的嚴厲批評，也體現了現代學術倫理的立場。[5]此後蔡元培、胡適、梅貽琦、郭秉文等一眾文化精英以他們的學術教育活動推動了中國知識界對現代學術倫理的接受、認同和具體實踐，到 20世紀二三十年代，現代學術倫理已在學院知識群體中成為一種共識。

現代學術倫理在中國的確立是受知識精英推動的，同時它也影響了現代知識群體的自我角色認同。遵循學術倫理是學者治學的本分，但無論是學者還是學術，都需要承擔一定的社會責任，尤其是在民眾受教育程度普遍較低且民族生存危機頻仍的情況下。治學，尤其對人文學科而言，固然需要與社會倫理提出的要求保持距離，對其有所反思，但也不應全然無視社會倫理的合理性。如果學術倫理與社會倫理之間產生分歧，兩種需求不能同時滿足，魚與熊掌不可得兼，那麼此時知識群體

---

[4] 章太炎：《章太炎全集》，上海：上海人民出版社，1985 年，第151 頁。

[5] 參見唐文權、羅福惠：《章太炎思想研究》，武漢：華中師範大學出版社，1986 年，第 308 頁。

除了受到外部政治威權的暴力壓制之外，更面臨內在信仰的分裂，面臨自身角色的衝突。當兩種正面價值彼此產生矛盾，信仰本身就難免因道德困境而陷於自我衝突的危機。與社會倫理形成動態的張力，正是現代學術倫理的特點和意義之所在，而且這也在一定程度上刺激了學術的活力和創造力，因而接受了現代學術倫理的中國知識界也就必然遭遇學術倫理與社會倫理的博弈，也遭遇這種博弈給學術活動和學者主體帶來的道德壓力。同時，現代中國的歷史處境加劇了社會倫理對學術倫理的壓力，故而晚年的章太炎一方面堅持求是之學與應用之學「二者各有短長」，另一方面也承認「然以今日中國之時勢言之，則應用之學，先於求是」。 章太炎：《說求學》，轉引自湯志均編：《章太炎年譜長編》，北京：中華書局，1979 年，第 620 頁。而且，在我們的本土資源中也缺乏相應的哲學傳統來支撐純粹求知的合法性，因而現代學術倫理難免根基不穩。

　　現代以來學術倫理與社會倫理的明顯分裂，使角色衝突、顧此失彼成為百年來中國人文學術的最大困擾。而文學理論由於與現實關係密切，與社會意識形態瓜葛頗深，民族性、時代性突出，且專業壁壘相對較弱，學術身份不像其他學科那麼明確，因而更不能拒絕社會倫理的介入，角色衝突的現象在這裡也就更為突出和典型。這種衝突既體現為不同個體對自我角色的不同選擇，以及文學陣營的分化甚至對立，更體現為同一個體在角色定位上的猶豫和反復。

　　回顧現代中國文學理論的歷史，無論是具體考察不同理論觀點的論辯，還是宏觀分析文學理論在學術建構上的特點和規律，都可以看到學術倫理與社會倫理的博弈在其中所起的根本性作用，總體而言，學術倫理相對於社會倫理處於弱勢地位。這一方面是因為現代學術倫理是移植的產物，本土能夠提供給它的文化土壤比較稀薄，另一方面也有必要思考現代學術倫理是否就應該是人文學術的絕對律令。

　　（二）傳統壓力：本土文化遺產的雙重效應

　　中國文學傳統悠久而豐厚，並長期擁有向外輻射的區域影響力，國人對此也頗為自信。而文學理論是在西學模式影響下形成的現代學科，其知識結構、話語形態、價值體系，乃至內含的審美感性，都與西方文學傳統構成一個難以分割的整體。因而中國文學理論的學術建構，先天地需要面對如何對接兩種強大資源的難題。不同民族、不同語種的文學，具有一定共性，可溝通可交流，因此西方文學理論也可有效解釋某些中國文學經驗，並與我們的傳統文論有吻合之處，這是易於對接的部分，但中西文化的差異性也是客觀存在的，外來的知識系統與本土的文學經驗確實存在隔膜，這是現代中國建構文學理論學科的為難之處。西學東漸以來，中國知識界對本土文學傳統的態度頗為矛盾，時而貶抑太過，視之為一無是處的封建遺物，認為其在道德上陳腐，在藝術上落後，這是在急欲追趕西方的心態中對不符合西方標準的文學經驗的排斥（如梁啟超對古典小說戲曲的

指責，陳獨秀所概括的「貴族文學」、「古典文學」、「山林文學」等等）；時而又自視甚高，認為西方知識壓根兒不能理解東方文學的精妙與優越，這是沒有真正認識西方文學傳統，並夾雜了自衛情緒、懷舊心理而產生的偏見。這兩種態度看似一正一反，其實它們都未能有效解決兩種異質資源的對接問題，都是對本土文論傳統與文學理論學科的現代建構之間存在的巨大差異的過激性反應。

這種差異使傳統對現代知識而言不僅是資源，也是壓力和負累。豐厚的本土傳統以兩種方式對現代中國的文學理論建構形成壓力。一方面，移植的西方理論模式如不能處理如此豐富的文學經驗，其有效性、合法性必然會受到質疑，於是就出現上述現象，激進者指責中國文學還沒有發展到與西方同步的程度，保守者則堅稱中國文學有著西方未能企及的獨特優勢，無論哪種反應，都在一定程度上阻礙了我們在接受西方文學理論時對其自身知識邏輯、文化積澱的客觀認知和深入理解，因為我們的精力依然花在自己的一畝三分地上。傳統的壓力，使我們關於西方知識的討論常常集中於「好不好用」，「適不適合中國國情」這樣一些功能性問題，卻不願從學理性上對西方知識進行深究和消化。然而文學理論學科的形成本身是西方知識傳統演化的結果，我們既然放棄了傳統的文論而選擇西方文學理論作為生產文學知識的新模式，卻又疏於對這一知識模式的認知，這就難免使我們的文學理論建構存在先天性的學理不足。

另一方面，延續、發揚本民族文化傳統的要求具有道德優勢，新文學以及現代以來的文學理論，就常被指責造成了傳統的斷裂，造成了「失語」。這些指責正是傳統壓力的體現，暫且不論這些指責在學理上是否無懈可擊，在事實上它限制了文學理論建構中的學術多樣性。為了獲得合法性，既要跟上現代化進程，又要對傳統資源進行現代轉化。這種轉化當然可以，也應該積極嘗試，但它不應成為文學理論建構的唯一目的。文學理論的學科任務是認識人類文學活動，而對本民族文學傳統的清理和發展，對文學所具有的民族性特徵的研究，包含在這一任務之中，但不是其學科任務的全部。

　　在中國這樣一個既具有深厚的本土傳統，但其現代化過程又是因西方入侵而觸發的社會歷史語境中，文化上的現代轉型難免會有某種程度的「西化」，因而也就難以避免在情感上、道德上遭遇傳統壓力。具體到文學理論的學理建構而言，傳統壓力具有雙重效應。從積極的方面看，它迫使中國文學理論一開始就具有中西參照的視野，走出了傳統漢語文論的大一統和中心主義思維，也抵制了西方中心主義的影響。但這也使我們的理論體系有明顯的拼湊痕跡。面對兩種資源，固守本土傳統和全面認同西方都很難在學理上成立，融通中西、熔鑄新知作為治學的理想漸成共識，但知易行難，實際的情況大多只是兩種資源的並置和簡單比照，或者在偏重本土和偏重西方兩端之間遊移。其實學術不是一個人、一代人的事業，要求每個學者都成為大師或通人既不可

能也並無必要，就學術的整體發展而言，我們需要各種
精通一學的專家皓首窮經地從事基礎性工作，為真正的
熔鑄新知完成學術積累。畢竟，對龐雜的西方資源，我
們消化得還遠遠不夠。在這個意義上，解除傳統壓力對
文學理論的發展是有益的。治西學並不意味著否定傳
統，不過是術業有專攻而已，大可不必置學術研究於「忘
本」的憂懼與焦慮之中，也大可不必陷學術研究於不得
不在傳統與西學之間首鼠兩端的境地。

　　（三）西學壓力：國際參與中的話語權問題與角色
分裂

　　　西學同樣也對中國文學理論的建構構成壓力，如果
這種壓力僅僅是知識結構需要更新，學術視野需要擴
大，自身傳統需要反思，那麼這是治學精進的題中應有
之義，這裡所說的「西學壓力」，主要涉及在學術國際
化過程中中國學術如何爭取話語權，如何確立自身學術
身份的問題。

　　　現代化過程同時啟動了全球化過程，「國際依存的
加強」是現代化的本質特徵之一。[6]利用現代化的先發優
勢，西方的規則在很多領域成為國際通行規則，西方模
式被普世化，人文學術領域也不例外，西方學術作為優
勢話語，在國際交流中居於中心地位，其理念與規範往
往都是學術國際化的標誌。在國際學術格局中，中國學

---

[6]　〔美〕吉伯特·羅茲曼主編：《中國的現代化》，國家社會科學基
　　金「比較現代化」課題組譯，南京：江蘇人民出版社，2005 年，
　　第 3 頁。

術事實上位居邊緣。晚清以來，我們就一直在學習、適應西學的模式和標準，這個過程在今天仍未結束。隨著國際文化交流越來越頻繁，越來越深入，學術發展已不可能以自言自語、自娛自樂的方式進行，國際參與的必要性，不僅被中國學界認可，也受到中國主流意識形態的積極推動。但國際參與也給中國的人文學術帶來諸多難題。

　　一是西方標準的問題。我們不是國際學術標準的制定者，這是既成事實，作為這個遊戲的後來者，要參與進去，首先就需要學習、遵守已有的遊戲規則，即使你認為這個規則不那麼合理，也只有參與，才有改變規則的可能。這樣一來，中國學者接受的學術訓練就時常使他們處於分裂狀態，既要批判西方中心論和全盤西化，表達本土立場，又急於與國際接軌，希望熟練掌握西方學術規則，獲得西方學術界的認可，因為西方是國際學術這個大盤上的優勢象徵資本。這種分裂，是在為我們在歷史發展過程中的停滯和落後買單，這一買單行為已持續了一個多世紀，消耗了數代人的心力。當然，任何位居邊緣的力量試圖進入中心，都繞不開這個過程，比如女性主義者、後殖民主義者都不得不用其對立面的話語來進行表述。但有必要追問的是，對人文學科而言，規範標準與學術內容，方法與意識，真能徹底剝離嗎？如果不能，我們又如何保證在國際參與中遊刃有餘的同時還能獨善其身？事實上，女性主義者、後殖民主義者以及一些進入西方學術界的第三世界學者就經常被指責

落入西方中心主義的陷阱，甚至有意無意成為文化掮客。

二是學術身份的問題。在國際參與中，中國人文學術以什麼身份立足？具體到文學理論，我們已經做了很多年的學生，轉益多師，學日本、學歐美、學蘇俄，後來再轉向學歐美，但要參與真正的對話，就不能僅以學生的身份，追隨者的身份。對話得以進行是有一定條件的，通常要求雙方既存在差異，擁有對方不甚瞭解的話題，又要有共同的興趣，有溝通的能力。因此在西學壓力下，或者說在國際化的壓力下，我們回過頭來挖掘民族的傳統，具體方式就是通常所說的挖掘地方性知識的普世價值，這是對傳統的現代加工，是為本土資源打造國際化新形象。可是人文學科中的普世價值並不像自然科學中的普遍原理那樣客觀中性，事實上當今世界的普世價值多為西方主導，因此我們為獲得國際參與中的有效學術身份而追求地方性知識的普世意義，在全球化語境中以本土化為賣點的時候，難免又造成另一種分裂：一方面在努力表述民族性訴求，增加中國學術在國際學術場的占位，爭取話語權；一方面又在用民族的資源證實西方理念的普遍有效性，在獲得一定話語權的同時被西方聲音同化，正如印裔馬克思主義學者艾賈茲·阿赫默德指出的那樣，某些所謂的國際化學術生產與商品市場具有相似的運作規律，它把第三世界的本土經驗作為原材料，用西方的學術方法生產出能夠順利植入西方學術傳統的理論產品，並返銷到第三世界。

西學東漸以來，西學就作為一種優勢性的參照物持

續對中國學術構成壓力，無論中國學界的反應是對抗性的還是認同接納性的，都深度影響了學術發展的目標選擇。當前，這種壓力更以舉國上下的國際化焦慮症的形式體現出來。以上兩種分裂，都與中國學術心態的國際化焦慮直接相關。

其三，西學壓力及其引發的對國際參與的渴望還使我們產生「原創性焦慮」。中國的現代轉型過程伴隨著受挫感，文化學術領域也不例外，因此我們總是很想去證明自己，希望提供出原創的、現代的，具有民族性而又能被世界認可，最好還能夠給世界帶來靈感和啟示的理論學說，從而為國際學術打上中國烙印，推出中國品牌，以緩解國人因不能真正參透「學無中西」而長期承受的西學壓力。然而學術本不必為原創而原創，學術發展是一個從長期積累中迸發出創新的過程，有其自身規律，而且人文學術缺乏活躍的原創能力不僅與學術界自身努力不足有關，也與培植它的社會土壤和文化生態有關，人文學術若脫離了對後者的深刻反思和有效批評，若不能就自身對此種社會文化生態的臣服或迎合進行自我檢討，僅僅單純地追求學術原創性，往好了說是「心嚮往之」，而更常見的結果可能是催生「山寨升級版」。

（四）學科境遇：跨學科趨勢中文學理論的合法性和影響力

文學知識與相關知識領域的互動，貫穿了學術發展的整個歷史，在相當長時期內，文學理論都不是作為一個專業化的學科而存在的；而現代意義上的文學理論學

科的建立，正是為了給文學知識的生產、積累、傳播提供一個專業平臺，使之具有獨立的學科形態，具體而言就是確立專屬的研究物件和研究方法，形成獨立的學科規範和專業化的學者群體。20 世紀上半期一些產生世界性影響的理論流派，如形式主義、新批評、結構主義敘事學等，推動了文學理論的獨立性、自律性的學科定位。在中國，文學理論學科形成之初，它就是在西方學科觀念影響下對知識進行重新分類整合的產物，並改變了文史哲不分的傳統知識形態。雖然由於社會倫理對中國學術的強勢介入，文學理論對自律性、專業化的學科性質的實質要求經常遭到否定，不能維護必要的專業壁壘，但它在學科建制中的位置還是被確立起來了，其學科合法性獲得了形式上的認可。新時期以來，文學理論學界在相對有利的學術文化條件下進一步推進了學科建構以及相關的學理積累，這是對中國文學理論學術史的重要貢獻。

但學術發展總會不斷面臨新的挑戰，世界範圍內人文學術的跨學科發展趨勢引起學界對文學理論的現有知識形態和學科建制的反思。20 世紀後半期，西方文學理論以「文化轉向」體現出的跨學科趨勢，在一定程度上是對 20 世紀前半期學術傾向的反撥，有其內在的學術規律，但同時也是對現實中變化了的文學經驗和文化生活的必要回應，有其社會文化基礎。相關討論和爭議也蔓延到中國文學理論界，這不能只被看作是對西方學術的輸入和跟風，因為最近 20 年來我們也經歷了類似的文化

經驗的變化。建立在現代哲學基礎上的學科化知識體系以及以現代美學為主要理論框架的文學原理，主要是與現代的文學藝術狀況相適應的，主要是以經典作品及其創作、接受活動為研究物件的，雖然在今天仍然需要繼續研究、發展傳承，也仍然應該作為專業學術訓練的重要內容，但也要承認，它對於解釋當下文學活動的變化以及人們在這個過程中形成的新的感性已不是足夠有效。知識物件的變化要求知識形態的更新，文學理論如固守現代知識框架下的學科界限，它在當下的知識有效性就會有所弱化，因此理論界對跨學科的嘗試可以說正是一種應對性的選擇，以動態的物件為中心發展文學理論所需的各種知識，並在此基礎上建構新的理論框架和學科形態，而不是以既有的學科模式對知識進行選擇性建構。這一設想所體現的理論雄心令人振奮，在實際研究中也頗有成就，但它也帶來新的問題。最突出的是相關學科的知識大量湧入，今天的文學理論學科正從社會學、傳播學、視覺文化等領域獲得靈感，但自身的學科空間卻受到擠壓，如果文學理論不能以本學科發展起來的思想資源、研究方法影響帶動其他學科，不能形成跨學科的互動，那麼文學理論的學科影響力和學科合法性就會萎縮。這是今天文學理論面臨的學科壓力，它提出的核心問題是：文學理論在跨學科語境中如何認識自己的學科角色，如何拓展自身的學術生存空間？在西方，敘事學從文學領域向其他領域延伸，文學理論對再現的分析、對接受的研究被批判理論、視覺文化、新媒體研

究廣泛吸收，在國內，前些年關於「文學性」、「日常生活審美化」、「文學作為公共領域」等問題的討論，都體現了提升文學理論跨學科影響力的可能。面對跨學科趨勢帶來的壓力，當下的文學理論建構不僅需要調整知識結構，對變化中的文學經驗和文藝形式保持理論敏感，更重要的是積極探索文學理論作為思想資源和方法論的多種可能性。找到文學理論能夠影響當前學科格局的潛力，是釋放跨學科壓力、解除學科合法性焦慮的最好方式。

三

經歷了文學理論的學科化和跨學科化兩種嘗試，之所以仍然要追溯到一個世紀以前去深究中國文學理論學科化的開端，首先是為了求知與解惑，我們今天從事文學理論的教學和研究所採用的範式慣例，所據有的知識結構，所置身的學術共同體，在很大程度上都與這個開端有直接關係，因此我們試圖檢視學科化知識的實際載體 —— 學術體制、教育體制、知識主體、教材、核心術語 —— 的形成過程，以便將對歷史的認識建立在實證基礎之上，而清理歷史正是認識現實的前提。同時，這種清理也是對現代性知識體系的合理性和有限性進行價值判斷的前提，有助於我們從根本上理解百年中國文學理論何以一再陷入角色焦慮。

作為一個學術領域的專業化過程，文學理論，尤其

是它的學科形態的形成，並不像表面看來那樣僅僅屬於文學理論作為專業知識的歷史，同時也是社會話語作用於現代知識建構過程的歷史，多種力量以不同方式不同程度地參與了這個過程，在中國這些力量的角逐、滲透尤其膠著，對文學理論的建構形成多種壓力：學術倫理與社會倫理之間的分裂導致文學理論的道德困境和角色衝突，也導致學科化過程的曲折；在複雜歷史語境中展開的中西文化交流，使文學理論面對傳統與西學的雙重壓力；當下人文學術日益突出的國際化趨勢和跨學科趨勢，使文學理論不得不重新思考自身在新的學術格局中的學科合法性和文化影響力。中國文學理論的發展軌道、知識形態和具體內容在事實上無法與這些力量剝離開來，甚至在一個術語的演變、一門課程的開設、一部著作的編撰、一個觀點的爭論、一種理論主張的沉浮中都能看到這些力量的存在。

因此，百年中國文學理論既凝結著探索現代化、爭取民族生存空間的努力，也承載著我們民族在思想文化上的創傷和陰暗面：中國文學理論的歷史離不開論爭史，有些時候，這些論爭不僅失去了學術論爭、思想文化論爭的意義，甚至也不是對不同政治見解的真誠表達，而淪為權力紛爭、人事糾葛的工具；中國文學理論的發展也離不開學科建制的發展，有些時候，這些建制在回應學術需求的同時也夾雜著「圈地運動」式的利益衝動和儀式化表演的因素。總之，置身於多重壓力之下的中國文學理論通常不得不同時承擔相互矛盾的功能，

左奔右突，顧此失彼，時常陷於角色分裂和身份選擇的焦慮之中，明瞭此種處境，對於某些不合學理邏輯的觀點大行其道，對於某些論爭的小題大做並演化為重要事件，就不會覺得匪夷所思了。

上編　現代教育：
文學理論學科化的體制基礎

引　言

學科化與知識生產的現代模式

　　對文學理論進行學科化建制意味著文學知識的生產方式已發生變化，簡而言之，就是由古典的通識性生產轉變為現代的專業化生產。這一轉變的根本動力是知識體系的重構，並具體落實於現代教育學術體制的形成，因而新型知識體系為專業化的知識生產方式提供觀念支援，現代教育學術體制則為專業化的知識生產方式提供制度保障和實施平臺。作為這一全域性變化中的一個節點，文學理論的學科化也是以現代教育為體制基礎的。

　　知識體系是從人類的種種認知經驗中抽象出來的文化形式，在一定程度上能夠對抗具體的變化和差異，但長遠來看，它仍然是與一定的社會歷史階段相適應的。前現代的知識體系通常是輻射型的。如果從純理論的意義上講，知識的各個分支應該是並列的，不存在主次之分，但在具體的社會歷史語境中，不同知識領域的受重視程度並不一樣，在知識體系內部形成等級，其中的核心知識具有元理論的性質，產生強大的輻射能力，把自

己這一領域的方法論、價值觀，甚至是表述方式強勢地滲透到其他知識領域，使後者面目模糊，逐漸淪為核心知識的衍生物，比如歐洲中世紀的神學、中國古代的儒家經學，就是這樣的核心知識。在這種情況下，知識生產實質上是圍繞元理論進行再生產，即致力於用元理論解釋一切，當然同時也通過元理論在各個領域的演繹來證實經典的普遍有效性，如此一來，任何領域的知識生產最終都指向「萬變不離其宗」的通識，對知識主體的要求則是哲人或通儒。中國傳統文論對於文學的認識既能全面也能深刻，成就不俗，但在古典知識體系中它始終都是經學的附庸，也始終不能超越經學的思維方式和價值設定。「體大慮周」的《文心雕龍》在劉勰自己看來就是為「敷贊聖旨，枝條經典」而作的。在輻射型知識體系中，只存在核心知識與衍生知識之間的等級，卻不設置各知識分支之間的界限，因此也沒有嚴格的學科意識。現代知識體系恰恰是分治型的，是現代性分化原則的產物。如果說輻射型知識體系是前現代威權政治的需要，分治型知識體系則體現了現代社會的專業化趨勢和科層化管理模式。雖然政治倫理上的優勢並不必然對應於知識體系的優越，但分治型知識體系的出現，至少改變了固有元理論因使用過度而喪失創造力的情況，為思想推進、知識更新開闢了道路，突破了已趨於板結和僵化的知識狀況。分治型知識體系要求各知識領域脫離元理論自立門戶，劃定自己的適用範圍，建立相對獨立的規範和價值標準，形成專業化的學科形態。在這種情

況下，知識生產主要致力於在清理本學科知識傳統和確立專屬研究物件的基礎上建立自身的理論體系和學術規範，發展方法論，對知識主體的要求是訓練有素的專家，通常具有職業身份。相比之下，前現代知識生產對知識主體的個人才能更為倚重，現代知識生產對學術訓練、資格認證和職業精神的依賴性更強。因此，既承擔學術訓練任務又為專家學者提供職業平臺的教育學術體制，必然成為我們理解現代知識生產的第一個切入點，也是我們在分析學科意識何以產生時的首要關注物件。

第一章 西學東漸與中國現代教育的興起

　　在 20 世紀後半葉發展起來的文化社會學為我們分析體制與觀念的關係，分析權力的制度化、符號化提供了理論支援。布迪厄以社會學為本位的理論，試圖把文學藝術研究、美學研究、倫理研究等諸多原屬人文知識的學科發展為社會學科，他關於教育的研究也不例外，將場域理論引入教育分析，實質上體現了教育社會學的研究思路。在構成社會場的各種場域中，教育場具有特殊的重要性，它通常是象徵資本和經濟資本既對抗又合謀的結果，也是教育規律和外在的社會需求相互制約、相互妥協的產物。在布迪厄物質結構—制度—觀念的三位一體結構中，教育場居於中軸點，既是觀念、知識、習性的重要生產機制，又體現了隱蔽的經濟法則在制度的形成和運作中所發揮的作用。在各場域之間的關係網絡中，教育場也居於一個關聯甚廣的節點位置。比如，在文學場、學術場與各種權力場的複雜糾葛中，教育場一方面與文學場、學術場規則的形成有密切關係，例如

現代教育為文學場、學術場的自主化提供支持平臺，推動知識份子成為一支獨立的力量，使藝術和學術因與政治、經濟權力保持距離而獲得象徵資本；但在另一方面，教育場通常也帶動文學場、學術場共同鞏固和再生產政治場、經濟場的既有權力秩序。由於文化資本和經濟資本都是可以累積的，因而那些擁有較好社會出身的個體或階層從他們的生存條件中獲得的配置和習性，使他們更易於獲取優質的教育資源，更適應教育體系的規則，更善於從中取得成功，更有條件無視物質利益而堅持藝術和學術的自主原則，「他們的優勢在於不必被迫完成二流任務來維持生計」[1]，從而憑藉自身的成就，在既有的社會秩序中再次鞏固自己的優勢地位。

因此，在社會發生急劇變遷，打破常規化進程的時候，通常也伴隨著教育場內部的變革與重構。中國現代教育在晚清民初時期的興起和確立，就是教育場與政治場、經濟場、文學場、知識場相互激蕩，重構社會整體配置，推動主導性象徵資本從儒學傳統向西方現代性轉移的生動實例。

第一節　廢科舉、興學校：知識份子主導下的教育改革

科舉取士，是中國傳統文化在制度史上的一大成

---

[1]　[法]皮埃爾·布迪厄：《藝術的法則：文學場的生成和結構》，劉暉譯，北京：中央編譯出版社，2001年，第309頁。

就，用一種易於操作、易於管理的方式把人才的培養選拔、民間教育資源的利用引導、意識形態的控制、經典的傳承、相對公平的社會階層流動管道的建立等各種社會需要整合起來。當然，明清以來對科舉制的抱怨和抨擊也很多，一種聲音是由在這條道路上的受挫者發出的，主要針對科場黑暗、考官昏庸，比如蒲松齡用文字、洪秀全用武力所表達的不滿和抗議。清代人口劇增，17世紀中葉達到 16 億，18 世紀中葉超過 4 億，生員名額雖有擴大，但舉人、進士的名額少有增加，導致科場競爭更趨激烈，從清代中期起，具備官吏資格而尚未授予官職、不得不排隊等待的舉人、貢生日益增多。沒有競爭，不能調動社會的積極性，但競爭的激烈程度超過一定限度，不能有效消化社會因階層流動的需求而積聚起來的能量，則會引發各種社會亂象。另一種批評聲音來自於那些超越了個人際遇的，甚至是既得利益者的理性反思，比如明末清初的顧炎武、黃宗羲、錢謙益等。清中葉以後，這種批評進一步增多，集中針對科舉制的兩大弊端：一是科舉取士對人才的判斷標準，越來越與社會對人才的真實需求相悖；二是以科舉為指揮棒的教育，已到了損害智力、禁錮思想、造就庸人的地步。引發這兩種批評的根本原因，都在於科舉制已越來越不能有效地調配人力資源。科舉制以及與之相應的教育模式的最終崩潰，與此有莫大關係。但是，在西方教育模式進入國人視野之前，因為缺乏替代性制度，這些批評並沒有真正動搖科舉取士的根基，基本上還是希望改良考

試內容，促進經世致用，解除八股時文、帖括之學對儒家經典的狹隘僵化理解。

總體而言，科舉取士是中國傳統社會最重要的一種人力資源配置方式，自唐宋以來，也一直是造就中國傳統知識份子階層的主要方式之一。但知識群體對這個與自身相互依存的制度歷來不乏批判，因為傳統知識階層的自我認同，不僅源於在科舉道路上的成功賦予他們的體制內地位和頭銜，更源於象徵資本——儒家文化所塑造的社會責任感和人格追求，當科舉取士的實際社會效應與儒家社會理想之間的距離越來越遠的時候，當對科舉制度的主動適應有違良知和信仰的時候，部分知識群體往往以背離個人現實利益、放棄政治資本和經濟資本的方式來表達對象徵資本的認同和堅守，來實現對「士」的心理認同。晚清廢科舉、興學校的運動，就體現了這一規律，這基本上是一場知識份子自上而下的實踐。對象徵資本認同度越高的個體，通常越能跳出科舉與自身的利害關係來思考科舉取士的利弊。早期倡議仿效西方興辦新式學校的，主要有兩類人物：一類是科舉考試中的勝利者，如郭嵩燾、王之春；另一類是中途主動放棄科舉道路的，如薛福成先後入曾國藩幕、李鴻章幕而保舉為官，後成為近代傑出的外交人才，又如鄭觀應 16 歲棄學從商，後在商業、實業、教育方面都有不俗成就。這兩類人物對象徵資本的心理需求，要遠遠高於對科舉帶來的實際利益的需求。布迪厄所謂文學場中對象徵資本的「風險投資」，即放棄銷量、放棄官方或主流機構

的認可而追求純粹的藝術價值，這可能帶來長遠的、更大的收益，但也可能一無所獲。不僅是文學場，在很多文化領域都可能體現出這種「象徵資本優先性」的原則，它可能是出於個體對遠期的經濟收益、名望收益的預期，也可能出於心理需求，或者是對某種精神傳統的皈依。中國晚清教育變革中先驅們的選擇，多半屬於後者。

　　由批評八股取士、呼籲改革考試內容，最終發展到廢除科舉，是一種從制度內調整到建立新制度的轉變，是從維護儒家傳統到取消經學特權地位的轉變，其中的轉捩點，在於中西交通以來，知識群體開始「睜眼看世界」。受英法聯軍入侵北京的刺激，洋務派發起「自強運動」，興辦實業，學習外國技術，設同文館翻譯西書並培養外語人才，同時，因戰敗而被迫開放的通商口岸和租界也造成華洋雜處的事實，中國社會與西方的接觸日益增多，逐步深入，切身感受到西方文明的優勢。儒家社會素有重視教育的傳統，官方和民間的有識之士紛紛試圖瞭解西方的學校和教育情況，希望從中找到國富民強的原因以便仿效。這樣，有了西方這個參照物，不僅科舉制度的弊端顯露無遺，儒家知識體系和教育理念的缺陷也逐漸浮出水面，「以孔教自雄」的信念難以維持。窮則思變，對西方教育的討論最初出現在一些零散的個人著述中，比如郭嵩燾出使日記、王之春《蠡測危言》、薛福成《出使四國記》、鄭觀應《盛世危言》等等，隨後，在官員的疏議和奏摺中，這一類內容漸漸增多，在維新變法前後達到頂峰，直到 1905 年科舉制度正

式廢止。相關議論主要集中於以下幾個方面：

　　一、推廣學校，擴大受教育範圍，變傳統的士紳教育為現代的國民教育。

　　當時的觀察者們發現，西方教育對象的範圍比中國傳統教育要大得多，不以年齡、性別、職業、貧富為限，中國傳統教育雖有「有教無類」的聖訓，但實際上只覆蓋了士紳階層。這與教育的內容有關，中國傳統的正規教育一般只涉及經典研讀和文章技法，多是為出仕和發揚道統做準備的，農、工、商所需的知識和技能被排除在外。女性因為被拒絕進入公共領域，自然也就整個地被這種教育排除在外。這是一種典型的士紳教育，以人文教育為主要內容。這種教育不能使受教育者獲得立竿見影的實際收益，因而對教育物件的選擇性極強，即所謂「行有餘力，然後學文」。現代教育則是以國民教育為基礎的，以普及知識、建立公共行為準則和培養技能為主要內容。兩相比較，「非僅為士者有學，即為兵為工為農為商，亦莫不有學」[2]，「士有格致之學，工有製造之學，農有種植之學，商有商務之學，無事不學，無人不學」[3]的西方教育使國人產生深刻的觸動，被認為是歐美列強富國強民的根本，中國如欲走出困局，急需仿效歐西，推廣學校，發展國民教育，普遍提高國民素質。

　　二、改良教學內容，參照西方學科體系重新進行知

---

[2]　薛福成：《出使英法義比四國日記·光緒十七年正月三日記》，長沙：嶽麓書社，1985 年，第 291 頁。

[3]　鄭觀應：《盛世危言》，見夏東元編：《鄭觀應集》（上冊），上海：上海人民出版社，1982 年，第 595 頁。

識分類。

　　變傳統士紳教育為現代國民教育，教育物件的擴大與教學內容的重新配置是相輔相成的，因為國民教育既需要基礎學科的知識普及，也需要滿足現代社會各行各業的專業要求。早期的倡議者們普遍注意到西式學校的分科模式，王之春和鄭觀應都介紹了經學、法學、智學、醫學的分類情況。他們用經學指稱西方的宗教神學，是比附的說法，正好說明他們認為西方對宗教神學的研究與中國經學的性質大致相似；法學包括政治、法律知識及其在外交、國際商貿中的運用；智學囊括了文理基礎學科；醫學包括臨床與藥學。四科之外，還有技藝院、通商院、農政院等等，教習實用技能，相當於今天的工學、商學、農學。以此為參照，中國的知識系統不僅需要增補與現代社會相關的內容，還需要對原有知識進行重新分類以適應國民教育的需求。同時，需要改變的還有重道而輕器的傳統知識觀，要提高實用技術的地位。現代社會生活日趨複雜，新興行業不斷產生，各種專業技能的訓練，有必要通過規範的學校教育來開展，而不是像原來那樣通過學徒制的方式由民間自發進行，不僅缺乏統一的、科學的標準，也無法產生規模效應。總之，從教學內容、教授方式到知識分類、知識觀念的變革，意味著知識結構的全面更新，儒學在知識場、文化場，進而在整個社會場中的權威地位將面臨前所未有的挑戰。而隨著儒學式微，文學在知識分類中的歸屬以及文學的價值定位也將發生變化。

　　三、設立與新式教育配套的輔助機構，如公共圖書
館、博物館、新聞出版機構等。

　　國民教育以提升國民素質為宗旨，因而並不以學校
教育為限，鄭觀應指出，「大抵泰西各國教育人才之道，
計有三事：曰學校，曰新聞報館，曰書籍館」[4]。新聞出
版機構、圖書館與學校的相輔相成，體現了現代教育的
公共性和開放性。中國傳統學人熱衷藏書，清代更有四
大私人藏書樓，但與現代圖書館不同的是，它們並不對
公眾開放，只在師生親朋的知識圈子中小範圍流通。圖
書館和新聞報刊的出現，既使知識成為社會公共資源，
加快了知識流通的速度，擴大了知識流通的範圍，為公
眾提供了在學校之外繼續學習的條件；又有助於學校教
育與社會需求的溝通，促進知識更新。到戊戌變法時期，
康有為、梁啟超、李端棻等人在推廣學校的倡議中紛紛
提出設立公共藏書機構和報館，[5]並把創辦報刊的設想付
諸實踐。

　　四、遞減科舉，以至廢止。

　　戊戌變法前，興辦新學的呼聲已經由民間有識之士
和少數官員的個人觀點擴大為清廷部分高層官員的集體
意見，僅 1895 年「公車上書」以後一年半的時間內，主

---

[4] 鄭觀應：《盛世危言》，見夏東元編：《鄭觀應集》（上冊），上
　　海：上海人民出版社，1982 年，第 247 頁。
[5] 參見《康有為請開學校折》、《學校總論》（梁啟超）、《刑部左
　　侍郎李端棻奏請推廣學校折》，收入北京大學校史研究室編：《北
　　京大學史料》第一卷（1898—1911），北京：北京大學出版社，
　　1993 年，第 26 頁，第 9 頁，第 21 頁。

張興辦新式學堂的奏摺就不下 20 份，上奏者多是當時權重一方且頗有名望的高層官員，如張之洞、劉坤一等。[6]與此同時，各級新式學堂已在一些地方開設，如 1895年在天津創辦的北洋西學學堂（後更名為北洋大學堂），1896 年在上海創辦的南洋公學等。1898 年成立的京師大學堂，更是戊戌變法失敗後唯一沒有被廢止的維新舉措。可見教育改革的思想已被當時高層知識份子廣泛接受，也獲得政治權力的部分認可。但是，由於當時的學堂出身不像科舉考試那樣具有資格認證的功能，難以在社會上獲得普遍認可，因而也難以吸引學子。科舉制的存在，在事實上阻礙了新式學校的發展。1901 年，劉坤一、張之洞聯名上奏摺，倡議育才興學，提出的建議是先實行雙軌制，然後逐步削減科舉，這是為了平緩過渡，減輕改革阻力。1903 年，張之洞又與袁世凱聯名奏請遞減科舉，明確指出「足以為學校之敵而阻礙之者，實莫甚於科舉。蓋學校所以培才，科舉所以掄才，使科舉與學校一貫，則學校將不勸自興。使學校與科舉分途，則學校終有名無實，何者？利祿之途，眾所爭趨，繁重之業，人所畏阻……是科舉一日不廢，即學校一日不能大興，學校不能大興，將士子永遠無實在之學問，國家永遠無救時之人才，中國永遠不能進於富強，即永遠不能爭衡於各國」[7]。這裡點明了培養制度與選拔制度不統一

---

[6] 參見劉少雪：《書院改制與中國高等教育近代化》，上海：上海交通大學出版社，2004 年，第 72 頁。

[7] 《袁世凱、張之洞奏請遞減科舉》（光緒二十九年），收入北京大

的問題：學校的人才培養如不能在主流的選拔標準中獲
得認可和支持，那麼新式學堂很難在社會中推廣。兩種
教育制度的博弈，不僅是教育場內部規律在起作用，經
濟場、政治場的力量更為根本。因為在當時的社會，現
代化的人才流通市場還沒有形成，政府選拔仍然具有標
誌性意義，「學而優則仕」仍然是廣大民間讀書人爭取
名利的主要途徑。而對於清廷當政者來說，政權的穩定
和強大是其優先考慮，因此，張、袁都從政治角度為廢
科舉的合法性加碼，何況中國現代教育的發端本來就與
中國在國際政治中的失敗有直接關係。同時，我們在張、
袁的表述中還可以看到他們對民族主義進行道德化，並
以此建立廢科舉的政治正確性，「在臣等亦非不知科目
取士，垂數百年，一旦廢止，士子必多絕望。然時艱至
此，稍有人心者皆當顧念大局。與其遷就庸濫空疏之士
子，何如造就明體達用之人材」[8]，以「稍有人心」、「顧
念大局」搶佔道德制高點，對廢科舉的對立面構成無形
的壓力。1905 年，袁世凱牽頭，聯合張之洞等人再次奏
請立停科舉，清廷最終在這一年廢止了施行上千年的科
舉制度。

　　興學校廢科舉，從零星倡議到在洋務派、維新派中
形成群體勢力，再到官方的正式施行，在這個過程中，

　學校史研究室編：《北京大學史料》第一卷（1898—1911），北
　京：北京大學出版社，1993 年，第 35 頁。
[8]　《袁世凱、張之洞奏請遞減科舉》（光緒二十九年），收入北京大
　學校史研究室編：《北京大學史料》第一卷（1898—1911），第
　35 頁。

中上層知識份子起到主導性作用，尤其是一批從科舉出身、握有實權的漢族高官，實際主導、設計、參與了清末教育改革，其中李鴻章、張之洞、陳寶琛、李端棻、孫家鼐等都出身官宦、書香之家，接受了系統而良好的儒家教育。在中下層知識份子中，「自覺地以各種行動支持清末教育改革的一般地方官員和士紳，在當時的官員隊伍中所占的比重並不高」[9]，但畢竟已經從無到有，這些人或主動或被動地參與了地方的書院改制和新式學堂的興辦，逐漸擴大了教育改革的社會基礎。在戊戌變法以後的科舉考試中，已增加了不少與西方社會文化和政務相關的內容，因此，為科舉做準備的民間教育也多多少少有所改變，這也說明在官方引導和利益驅使下，中下層知識份子也自覺不自覺地參與了知識結構的調整，客觀上提高了社會對教育改革的適應能力。辛亥革命以後，政權更迭，教育改革則繼續沿著「西化」方向施行並加快了步伐。從清末的「壬寅學制」、「癸卯學制」到民初的「壬子—癸丑學制」，再到 1922 年的「新學制」，是這一持續性變革在制度上的具體體現。

　　究其根本，中國現代教育在晚清的萌發，是在中華民族現實處境的觸動下，由知識份子尤其是高層知識份子推動的一場教育制度的重大變革。它基本上仿效了西方現代教育體制，也逐漸接納了西方現代知識理念，正是因為有了這個基礎，源於西方的現代學術倫理才有可

---

[9] 劉少雪：《書院改制與中國高等教育近代化》，上海：上海交通大學出版社，2004，第 82 頁。

能得到中國知識界的認同。所以，雖然現代學術倫理是以學術獨立、思想自由為核心，試圖排除社會政治因素的干擾，但現代學術倫理在中國的發源，卻不能不追溯到社會政治需求對教育改制的推動。清末民初的教育變革既是社會場變化的產物，又是推動社會場變化的加速器，並在構成社會場的政治場、學術場、文學場中產生聯動反應。知識階層既從固有的文化資本中尋求支持，比如儒家的社會責任感、經世致用傳統和重視教育的傳統；也有意於尋找新的資源，所以他們以西方國家的強盛為證據，論證現代教育制度的優越性，為以興學校、廢科舉為具體內容的教育改革尋求合法性。後一種實踐雖然對知識階層原來一直憑藉的文化資本有所損耗，但更使知識階層出於對國家民族的擔當、對新時代的主動適應和對自身知識結構的更新而據有了更豐厚、更多樣化的文化資本。史實也表明，晚清民初知識階層在中國社會所發揮的重大作用，是前所未有的。

　　「在場中很活躍的力量是那些界定特殊資本的力量」[10]，清末教育變革中漢族士大夫之所以成為活躍的、主導性的力量，正是因為這一群體在當時的政治場域中據有某種特殊的，並且逐漸增長的資本。在中國傳統的官僚政治結構中，文武之爭、中央與地方之爭、外戚與皇室之爭是普遍現象，有清一代，則還存在民族身份的問題。19 世紀中期，漢族官員在鎮壓太平天國的過程中

---

[10] [法]布林迪厄：《文化資本與社會煉金術——布林迪厄訪談錄》，包亞明譯，上海：上海人民出版社，1997 年，第 147 頁。

發展了政治軍事實力，並獲取了特殊的政治資本，改變
了朝廷中滿漢勢力的力量對比。又由於他們擁有相對於
滿族權貴的文化優勢，漢族官員在隨後的洋務運動中也
是主力，因而較早接觸瞭解西方的知識與制度。這一群
體的政治、軍事、經濟、文化實力的增長，在當時的各
種勢力群體中是最為顯著的，他們有能力影響清廷的某
些決策，也有能力影響民間社會的選擇。同時，漢族官
員大多從科舉出身，對科舉的利弊有更深的認識，以及
他們所秉持的儒家文化傳統對教育的重視，都使這一群
體習慣於從知識、思想、教育的途徑去尋求解決社會危
機的突破口。19 世紀 70 年代清廷啟動的幼童留學計畫，
就是由「中興名臣」曾國藩、李鴻章推動的，雖然這個
計畫半途而廢，但畢竟是一個改變傳統教育格局的起
點。然而，正如布迪厄所言，知識份子作為一個階層，
仍然屬於統治階層中的被統治者，在以滿族皇權為核心
的清代政治格局中更是如此，因此由漢族高層士大夫推
動的各種變革，仍然離不開清廷的政治許可，不得不採
取體制內改良的方式來推行。在這種場域中，教育改革
具有特別的意義，它是士大夫熟悉的領域，易於著手，
而且從直接效應來看，相對於政治經濟領域內的舉措，
教育改革對滿族的利益觸動最少（滿人並不依靠科舉出
身），因而遇到的阻力也相對較小。但是，新學帶來的
觀念變化逐漸抽取了皇權的合法性基礎，最終為政治場
乃至整個社會場的變革提供了重要的助力。民國以來，
新式教育不僅取得了正統、主流的地位，在規模上也迅

速擴大，新型知識群體作為一種社會力量的重要性也進一步增強，民國時期學生運動儼然已是政治場域中的活躍因素，多次引發重大政治事件。總之，從晚清到民國，教育場從自身所據有的特殊資本中生成了一種權力，對整個社會場域發揮重要作用，因而教育場也就成為當時中國社會最活躍的場域之一。

第二節　西學東漸：象徵資本的轉移

在布迪厄對經濟、社會、文化三大資本的劃分中，後兩種資本可以直接構成象徵資本。清末文化資本的構成中，「西學」逐漸佔據上風；在人際交往和社會事務中，對洋人、洋務的熟識最初是被貶抑、被提防的（「買辦」、「二鬼子」等都是貶稱），但後來卻一躍成為優勢資源，成為一種重要的社會資本。可見中國社會現代轉型過程中文化資本與社會資本的重組，都圍繞「西方」形象的重構而展開，也都與教育場的變革有直接關係。從表面上看，正是在知識階層及其主導的教育改革的推動下，「西學」作為新的象徵資本進入了中國社會，逐漸排擠了以儒家為主體的傳統象徵資本；然而推動、支持教育改革的知識群體，恰是儒家社會的精英，在這個意義上，可以說正是儒家的經世致用理念和自省精神促成了中國社會對「西學」的積極接納。一般認為，中國從洋務運動、戊戌變法、清末新政、辛亥革命到新文化

運動，對西方的學習經歷了從器物、制度到文化的遞進階段，但事實上，這三者是交織在一起的，這也是為什麼作為牽涉三者之重要關節點的教育場，其內部調整以及與外部其他場域的關係的重組，都是從洋務運動起就已經發動。而新文化運動，則可以說是晚清以來教育場持續變革的一個結果。

科舉制廢除之後，留學潮的出現和本土教育體系的西化是晚清民初教育場變化中最重要的內容。

一、留學潮

留學潮的出現，不僅是教育場的象徵資本，也是整個社會的象徵資本發生轉移的顯在標誌。

歷史上中國長期是區域文化中心，在文化和教育方面以輸出為主，中國周邊的日本、朝鮮半島、越南等地都有使用漢字作為官方文字的歷史，對中國文化制度的仿效也是顯而易見的。從晚清開始，中國則轉而成為文化教育的輸入國。最初，中國人到西方學習是偶然的、個別的現象，而且留學生多出自社會底層，比如中國第一個留美學生容閎、第一個留歐學生黃寬，都出生於廣東貧寒家庭，年少時就讀於免收學費並提供食宿的教會學校，後隨該校校長布朗牧師出國留學。1872 年，清廷接受容閎提議，招募幼童由官方派遣留美，雖如此，也

只有貧寒子弟願意應招。[11]從民間來講，當時「西學」的吸引力遠不能與儒家教育相抗衡，「西學」作為知識和文化的價值是可疑的，對個人前途的作用是未知的，修習西學者甚至在道德上受到詬病，故而那些在本土擁有較多社會資本和文化資本，易於在主流教育體系內為子弟提供優越位置的階層，對「西學」基本上是排斥的。從官方來講，清廷對「西學」也心存顧忌，並最終中斷官派留學計畫，1881 年，清政府下令撤回全部留美學生，此時絕大多數學生還未完成學業。即便如此，這些歸國學生此後成為政治、外交、軍事、商業、法律、工程技術等領域的佼佼者，對中國社會產生了重要影響。

　　第一次留學潮出現在甲午戰敗之後，與維新派的活躍和國內對興新學的倡議，在時間上是一致的。留學的主要目的地是日本，「在大約十年的時間內，至少有五萬中國人在日本接受了各種程度、各種類別的教育」[12]，當時到歐美的留學生數量還比較少，但一般留學年限較長。留學成為潮流，其意義不僅在於培養人才，更在於改變國人對留學的態度：政府方面，不僅開始從制度上為留學生的資歷認定和職業出路建立某種保障，在實際的人事任用中也體現出對留學資歷的看重，清政府推行新政期間，就大量任用留日學生；從民間來看，異國求學不再是寒門子弟不得已的選擇，留學人員所屬的社會

---

11 「中國第一次出洋並無故家世族，鉅賈大賈之子弟，其應募而來者多椎魯之子」，見《申報》，1881 年 9 月 29 日。

12 尚小明：《留日學生與清末新政》，南昌：江西教育出版社，2003年，《緒論》第 3 頁。

階層開始上移，「近今海內，年在三十上下，於舊學根柢磐深，文才茂美，而有憤悱之意，欲考西國新學者，其人甚多。上自詞林部曹，下逮舉貢，往往而遇」[13]。官方和民間形成聯動，並與國內興辦新學的要求相呼應，使留學在中國擁有了更廣泛的社會基礎。這實際上意味著，「西學」在中國社會不單獲得了正當性，更進而獲得了優先性。

　　之後，隨著科舉制的徹底廢除，新式教育體系在本土的建立和發展，社會經濟的發展，新興行業的湧現，獨立於政府權力控制之外的人力資源需求市場在中國逐步形成了。在新的職業競爭和社會競爭中，留學背景成為優勢，尤其是在國外受過完整高等教育、獲得正式學位的，更是稀缺資源。歐美留學生漸漸取代早期的留日學生佔據行業高端位置，這反過來促使歐美成為留學首選地。由於空間距離較遠，留學年限較長，入學門檻較高，對留學生及其家庭的經濟資本和文化資本也有更高要求，因此留學群體的社會階層進一步上移。而留學群體歸國後的職業發展和人際交往，通常又使他們的社會資本更為雄厚，在社會階層中的位置得到鞏固，甚至繼續上升。文化資本的長期效益、累加效益，在這裡體現得非常充分，教育場作為社會整體利益與個人利益的溝通者、協調者的角色也一如既往。

---

[13] 嚴復：《論教育書》（1902 年），見張、王忍之編：《辛亥革命前十年間時論選集》（第一卷·上冊），北京：生活·讀書·新知三聯書店，1977 年，第 113 頁。

　　總之，從清末到民初，留學潮的持續升溫，留學生群體的階層上移、優越的職業前景以及社會影響力，都意味著「西學」作為新的象徵資本已獲得社會認可。

二、本土教育的西化

　　留學對近現代中國教育產生了深遠影響，但從教育本身來說，留學只是手段，不應成為目的，發展本國的現代教育才是正途。而中國現代教育對西方模式的全方位模仿，正好說明教育場的核心配置發生了變化。「西學」既作為具體仿效的知識對象和學校體制，也作為一種取代儒家教育思想的價值理念，從兩方面同時成為中國現代教育急於認同的目標。

　　清廷於 1896 年重啟官派留學，1898 年以後，又多次派官員赴日考察學務，考察內容包括學制、課程、考試辦法、建築設備等，涉及大、中、小學各級學校。與此同時，國內也出現了翻譯、介紹日本學制的刊物和書籍，比如羅振玉創辦的《教育世界》，在 1901—1903 年間就刊載了數十篇有關日本學校規程的文獻。1902 年，清廷頒佈了中國第一個現代學制「壬寅學制」，次年又頒佈了它的修訂版「癸卯學制」，這兩個學制都仿照當時日本的通行學制，而日本學制的最終來源，還是西方。因此，就在「壬寅學制」頒佈的同一年，清廷又通過駐美大使伍廷芳收集美國大、中、小學的辦學情況，後來伍廷芳實際報送的材料包括以下內容：

美國各學科章程書目

哈瓦特（今譯哈佛，下同）大學堂課程總錄

哈瓦特大學堂藝術科課程全例

哈瓦特大學堂深造科課程全例

哈瓦特大學堂考取學生入院學習各門問題

可倫比亞（今譯哥倫比亞，下同）大學堂課程全例

可倫比亞大學堂課程條目暨考取學生入院條例

可倫比業大學堂考取學生入院學習各門問題

可倫比亞大學堂政治科課程全例

耶路（今譯耶魯，下同）大學堂深造科課程全例

耶路大學堂經史學課程條目

美都中小各學堂章程

美都中小學堂課程全例

賓西窪尼亞（今譯賓夕法尼亞）大學堂課程總錄 [14]

　　這些材料顯示，清政府已有全面瞭解西方學制、課程的意圖。

　　民國成立以後頒行「壬子—癸丑學制」，進一步向「西學」靠攏，在課程設置上削除尊經尊孔的內容，增加了自然科學的科目。尤其是在高等教育方面，主持制訂《大學令》的蔡元培明確主張中國高等教育在總體上借鑑德國模式，在選科制度上仿效美國學制。而最具標

---

[14] 參見北京大學校史研究室編：《北京大學史料》第一卷（1898—1911），第 132~133 頁。

誌性意義的變化，莫過於取消經學科。在「壬寅—癸卯學制」[15]的《大學堂章程》中，曾將大學堂分為八科，分別是經學、政法、文學、醫科、格致、農科、工科、商科，其中經學科位居第一。民國的「壬子—癸丑學制」改為七科，不僅在大學分科中取消了經學科，而且文學科中涉及傳統經史的內容，分列在中國哲學、中國文學、中國史等科目之下，經學失去元學科的地位，文、史、哲三分的格局確立，同時，改「格致」為「理科」。這些變化，顯然是遵循了西方的學科名稱和分類體系。可見，「西學」的輸入，最終使傳統學問最高階梯、傳統教育核心配置的經學淡出了現代教育體系，這也意味著，在當時的中國社會，儒學作為象徵資本已損耗殆盡。新文化運動以後出現的「整理國故」，把傳統經史典籍從信仰物件還原為知識物件，引西方研究方法處理本土文史材料，仍然是中國近現代教育學術場域持續性變化的一個環節。

　　除學制和課程設置之外，中國現代教育對儒家影響的逐步排除還體現在師資構成和教材使用等方面。

　　1902 年的《欽定大學堂章程》中，已涉及聘請外國教習的問題，[16]主要因為當時新學初興，很多科目本國

---

[15] 1902 年 8 月 15 日，由管學大臣張百熙主持制定的《欽定學堂章程》頒佈，史稱「壬寅學制」，但未實際施行。1904 年 1 月 13 日，《奏定學堂章程》頒佈，史稱「癸卯學制」，頒佈後逐步施行，沿用至 1911 年。這兩個學制基本統一，後者是對前者的完善，統稱「壬寅—癸卯」學制。

[16] 據光緒二十九年至三十二年（1903—1906 年）京師大學堂的教習名單，擔任物理、算學、生物學、礦物學、化學以及各門外文課程

師資匱乏，因此，《章程》同時規定，「擬酌派數十人赴歐美日本諸邦學習教育之法，俟二三年後卒業回華，為各處學堂教習」[17]。事實上，清末新政期間，留日學生也確實在各級學堂的教學和管理中扮演了重要角色。此後，隨著留學目的國的變化，歐美留學生在國內師資，尤其是高等教育師資中所占比重逐漸超過留日學生。總體而言，在中國現代教育的興辦中，外籍師資和有留學背景的師資起到不可替代的作用，在高等教育中，他們更是師資構成的主體。以山西大學堂為例，1902 年《中西兩齋職教員一覽表》中，中齋教員都是具有傳統功名的士人。《1902 年至 1937 年本校主辦人姓名表》中，1906 年以前，出任督辦職務的只有一個留學生，1907 年之後，出任學堂監督者除渠本翹為進士出身外，其餘均為留學生或兼有留學經歷和科舉功名者。辛亥革命後，山西大學堂改為分科制，除文科學長外，其他法科、工科、理學學長及附屬高中主任都由留學人員擔任。[18]即使在初、中等教育中，接受新式教育的知識階層也已經全面超越舊式文人，1909 年，全國高小以上學堂共有教師 18389 人，其中出身本國新式學堂的教師共計 14302 人，留學生出身教師共計 757 人，而舊學出身的教師共

的，大多是外籍師資。

[17] 北京大學校史研究室編：《北京大學史料》第一卷（1898－1911），第 88 頁。

[18] 參見徐士珊：《解放前的山西大學》，收入山西文史資料編輯部編：《建國前的山西教育》，太原：山西高校聯合出版社，1992 年，第 20、21、22 頁。

計僅 2978 人。[19]與師資情況相似，清末新學所使用的自然科學、法科、商科等教材，大部分為翻譯教材，《章程》在羅列各門課程之後，對於講義的使用往往都有這樣一句說明，「其餘西學各名目，外國均有成書，宜擇譯外國善本講授」[20]。最初，這些教材主要譯自日文，民國以降，譯自歐美的教材增多。即使後來有了國人自編的教材，在內容側重、體例佈局上也難脫西方影響。不僅理、工、商、法等科目如此，由於現代教育體制下的文科在科目設置和知識理念上與傳統人文教育模式已大不相同，難以沿用原有典籍，在「中國文學」科目中亦有外國教材的影響。《章程》中明確提出，「歷代文章流別，日本有《中國文學史》，可仿其意自行編纂講授」[21]，日本人笹川種郎所著《支那歷朝文學史》，1903年即有中譯本出版，最初作為京師大學堂講義的林傳甲的《中國文學史》，就對笹川種郎有所仿借。[22]《大學令》中，在「文學門」下增設的「文學概論」、「哲學概論」、「美學概論」等課程，是仿「西學」學科體系而設。在實際教學中，最初也多使用國外教材，比如「文

---

[19] 參見桑兵：《晚清學堂學生與社會變遷》，上海：學林出版社，1995 年，第 403 頁。

[20] 北京大學校史研究室編：《北京大學史料》第一卷（1898—1911），第 102 頁。

[21] 北京大學校史研究室編：《北京大學史料》第一卷（1898—1911），第 108 頁。

[22] 參見戴燕：《中國文學史的早期寫作——以林傳甲〈中國文學史〉為例》，《文學史的權力》附錄一，北京：北京大學出版社，2002 年，第 171~179 頁。

學概論」就使用過日本人本間久雄、英國人溫徹斯特的著作,而 1920 年代以後出現的一系列國人自撰的「文學概論」著述,從觀念、內容到術語、體例,也都有明顯的外來色彩。

在學制上以西方為標準,在師資和教材上倚重外國資源,這表面看來是教育場內部的調整,但其根本原因卻在於當時中國社會對知識配置的要求發生了重大變化,而本土資源一時無法滿足這種要求。傳統知識結構以儒學為主導,基本上施行一種以人文知識為絕對主體的教育,現代的知識配置中增加了大量自然科學、社會科學的內容,即使在人文知識中,也破除了儒學一家獨尊的格局,改變了以漢語經典為主要資源的知識結構。如果說留學潮還只是波及部分受教育群體,本土教育的西化則勢必影響全域。教育通常是為社會提供和維繫象徵資本的主要場所,因此,隨著新式學堂和現代教育全面取代以私塾、書院、科舉、儒家經典為基本架構的傳統教育,原有的象徵資本也難免貶值,直至被新興勢力替換。

三、文化資本的自我更新

持續不斷的留學潮和本土教育體制的西化,證明「西學」在中國現代教育場域中不僅是一個具體仿效的物件,而且也逐漸成為一個價值認同的對象,代表著開化、先進、文明等正面的文化價值。它在事實上已成為一種

新的象徵資本，此長彼消，儒學的象徵意義迅速轉變為
負值。在擁有深厚而悠久儒家傳統的中國社會，在歷來
以儒生自居的知識階層中，這種劇烈而迅猛的轉變能較
為順利地進行，得益於兩種條件。

一是對「西學」的認同與當時的民族主義情緒實現
了相容，文化場、教育場的轉換受到社會場、政治場的
推動，形成了合力。在接觸之初，「西學」作為一個模
糊籠統的概念和物件，受到本土文化本能地排斥，但隨
著危機的加深，國人的民族主義情緒轉向務實，形成「師
夷長技以制夷」的思路，並以此化解民族認同的心理需
求和以西方為師的現實要求之間存在的對抗性和緊張
感。隨著對「技」的理解逐漸擴展，效法西方的領域也
越來越廣，如鄭觀應所講，「我國欲安內攘外，亟宜練
兵將，制炮船，備有形之戰以治其標；講求泰西士、農、
工、商之學，裕無形之戰以固其本。如廣設學堂，各專
一藝，精益求精，仿宋之司馬光求設十科考士之法，以
示鼓勵，自能人才輩出，日臻富強矣」[23]，在設備、制
度的仿造之外，更把效法西方培養各種專業人才視為根
本，但所有的舉措最終都附著於「安內攘外、日臻富強」
的民族主義訴求之上。從先驅到一般知識階層，從官方
到民間，洋務運動以來，國人在中國教育體制中逐步建
立起「西學」模式，紛紛以「自強」為號召，這仍然是
一種在民族主義的政治正確性護航下施行的西化。當

---

[23] 鄭觀應：《盛世危言》，見夏東元編：《鄭觀應集》（上冊），第
595頁。

然，「西學」既然能支持民族主義訴求，也就意味著它能夠成為那個危機時代的重要象徵資本。

二是儒學本身具有開放性，而且固有的強勢文化資本也具有較強的自我更新能力，能夠主動獲取新的資源，據有新的象徵資本。誠如布迪厄所言，文化資本的累積和傳承具有家庭、地域聚集性，中國儒家宗法社會對血緣—地域紐帶的重視和對教育的重視更強化了這一滾雪球式的特點。擁有較多文化資本的家庭、地區和個體，因為配置的優勢和習性的慣性，不僅更易於適應文化場、教育場的要求，也更有條件在場域變化中占得先機，甚至起到引導性作用。晚清以來教育場的最大變化，主要體現在知識結構的調整，以及受教育者職業出路的改道，而文化資本雄厚的群體在求知欲望、學習能力、文化眼光和社會資源（比如師資、人脈、資訊管道、經濟條件所保證的學習時間和學習環境）等方面的優勢仍然是可延續的，因而受教育場變化的衝擊相對較小。尤其是除早期傳教士辦學之外，新式學堂多開辦在城市且費用較高，「西學」在當時作為一種稀缺資源，更易於被哪些社會文化階層獲取是顯而易見的。史實也證實了這一判斷，在經歷了短時期的猶疑之後，中上層知識群體和文化發達地區憑藉自身文化資本的優勢，迅速適應、參與，甚至推動了教育場及其相關場域的變革，開始主動把「西學」吸納到自身固有的文化資本之中。宋代以來，江南漸成人文薈萃之地，明清兩代，江南士子在科場中優勢明顯，以至官方實行了南北分卷並分配名

額的制度以平衡地域差別。[24]清代一半以上的狀元出自
江南，據統計，清代進士及第人數位居前兩位的省份是
江蘇、浙江，分別為 2949 人、2808 人，兩省合計占全
國總人數的五分之一。[25]不僅如此，江浙在清代學術發
展中也顯示出地域優勢，學者輩出，學派發達，四大私
人藏書樓中有三座位於江浙地區。近現代以來，這一地
區也是留學生的重要輸出地，除因地處東南而接觸西方
較早之外，文化資本雄厚也是主要原因。據 1903 年關於
留日學生出生地的官方資料，除皇族和旗籍外，其餘學
生以所屬省份統計，其中三分之二來自長江中下游的 5
個省，僅江蘇和浙江的人數加起來就超過總數的三分之
一。[26]另一個資料可能更能說明問題，在 20 世紀初的留
學潮中，經清華派出的留學生，在整體上知識門檻較高，
出國後接受的教育較為正規，據統計，清華從
1909—1929 年共派出 1200 多名留美學生，其中江蘇約
300 名，廣東約 200 名，浙江 150 多名，福建約 100 名，
位居前四，合計占總數 60%以上。[27]同時，文化資本的

---

[24] 明仁宗洪熙元年（1425 年），明朝廷規定按地區分配進士名額，
將南北方的比例設定為 60:40，一年之後又改為 55:10:35 的比例，
用 10 個名額把中部地區單列出來，這一比例一直沿用到清代，康
熙年間，進一步採用分省錄取的制度。

[25] 據沈登苗：《明清全國進士與人才的時空分佈及其相互關係》，載
《中國文化研究》，1999 年第 4 期，第 59~66 頁。

[26] ［美］格裡德爾：《知識份子與現代中國 —— 他們與國家關係的歷
史敘述》，單正平譯，天津：南開大學出版社，2002 年，第 163
頁。

[27] 李喜所：《近代中國的留美教育》，天津：天津古籍出版社，2000
年，第 13、93 頁。

優勢還體現在政治參與能力和社會人事網路中。清末新政期間，各地設立諮議局，[28]初步嘗試了以精英為主導的代議制，就實際效果來看，江浙地區的諮議局運作最好。辛亥革命以後，在初步建成現代體制的北京教育界和學術界，浙籍人士就據有了有利位置。可見，「西學」在教育場乃至整個社會場中成為新的象徵資本，在很大程度上是由於固有文化資本的主動吸納，因此「西學」的興起雖然排擠了作為象徵資本的儒學，但它與以儒家文化為根底形成的中國知識社會並不對立，反而得到後者的積極認同。而在一個場域中居主要位置的群體所認同和據有的東西，通常會成為這個場域的象徵資本。

　　無論是從史實還是從場域理論來看，中國現代教育的興起不是本土教育場內部自然發展的結果，而是應對國際政治經濟利益爭奪的產物，但在這個過程中，本土知識社會起到主導作用，並一方面調動官方和民間共有的民族主義訴求為「西學」對教育場的強勢介入尋求政治正確性，一方面積極進行文化資本的自我更新，主動相容、吸收「西學」，緩解「西學」在知識上和情感認同上給本土知識社會造成的衝擊。與此同時，現代經濟和市民社會的初興，城市化進程的推進，中外交往的不可回避，也從職業選擇、生活方式、人際交往等方面為「西學」的有效性提供了支援。的確，晚清民初的中國教育改革與象徵資本從儒家向「西學」的轉移，都顯示

---

[28] 當時中國共 22 個行省，除新疆外，新政期間共設立了 21 個省級諮議局。

當時中國社會在經歷一個明顯的西化過程，甚至抽取了皇權統治的文化根基，加速了傳統社會形態的崩潰；但同樣明顯卻常常被人們忽視的是，新的象徵資本的確立與既有社會結構和文化資本有複雜的關聯，甚至在相當程度上得到後者的支持，西化過程並沒有瓦解或中斷文化資本的繼續累積，因而也沒有瓦解文化階層的社會影響力，相反，從清末到民初，知識社會所起作用之大，影響領域之廣泛，在整個中國歷史上都是罕有的。明瞭這樣一個背景，對於探討文學場域何以成為上演社會政治變革的重要場所並引發自身的重要變化，具有根本性的意義。

第二章　現代學科體系的建立與文學知識的重新定位

　　晚清民初是中國社會從整體上發生劇烈變革的時代，其中，教育和知識領域的革新看似不那麼激烈，卻觸動了兩千年來維繫中國宗法制政體的基石。通過學制改革，儒學不僅失去了在知識體系中的主導性，而且它自身也被分散重組，作為國學的一部分被歸類於文、史、哲等不同學科，被西方知識觀念和學科規範所改造。既然如此，原來依附於儒學的文學，也必然要經歷在知識體系中的重新定位。正是知識社會對「西學」的積極接納，對教育體制的改革，從根本上改變了文學在文化學術中的定位。沒有這種改變，則不可能產生現代意義上的文學學科。

　　這種改變主要發生在三個方面：

　　其一，儒家經學不再具有元理論的地位，對文學的控制難以為繼，文學不再受制於儒家的價值觀，也不再受制於經學的文本闡釋方式，這對於文學作者和文學讀者來說都是極大的解放，但同時也使文學失去了因依傍儒學而擁有的文化地位和象徵資本，文學與權力之間長

期存在的共謀關係日趨瓦解，文學的合法性需要重新論證。

其二，理工農醫等實學因為被視為救國圖強的利器而獲得新興知識群體的重視，文學對社會的重要性和吸引力相應下降。在前現代中國的輻射型知識體系的同心圓結構中，文學處於緊靠核心知識——經學——的第一圈層，而從現代教育體系的學科設置中可以看出，文學僅僅是諸多分支學科之一。

其三，由於西方文學的大量輸入，在文學學科內部，國人熟悉、看重的中國文學也僅僅作為一個亞類而存在，而且它所擁有的知識庫存和知識生產方式在與西方同類資源的對比中暴露出局限性，因而文學成為一個急需向西方學習，急需完成知識重構的學科。

這些改變雖然劇烈，但並非突如其來，而是在中西兩種文化的拉鋸中發生的。歷史的細節豐富蕪雜，當事人的記載，或因個人經驗的主觀性、有限性有失全面和公允；後人撰史，也未必全無疏漏。為了盡可能逼近歷史的真實，我們選擇了學制、章程這一類客觀文獻來分析文學知識在現代教育體系中的定位，以便把研究建立在實證基礎上。從晚清到民初的三次學制改革，不僅呈現了現代學科意識的推進和文學學科定位的變化，也是體現中國社會轉型期教育與政治之間複雜權力關係的生動實例。

第一節　晚清民初的學制演變

分科體系和課程體系是學制的核心內容，從中最能看出一個社會主導性的知識觀和文化觀。從晚清到民初，經歷了三次演變而逐漸成形的中國現代學制，不啻一份記載文化轉型過程的知識檔案。

一

由清政府頒佈的「壬寅—癸卯學制」，是中國近代第一個由官方頒佈的、較為完備的以西方現代教育體系為參照（具體仿效日本學制，但其最終來源是西方）制定的學制，標誌著中國社會對西方現代教育體制和知識理念的正式認可。學制中為高等教育設置的學科分類較為完整和具體，初顯現代學科體系的雛形。「壬寅學制」中的《欽定京師大學堂章程》設置了政治、文學、格致、農業、工藝、商務、醫術七科，但這裡的「文學」並非今天意義上的文學學科，而是各人文學科的統稱，其中包括經學、史學、理學、諸子學、掌故學、詞章學、外國語言文字學七個門類，[1]基本上沿襲了經、史、子、集

---

[1]　《欽定京師大學堂章程》，見璩鑫圭、唐良炎編：《中國近代教育史資料彙編·學制彙編》，上海：上海教育出版社，1991 年，第236~237 頁。

的傳統序列，經學仍然居於首要地位；與今天的「文學」
相近的是「詞章學」，在排序中位置靠後；明顯的變化
是增加了「外國語言文字學」。可見西方的影響主要體
現在實業教育方面，尚未真正撼動經學在人文知識中的
元理論地位。「癸卯學制」設置經學、政法、文學、醫、
格致、農、工、商八科，將經學科從文學科中分出單列，
理學則歸入經學科之中。[2]文學科主要涉及史學、地理
學、文學三大類，共九門，分別是中國史學門、萬國史
學門、中外地理學門、中國文學門、英國文學門、法國
文學門、俄國文學門、德國文學門、日本文學門。[3]這一
設置仍然保持了經學的尊崇地位，但在文學科中出現了
兩個值得注意的變化：一是外國文學的分量增加了，分
國別單列；二是在中國文學門之中開設了「文學研究
法」，居於各門課程之首，所占課時也最多，僅「周秦
至今文章名家」的課時能與之持平。根據《奏定大學堂
章程》對「文學研究法」的具體解釋，這裡所謂「文學」
仍是廣義的，泛指語言文字和各類文體，這門課程可謂
是對中國語言文學的總體研究，具有「概論」的性質，
但《章程》同時也強調「集部日多，必歸湮滅，研究文
學者，務當於有關今日實用之文學加意考求」[4]，這與崇

---

[2]　《奏定大學堂章程》，見璩鑫圭、唐良炎編：《中國近代教育史資
　　料彙編·學制彙編》，第 340 頁。

[3]　《奏定大學堂章程》，見璩鑫圭、唐良炎編：《中國近代教育史資
　　料彙編·學制彙編》，第 349 頁。

[4]　《奏定大學堂章程》，見璩鑫圭、唐良炎編：《中國近代教育史資
　　料彙編·學制彙編》，第 356 頁。

古尊經的傳統文學研究已有不同。

　　總體而言，「壬寅—癸卯學制」試圖在不損及經學地位的前提下納入實學學科和國外人文、社會學科的一些內容，並仿效西方學科分類把中西知識整合在一起。「文學」的學科外延縮小，廣義的「文學」排除了經學和理學，狹義的「文學」排除了史地之學，專指語言文學；在「文學」學科之內，內容則大大增加，中國文學和世界文學並列。這些變化體現了中國學科分類正在向西方體系靠攏。與之相應，原有的「詞章學」這一稱謂，因難以囊括外國語言文學而淡出，被「文學」取而代之。在課程體系中，「文學研究法」的出現，標誌中國知識界意識到在語言文學領域需要一門統攝性的學科，總結語言文學的基本規律，並為具體研究設立基本的價值立場、判斷標準，提供方法論，經學曾經長期代理過這樣的角色，但「文學研究法」相比經學更具專業性。雖然「文學研究法」與作為現代學科的文學理論不是一回事，但可以被視為它的前身。

　　「壬子—癸丑學制」是民國第一個學制。1912 年民國成立，從當年 9 月起北京政府頒佈了一系列有關教育的法令規章，到 1913 年 8 月，新學制基本成形，史稱「壬子—癸丑學制」。在 1912 年的《大學令》中，大學分科明確為文、理、法、商、醫、農、工，完成了從傳統「四部之學」向現代「七科之學」的轉變，尤為引人注目的是取消了經學科。1913 年 1 月頒佈的《大學規程》對學科設置有更具體的說明，文科包括哲學、文學、歷史學、

地理學四門。其中有幾個重要變化：其一,首次出現了哲學學科,下分中國哲學與西洋哲學,原屬於經學的一些內容被列在「中國哲學」的名目之下,這顯然是依據西方知識體系對經學的重新定位,標誌著經學被還原為知識物件,被視為哲學的若干分支之一,不再具有意識形態權威。其二,「文學」不再作為人文學科的統稱,而特指語言和文學,學科界限日益清晰。其三,文學學科下設中、英、法、德、俄、意各國文學以及梵文學、言語學,共八類,其中除中國文學保留「文學研究法」而無「文學概論」科目之外,其他七類都設「文學概論」而無「文學研究法」。這是「文學概論」第一次出現在中國學制和課程體系之中,但遲至 1917 年「文學概論」才進入中國文學的課程體系,[5]而且因為缺乏師資,這門課程在當時並未真正開設。這一事實說明,傳統積累深厚的知識領域要脫胎換骨成為現代學科,其面對的阻力更大,道路更曲折。中國文學下設的「文學概論」真正進入課堂,更是要等到 1920 年,最初教授這門課程的教員,都有留學經歷。可見現代學科分類中的「文學概論」,

---

[5]　「1917 年 12 月 2 日《北京大學日刊》登出的《改定文科課程會議記事》中,第一次在中國文學門科目中列入了文學概論,並排在第一位,課時為兩單位,並為必修課。12 月 9 日和 29 日的《北京大學日刊》刊出的《文科大學現行科目修正案》中,文學概論的課時分別被修改為一單位和三單位,必修課的地位不變。可見在新的學科設計中,文學概論佔有頗重要的地位。此後,1918 年 9 月 14 日《北京大學日刊增刊》刊載的中國文學門正式科目中第一次出現了文學概論的名稱。」見程正民、程凱:《中國現代文學理論知識體系的建構——文學理論教材與教學的歷史沿革》,北京:北京大學出版社,2005 年,第 6 頁。

本質上是一門外來學科，雖然中國文學也是它的物件，但這門學科的知識結構、理論體系、研究方法、表述方式基本上都來自西學，正如胡適掀起的「整理國故」運動，以「國故」為物件，學術意識和學術方法則屬於西學。1921 年，北京大學研究所國學門成立，下設文學、史學、哲學、語言學、考古學五類，文學和語言學分列，標誌著在學術分類中「文學」進一步成為一個專門學科。這裡的「文學」，其學科外延比原來的文學學科小，不再是人文學科的統稱，也不再包括史學、地理學，甚至也不包括傳統的音韻、訓詁和現代的語言學，體現了學科分類不斷細化的趨勢，這正是現代知識體系、學術體系的特點。但它又不等同於原有的「詞章學」、「文章流別論」等等，現代意義上的文學學科，整合了「詞章學」、「文章流別論」以及傳統文論、詩論、詞論、小說評點的內容，又納入了西方傳統的詩學、修辭學和現代的文學理論、文學批評等內容，形成一個新的學術領域和學科門類，它在前現代中國的知識分類中沒有對應物，因而在古典學術話語中也沒有同義範疇。文學理論的學科化，正是在這樣的「文學」概念下產生的，它是現代文學學科中的一個分支科目。

　　「壬戌學制」是 1922 年 11 月頒佈的，這個學制經過教育界的充分討論，由作為民間組織的全國教育會聯合會提出並獲得通過，又稱「新學制」。這次學制改革的焦點在於初、中等教育的修學年限問題和高等教育分設專門科大學（稱「高等學校」）、綜合大學（稱「大

學」）的問題，沒有涉及學科分類。這次改制中教育界
的話語權與前兩次相比有極大提升，最終通過的學制也
為各地方的具體實施保留了彈性，而且所闡述的改制標
準已不再有政治教化色彩。[6]雖然這在一定程度上是由於
當時的政治混亂為民間和地方留下了相對自由的文化空
間，[7]但也不能無視民國以來整個社會對教育獨立、學術
自由等現代文化倫理的認同度明顯提升的事實。對於支
撐現代學術體制的知識分治原則和學科獨立理念而言，
這種意識至關重要。因此，「壬戌學制」雖然沒有直接
涉及學科分類，但這個學制所體現的教育理念以及這次
改制所體現的現代政治理念，仍然使它成為推進現代中
國學術學科化進程的一個重要環節。

二

　　細究這三個學制的文本細節，我們看到的不僅是中
國的學科分類和知識體系逐步由傳統走向現代，逐步向

---

[6] 《學校系統改革案》標準為：（一）適應社會進化之需要，（二）
發揮平民教育精神，（三）謀個性之發展，（四）注意國民經濟力，
（五）注意生活教育，（六）使教育易於普及，（七）多留各地方
伸縮餘地。見璩鑫圭、唐良炎編：《中國近代教育史資料彙編·學
制演變》，第990頁。

[7] 「亂世也有亂世的好處，政府對於思想文化的控制相對放鬆；各種
太平年代可能引起軒然大波的改革，反而因其『無關緊要』而容易
得以落實。比如，馬克思主義的迅速傳播，國語運動的成功推進，
教育獨立運動的開展，非宗教大同盟的論爭，壬戌學制的通過，諸
多國立學校的升級以及私立大學的籌建，還有整理國故運動的精彩
亮相等，都是日後影響深遠的事件。」見陳平原《學術講演與白話
文化——1922年的「風景」》，收入陳平原：《中國大學十講》，
上海：復旦大學出版社，2002年，第136~137頁。

西方模式靠攏，我們還能看到政治教化意識的逐步淡化，至少它在官方文件的話語表述中已趨於退隱。

　　《欽定京師大學堂章程》仍然全面體現了傳統綱常名教在教育體系中的核心地位，以及政治權力對教育活動的強制性管束。該章程第一章《全學綱領》在宣講其教育宗旨時首倡「忠愛」，其第一節稱：「京師大學堂之設，所以激發忠愛，開通智慧，振興實業；謹遵此次諭旨，端正趨向，造就通才，為全學之綱領」；宣講的不足，在第二節中加以論證和強調：「中國聖經垂訓，以倫常道德為先；外國學堂於知育體育之外，尤重德育，中外立教本有相同之理。今無論京師大小學堂，於修身倫理一門視他學科更宜注意，為培植人才之始基。」在第三節更特別說明「歐、美、日本所以立國，國各不同，中國政教風俗亦自有所以立國之本；所有學堂人等，自教習、總辦、提調、學生諸人，有明倡異說、干犯國憲及與名教綱常相違背者，查有實據，輕則斥退，重則究辦」[8]，既宣示了拒絕西方政治倫理制度和觀念的立場，也明確了對違禁者的懲戒措施，且措辭頗為嚴厲。

　　不僅總綱如此，其後的各種具體規章制度也體現了傳統綱常名教對教育活動的滲透和掌控。比如課程設置，各學科皆首重「倫理」，經學、諸子也佔據相當分量，從西學中吸收的科目集中在實學類和語言類，是當時「中學為體，西學為用」理念的制度化。比如教師的

---

[8] 璩鑫圭、唐良炎編：《中國近代教育史資料彙編·學制演變》，第235頁。

選用和管理，由於當時在西學科目方面本土人才匱乏，不得不聘用外國人任教，為此「設西學功課監督一員，如外國教習有不按照此次所定功課教授者，監督得隨時查察，責成外國教習照章辦理」，並明確規定「學問之與宗教本不相蒙，西教習不得在學堂中傳習教規」，[9]對教學內容失控的危險有很強的防範意識。又比如通過集體儀式活動對師生實施以「忠孝」為核心的操行規訓：「教習學生，一律遵奉《聖諭廣訓》，照學政歲科試下學講書宣讀《御製訓飭士子文》例；每月朔，由總教習、副總教習傳集學生，在禮堂敬謹宣讀《聖諭廣訓》一條」；「凡開學散學及每月朔，由總教習、副總教習、總辦各員，率學生詣至聖先師位前行禮」；「每歲恭逢皇太后、皇上萬壽聖節，皇后千秋節，至聖先師誕日，仲春、仲秋上丁釋奠日，皆由總教習、副總教習、總辦各員率學生至禮堂行禮如儀。」[10]凡此種種，無不著力於把綱常名教思想注入學校所有日常活動之中，養成師生對權力的服從。

之所以細究這個章程，是因為它不僅是針對京師大學堂和高等教育的教育檔，也是對全國各級教育進行規範的教育綱領，京師大學堂不僅是一個教學機構，也是一個統轄各省學堂的行政機構。《章程》中有明確規定：「京師大學堂主持教育……將來全國學校事宜，請由京

---

[9] 璩鑫圭、唐良炎編：《中國近代教育史資料彙編·學制演變》，第249頁。

[10] 璩鑫圭、唐良炎編：《中國近代教育史資料彙編·學制演變》，第250頁。

師大學堂將應調查各項擬定格式簿，分門羅列，頒發各
處學堂，於每歲散學後，將該學堂各項情形，照格填注，
通報京師大學堂，俟匯齊後，每年編訂成書，恭呈御覽」，
「一年之內，各省必將高等學堂暨府、州、縣中、小學
堂一律辦齊。如有敷衍延遲，大學堂屆期請旨嚴催辦理」
[11]，「其外省學堂，一律照京師大學堂奏定課本辦理，
不得自為風氣。如將來外省所編課本，實有精審適用過
於京師編譯局頒發原書者，經大學堂審定之後，由官學
大臣隨時奏定改用」[12]。由於京師大學堂具有這樣的地
位和職能，這個章程實際上體現了當時的政府在教育體
系向現代轉型之際的基本態度和應對方式：一方面認識
到新式學堂取代傳統書院、私塾的必要性，認識到增加
實學教育的重要性，另一方面仍然固守中央權力對教育
的絕對控制，固守意識形態規訓先於知識傳授、技術培
訓的教育秩序；一方面對西學和西方教育模式有所吸納
借鑒，另一方面又試圖嚴中西之大防，尤其忌諱後者有
關政治、倫理、宗教的內容，在教育法規中明文禁止傳
授這類內容。因而這個章程也體現了政治權力與教育的
關係，晚清教育改制雖然是由知識階層引導的，但由於
舊的政權結構和統治形式沒有發生根本改變，這一時期
的教育仍然從屬於政治權力，故而政府頒佈的教育檔從
實質內容到施行辦法、話語表述，處處可見其強制性。

---

[11] 璩鑫圭、唐良炎編：《中國近代教育史資料彙編·學制演變》，第
　　235頁。
[12] 璩鑫圭、唐良炎編：《中國近代教育史資料彙編·學制演變》，第
　　245頁。

　　民國成立，不僅意味著皇權在制度層面的退出，也意味著皇權在意識形態層面上喪失了合法性，與之相應，忠君在道德上從正面價值反轉為負面價值，成為保守陳腐的標誌，因而對忠君意識的培養也就從教育宗旨中被排除了。1912 年 9 月頒佈的《教育部公佈教育宗旨令》主張「注重道德教育，以實利教育、軍國民教育輔之，更以美感教育完成其道德」[13]，雖然仍把道德教育置於首位，但素來與綱常名教聯繫在一起的「忠愛」已被置換為一般意義上的道德，「以美感教育完成其道德」這一新增條文更透露出改變強制性道德教育的意圖。[14] 隨後頒發的《教育部公佈大學令》（1912 年 10 月 24 日）在第一條即明確指出「大學以教授高深學術、養成碩學閎材、應國家需要為宗旨」[15]，突出了高等教育的兩大目的：發展學術研究與滿足國家需要。這個檔通篇不再有「忠愛」內容，而且在課程設置、學生考核、學位授予、大學內部事務等方面賦予校長和教授較多自主權，具體辦法是設置評議會和教授會兩極機構，「大學設評

----

[13] 璩鑫圭、唐良炎編：《中國近代教育史資料彙編・學制演變》，第 651 頁。

[14] 現代美育思想源於西方。較早闡述美育理念的王國維早在 1904 年於《孔子之美育思想》一文中就試圖依據德國美學，對孔子「游於藝」等傳統教育思想進行現代改造，其「無用之用」之說使現代美育理念在漢語中獲得了精煉的表述。美育得以寫入民國的官方教育文件，蔡元培的影響力是重要因素之一，他在參與「壬子─癸丑學制」制定期間，明確闡述了世界觀和美育作為超越於政治的教育，是非專制時代教育的必要構成部分。

[15] 璩鑫圭、唐良炎編：《中國近代教育史資料彙編・學制演變》，第 663 頁。

議會，以各科學長及各科教授互選之若干人為會員；大學校長可隨時齊集評議會，自為議長」，「大學各科各設教授會，以教授為會員；學長可隨時召集教授會，自為議長」。[16]這兩個校內機構的組織方式和管轄事項，體現了民主化和專業化的教育發展趨勢，各科的課程、考核等事務由各科教授商議後自理，標誌著現代的學科意識已經建立起來了，各知識領域不再被統攝在一個標準之下，輻射型的知識體系被現代分科體系所取代，籠罩在教育和學術頭上的意識形態威權也因之淡化。《大學令》第二十一條還允許民間開辦私立大學，這是對教育的進一步去政治化。次年頒行的《教育部公佈大學規程》（1913 年 1 月 12 日）規定了具體的分科方案，文科中以哲學門居首，哲學門又分為中國哲學類和西洋哲學類。「哲學」這一概念的出現說明中國在知識觀念上已接受了西方的改造，傳統的經學、理學、諸子學等內容將在哲學的學科規範中被重新整合。而且這種中西並置的方式也說明中國從教育界到官方都開始從知識的角度來看待中西學術資源，既把傳統人文知識從綱常名教中剝離出來，賦予其學術身份，不致因君主專制政體和宗法社會結構的解體而一損俱損，也把西方思想學術從西方殖民擴張的霸權中剝離出來，肯定其對中國現代知識建構的積極意義，不再視之為破壞中國社會公序良俗的洪水猛獸。這種剝離標誌著學術倫理與社會倫理已經

---

[16] 璩鑫圭、唐良炎編：《中國近代教育史資料彙編·學制演變》，第664 頁。

有所分離。可見與晚清的「壬寅—癸卯學制」相比，民國《大學令》和《大學規程》在教育宗旨、學校管理、分科方案等各方面都體現出政治權力與教育之間的關係有了變化，呈現出明顯的現代特徵。

　　「壬子—癸丑學制」關於初、中等教育的規定則具有較明顯的官方指導性，比如《教育部公佈中學校令實行規則》（1912 年 12 月 2 日）中，「修身」一科雖佔用學時遠比國文、外語、數學、史地、博物等科目少，但排在各門課程之首，並有以下說明：「修身要旨在養成道德上之思想情操，並勉以躬行實踐，完備國民之品格。修身宜授以道德要領，漸及對國家社會家族之責務，兼授倫理學大要，尤以宜注意本國道德之特色。」[17]這段說明有兩個要點：一是強調把道德教育的目的具體落實為對國民品格的養成，「國民」是民眾在現代政治體系下獲得的新身份，如果說「忠君」是臣民道德義務的核心，那麼對國民的道德要求就由對君主的責任轉換為對國家社會家族的責任，這兩種責任當然具有不同的政治內容，但都體現出政治權力對個體的強制性要求，可見現代政治仍然要求教育以道德規訓的方式承擔對個體進行政治規訓的職能，即阿爾都塞所謂「國家的意識形態機器」。二是強調「本國道德之特色」，這說明當時的官方在社會道德的建構上持有民族主義立場，的確，道德並不具有絕對的普適性，民國初年的中國社會正在

---

[17] 璩鑫圭、唐良炎編：《中國近代教育史資料彙編·學制演變》，第669頁。

經歷新舊道德、中西道德的競爭和衝突，政治權力既需要認同新道德以標舉自身的道德合法性以及文化先進性，因為恪守舊道德難免有為君權招魂之嫌，但它同時又需要認同本國道德以彰顯自己代表中國的合法性，並為不同於西方的政治運作和社會管理留有餘地。因而即使時間鏈條上的新道德與空間維度上的西方道德有很多交集，民初對現代道德規範的建構仍然需要突顯本國特色，這與晚清對西方思想文化、宗教倫理的防範有相似之處，但其中結合了現代的政治民族主義這一新內容，值得我們尤為注意的是，當它與國民教育結合在一起的時候，其政治意圖就被進一步放大了。同時頒發的還有適用於小學的規定，其中對於修身課的說明，與上述說法大同小異，都以培養行為規範為起點，以養成現代公民的國家觀念為宗旨：「宜就孝悌、親愛、信實、義勇、恭敬、勤儉、清潔諸德，擇其切近易行者授之，漸及於對社會、對國家之責任，以激發進取之志氣，養成愛群、愛國之精神」，「又宜授於民國法制大意，俾具有國家觀念」。[18]此外，在學校日常事務的管理和人事制度方面，也較大學的規定更為嚴格，比如對於大學師資如何構成，沒有特別規定，僅對私立大學的教師聘用有學歷資格、學術水準方面的說明，而對於中學教員則明文規定由校方聘用後呈報相應級別的行政官員。

---

[18] 《教育部訂定小學校教則及課程表》（1912年12月），見璩鑫圭、唐良炎編：《中國近代教育史資料彙編·學制演變》，第690~691頁。

　　民國成立之初制定的這個學制給予高等教育較大自主權，對基礎教育則施行更明顯的意識形態引導和更嚴格的管理。之所以有此差別，部分原因在於現代高等教育同時還承擔發展學術研究的職能，對學術自身規律的遵循在一定程度上制約了行政干預，而現代學術倫理與社會倫理的分離也使學術的相對獨立具有了合法性。同時，蔡元培等一批接受了西方教育思想影響而又在當時教育界、政界有影響力，甚至直接參與了學制制定的人士，也是當時高等教育獲得一定自由空間的重要原因。初、中等教育處於個體由自然人被規訓為社會人的奠基、成形階段，優先回應社會倫理的要求有其合理性，因而政治權力的介入也就更為直接和明顯。「壬子—癸丑學制」作為表述官方教育政策的正式檔，其中的強制性要求當然不會少，但即便如此，在「壬寅—癸卯學制」中存在的禁令性、懲戒式的表述方式，在這裡已不再出現，而通常代之以說明性的表述。到「壬戌學制」的制定和頒佈，因參與其中的權力主體呈多元化，權力對教育的影響也就更為分散了，從而為具體操作留下更多空間。

第二節　文學的重新定位和價值重估

　　經過三次學制改革，中國基本完成了現代教育體制和學術體制的建構，學科意識逐步加強，專業知識群體

逐漸形成，政治權力作用於教育和學術的方式發生變化，呈現出現代特徵，這是中國社會文化現代轉型中的重大事件。就我們的核心議題而言，作為一個新學科的「文學」成立了，它不再是一個囊括經史子集的龐大學科，也不是傳統「詞章學」的替代物，它借助現代分科體系獲得了新的學科定位，因而也需要在現代知識體系和文化格局中重新設定自己的價值。

經學在歷史上不僅作為一種知識和學術領域而存在，更是作為支撐君主專制政體和宗法制社會結構的權威意識形態而存在，隨著政體和社會結構向現代轉型，經學在失去意識形態合法性的同時也遭遇現代學科體制的抵制。在民國的學制中，「經學」這一名稱從學科目錄和課程目錄中消失了，其中的非意識形態內容經過重新整合，被置放在哲學、史學、文學等不同學科之中。從文學學科的角度看，這一過程就是文學主動和經學剝離，宣稱自身學科獨立性的過程，文學成為「美術」[19]的一種，而不再是政教倫理的工具，文學研究、文學批評成為現代學術的一種，而不再是演繹儒家文學觀、文化觀的工具。這種剝離也使文學與既有的文化權力、文化功能剝離，由此產生的價值真空急需填充，而外來的西學正好為之提供了思路 —— 文學的本質和意義在於非功利性的審美，這是從西方美學中找到的理論依據，文學研究的意義在於認識文學活動中的客觀規律和終極真

---

[19] 晚清民初的文獻中，藝術通常寫作「美術」，這個術語體現了國人在西方美學和藝術理論影響下，開始認同藝術應以美為最高價值。

理，這是從現代性的知識分治原則中獲得的支持，因此文學學科的價值無須外求，對美與真理的追求作為其內在本質，為這一學科的文化合法性奠定了最堅實的基礎。文學在去權力化之後對自身價值的重新論證，參與了現代學術倫理的建構，消減了「致用」對學術研究和文學教育的壓力。但現代社會文化中學術倫理與社會倫理雖然有所分離，社會倫理卻並沒有完全退出學術和教育領域，尤其是對於誕生於民族危亡時刻的中國現代學術教育而言。新興的文學學科為回應社會倫理對文學研究、文學教育提出的要求，嘗試從以下兩種途徑重建文學的社會價值。

一是以現代國家民族意識的培養為內核對文學進行再度權力化。這一對文學價值進行重新定位的思路，自晚清以來得到普遍認同。

文學經歷了去經學化，與原有的意識形態內容剝離，因此這實際上也是一個去權力化的過程，但這並不意味著它從此就不再與任何意識形態結盟，不再與任何權力發生關聯。晚清民初，正值社會激盪、風詭雲譎之際，各種政治文化思潮輪番湧現，文學時常參與其中，梁啟超宣導「政治小說」和「新小說」，就非常直接地把文學作為表達、宣傳政治意見的工具，與傳統上對文學權力的認識在邏輯上是一致的，只不過替換了所宣傳的具體內容。當然，進入學科體系的文學話語，還必須具有知識性的外殼，與權力的關係呈現得較為隱蔽。現代意義上的「中國文學史」科目的形成，就是一個為民

族主義與文學的結盟構築知識性載體的過程，在此過程
中，文學作為增強民族意識、國家意識，提升民族凝聚
力的重要載體被再度賦予權力。民族主義在當時中國社
會擁有如此強大的道德優勢和政治正確性，是由多方面
因素促成的：一是半個多世紀以來中國經歷的民族生存
危機；二是民族主義作為民族國家的意識形態，本身就
是一種現代政治意識，符合中國社會現代轉型的需求；
三是民族主義既屬於西學新知，又可以在傳統中找到可
對接資源，很容易與既要積極佔有新的象徵資本又具有
傳統思維慣性的中國社會一拍即合。因此文學與民族主
義的結盟呼應了當時社會倫理對教育、學術的期待和要
求，「作為大學裡的一門課程，『中國文學史』的設置，
在早期除去是對日本、歐美學制的模仿之外，還有另外
一個相當重要的因素，便是它能夠講述一個有關中國文
學的源遠流長的歷史傳統，這種歷史傳統的講述，對於
近代國家形象的建設以及民族精神的構造都十分有益，
它能夠起到激發愛國熱情、提高民族自信心的作用……
而愛國主義，恰好又是近代國家的學校教育的一個最核
心觀念。」[20]

　　「中國文學史」進入現代文學教育的課程體系，首
先是仿效日本和歐美的產物，與之相應，文學史教材的
編撰也受到東、西洋文學史著述的影響。《奏定大學堂
章程》規定「中國文學門」開設 7 門主課，「歷代文章

---

[20]　戴燕：《文學史的權力》，北京：北京大學出版社，2002
年，第 82 頁。

流別」是其中之一，實際上，對文章流別的研究在中國古已有之，此次「歷代文章流別」作為課程科目與以往的重大不同之處在於，名為中國傳統文學研究中的文章流別，實為現代學科意義上的文學史，因為《章程》在對課程進行說明時，專門指出「日本有《中國文學史》，可仿其意自行編纂講授」[21]。以外國學者的著作為範本，就說明本土資源中沒有適合用來教授「歷代文章流別」課程的現成著作。《章程》頒佈於 1904 年，此前日本已出版的中國文學史著述不止一部，其中吉城貞吉、笹川種郎所著在中國影響較大，而日本學者撰寫文學史所秉承的觀念、範式和體例，又是來源於歐美。中國人自撰的最早的《中國文學史》，正是應教學之需而產生，如1904 年林傳甲寫成的《中國文學史》是為京師大學堂的相關課程而作，1905 年黃人寫成《中國文學史》也是他在東吳大學任教的結果。草創時期的作品，其面目往往半新半舊，對自己借鑒模仿的物件也往往一知半解，比如林傳甲的著述在文學觀念、敘述物件和寫作體例上都帶有濃重的舊學色彩，不像當時的日本學者，對「文學史」的現代學術性質已有較為清晰的認識。但在體現現代民族意識、國家意識方面，林著又明顯有別於舊學，至少「宗經」已不再是唯一的旨趣，「『愛國』，也正是近代教育中的一個核心觀念，近代教育和學科體制的建立，可以說就是隨著這一觀念在教材中的滲透、在課

---

[21] 璩鑫圭、唐良炎編：《中國近代教育史資料彙編‧學制演變》，第356 頁。

堂上的傳播而完成的，如果以此為標誌的話，那麼林傳甲編寫的這一課本，就是非常具有近代式的新學意味的」[22]。而黃人更試圖在世界文學的視野中來敘述中國文學的歷史，以確立其世界性的價值和地位，「這樣的對於國家文學的敘事，其所透露的資訊是，中國曾經有、如今也有絕不遜色於世界最偉大文學的文學」[23]，這是在認同普世性標準的前提下所做的民族主義建構，是依據新的象徵資本所做的有利於本土傳統的闡釋。

民國頒佈的《大學規程》中，「歷代文章流別」已為「文學史」這一舶來的科目名稱所取代，至此，中國文學史作為一個學科、一門課程，從內容到稱謂都完成了與傳統的區分。辨明「中國文學史」的現代身份和西方淵源，並不是為了割斷它與本土傳統的聯繫，而是為了從根源上說明，這門學科為什麼要用現代的文學觀、史學觀對中國文學傳統進行重新敘述。與傳統敘事不同，現代中國的文學史敘事因接受狹義文學概念而逐漸縮小了敘述物件的範圍，因秉承民族主義立場而突出了文學的民族性，尤其是突出本民族文學的源遠流長和偉大成就。這門學科的成立，為中國教育學術界提供了一個能夠滿足多種心理需求的場所：既能與時俱進參與新學，甚至與國際接軌，又能調用已有的知識儲備，原有的優勢資本損耗不多；既從社會倫理的角度保持了宣揚民族主義的政治正確性和道德正義性，又從學術倫理的

---

[22] 戴燕：《文學史的權力》，第 189 頁。
[23] 戴燕：《文學史的權力》，第 193 頁。

角度獲得了為一個新學科奠基立范的機會。因而自林傳甲、黃人著書之後的二三十年間，成為撰寫中國文學史的一個高潮時期。在這個過程中，放棄了傳統文化權力的文學又獲得了新的社會政治價值和文化意義，文學在社會倫理層面上的合法性得以順利重建。

　　立足同樣的文學歷史講述不同的故事，意味著敘述主體的文學觀念發生了變化，因此伴隨文學史學科的誕生、發展而來的，是當時中國知識界對理論資源的重新尋找。文學與國民性的關聯，文學傳統與民族主義的關聯，之所以在諸多外來資源中受到特別關注並引發文學批評、文學創作中的連鎖反應，不能不說這是一個重要原因。「文學概論」作為課程進入大學課堂的時間晚於「中國文學史」，但同樣通過教材的翻譯，編寫，參與、推動了文學的再度權力化，比如黃人《中國文學史》中關於文學的定義就來自日本學者大田善男的《文學概論》，而本間久雄的《文學概論》在中國的影響更大，除了體例完備、譯入較早、援引中國文學事例較多之外，作者專設一章討論文學與國民性，也是原因之一。「中國文學史」和「文學概論」兩門學科的產生，是中國的文學教育從傳統模式轉為現代模式的重要標誌，因而它們對文學再度權力化的推動，不僅是對文學合法性的一種重建，更是對社會一般文學觀念的強有力的塑造，文學被普遍接受為一種重要的文化政治力量。在整個現代時期，文學一再成為各種權力運作的場所，正與此有關，發展到後來，甚至使得文學史和文學理論兩門學科自身

也受到政治權力的強力干預。其中緣由，恰應從源頭上考察，這兩門學科在成立之初通過為文學賦予意識形態權力來確立自身合法性的路數，必然使它們在學術自由上付出一定程度的代價。

二是提出「人生的藝術化」，把審美精神作為養成健全人格，使現代社會、現代文明趨於平衡的重要文化力量。這是在去經學化後為文學價值重新定位的又一種思路，也獲得較多認同。

文學藝術既具有民族性，也具有超越民族和地域的人類共通性，如果僅從國家民族的角度來認識文學的社會價值，難免單薄而片面。而且，當時已具有文學獨立意識的中國現代知識份子，對於再次為文學綁上政治與道德的重負，是有猶豫、有分歧的，他們也試圖尋找另外的途徑來為文學建立文化合法性。以審美現代性為內核的「人生的藝術化」就是這一嘗試的成果。

現代性是一個龐大的資源庫，其中既有民族主義、國家主義、階級革命，也有個人主義、自由主義，既有科學主義、技術理性，也有人文主義、審美主義。現代轉型對國人身份認同的改變，既有從臣民到國民的轉變，也有從臣民到個體的轉變。認識到自己除了是國家、民族、家族的一分子，也應該是一個獨立個體，擁有對自己身體、情感、志趣以及生活方式的自決權，這是現代文化給予中國人的珍貴饋贈，20 世紀初中國社會發生的一系列倫理生活的變革，都與此直接相關。文學重建文化合法性之際，正好遭遇了個體意識在中國的蓬勃興

起，因此探索文學如何有益於個人的精神生活，也就成
為論證文學之社會文化價值的一個重要取徑。

　　早期魯迅對中國文化壓制個體的尖銳批評及其所表
述的相關文學態度，五四時期周作人《人的文學》立足
「個人主義的人間本位主義」[24]來理解新文學應有的發
展方向，隨後又在對「言志」傳統的現代闡釋中突出了
文學的個體性，這些見解都推動了從個體的角度來認識
文學的價值。周氏兄弟是最早在高校講授文學理論課程
的教員，也是五四時期最能代表新文學創作水準的作
者，以他們的位置和影響力，上述觀點進入當時中國文
學話語的中心區域是很自然的。沿著尊重個體的軌道，
同時又汲取了西方美育思想和中國傳統藝術精神中的某
些資源，現代中國文學理論形成了「人生藝術化」這一
重要概念，由此文學的價值被設定為提升作為個體的人
的精神品質和存在意義。這種價值具有超越於特定時
代、特定社會的普適性，體現了文化高於政治的理念，
在學院派文化空間中得到較多認同。文學理論學科在中
國成立之初所吸納的資源，就為這一思路埋下了伏筆，
當時譯介的教材和相關著作，無論來源是日本還是歐
美，都有不少篇幅闡述文學在情感、想像、審美等方面
的特質，其中多有對文學如何關聯於個體精神世界的分
析，本間久雄更是設專章討論「文學與個性」。隨著中
西教育學術交流的深入，在西方文學理論和美學中浸淫

---

[24]　周作人：《人的文學》，載《新青年》5 卷 6 號，1918 年 12 月。

更深的宗白華、朱光潛等學者推進了「人生藝術化」的理論建構，並使其中蘊含的西方現代美學思想與中國傳統藝術精神融為一體，朱光潛《給青年的十二封信》就是這方面的經典文本。

「人生藝術化」以揭示文學藝術對於個體的意義為起點，其走向則有不同可能性，周作人始終堅持個人主義的優先性，更主流的傾向卻是為文藝和審美賦予一種獨立於社會現實的批判精神。魯迅早在《摩羅詩力說》和《文化偏至論》等文章中就說明了這兩種可能性：「故文章之於人生，其為用決不次於飲食，宮室，宗教，道德。蓋緣人在兩間，……時或活動於現實之區，時或神弛於理想之域；苟致力於其偏，是謂之不具足。嚴冬永留，春氣不至，生其軀殼，死其精魂，其人雖生，而人生之道失。文章不用之用，其在斯乎？約翰穆黎（今譯約翰·穆勒 —— 引者注）曰，近世文明，無不以科學為術，合理為神，功利為鵠。大勢如是，而文章之用益神。所以者何？以能涵養吾人之神思耳。涵養人之神思，即文章之職與用也。」[25]這裡為文學賦予了兩個層次的文化價值，一是個體精神境界的涵養與提升，一是為社會養成一種審美態度，從而達成對實用主義的制衡和對人類文明走向的調節，防止「文化偏至」。在這兩個層次上，文學的價值都在於對「利」和「理」的超越，對世俗現實的超越，其功用就在於「無用」，尤其是在近世文明

---

[25] 魯迅：《摩羅詩力說》，見《魯迅全集》（第 1 卷），北京：人民文學出版社，1981 年，第 71 頁。

趨於物質主義和技術理性的境況下，文學的超越性就更
應該得到重視，以藝術的態度看待世界人生就不僅有益
於個體，也有利於整個社會的平衡和人類文明的良性發
展。

　　從文學藝術的審美本質發展出文學藝術的社會批判
功能，可以是激進的。比如在魯迅看來，這絕不是在輕
鬆的消遣或桃花源式的想像之中就能實現的，理想中的
文學家應是「精神界之戰士」，以先知的洞察力，異端
的獨立精神，戰士的勇毅，殉道者的犧牲，道常人所不
能道，顛破迷夢，喚起覺悟，「而污濁之平和，以之將
破。平和之破，人道蒸也。」[26]又比如郁達夫認為藝術
和國家分別代表兩種根本不同的秩序，藝術的邏輯是審
美的，只認同「亙古不變的普遍的正義」，國家的秩序，
尤其是資本主義的現代國家的秩序，則是建立在功利主
義的邏輯之上，因利益的本能驅動而不可避免地實施「詐
偽」、「戰爭」、「虛偽的正義」，以及對美與愛的破
壞，所以「現代的國家是和藝術勢不能兩立的」。[27]從
文學藝術的審美本質發展出文學藝術對社會的批判和改
造，也可以是一個溫和的、漸進的過程，比如經蔡元培
提倡而在新知識界頗具共識的現代美育思想。宗白華的
表述就很具代表性，闡明了美育的效果如何從個體向社
會延伸，「我們常時作藝術的觀察，又常同藝術接近，

---

[26] 魯迅：《摩羅詩力說》，見《魯迅全集》（第 1 卷），北京：人民
　　文學出版社，1981 年，第 68 頁。
[27] 郁達夫：《藝術與國家》，載《創造週報》第 7 號，1923 年 6 月
　　23 日。

我們就會漸漸的得著一種超小己的藝術人生觀」，「我們持了唯美主義的人生觀，消極方面可以減少小己的煩悶和痛苦，而積極的方面，又可以替社會提倡藝術的教育和藝術的創造。藝術教育，可以高尚社會人民的人格」，[28]「我們為人生向上發展計，為社會幸福進化計，不可不謀人類『同情』心的涵養與發展……而真能結合人類情緒感覺的一致者，厥唯藝術而已」[29]，「我們現在的責任，是要替中國一般平民養成一種精神生活、理想生活的『需要』，使他們在現實生活以外，還希求一種超現實的生活，在物質生活以上還希求一種精神生活。然後我們的文化運動才可以在這個平民的『需要』的基礎上建立一個強有力的前途」[30]。

「人生藝術化」作為藝術觀和人生觀，在中國本土傳統中有深厚的文化基礎，但中國現代時期形成的這一文藝思想，卻是以西方現代美學為理論支撐的，尤其是其中蘊含的社會改良、社會批判的意圖，為「人生藝術化」增添了作為社會觀的性質，這是典型的現代文化的產物。因而「人生藝術化」既富於民族特色，同時也具有普世性，比如由此衍生出溫和的審美教育和激進的審美批判兩種路向，在西方同樣如此。前者是英美新人文

---

[28] 宗白華：《青年煩悶的解救法》，載《解放與改造》第 2 卷第 6 期，1920 年 3 月 15 日。

[29] 宗白華：《藝術生活》，載《少年中國》第 2 卷第 7 期，1921 年 1 月 15 日。

[30] 宗白華：《新人生觀問題的我見》，載《時事新報》，1920 年 4 月 19 日。

主義、德國審美教育的主要思路，後者所持的審美主義立場是尼采哲學、唯美主義藝術思潮乃至後來法蘭克福學派文化工業批判的理論內核。換言之，現代中國的「人生藝術化」理念是在世界知識語境中產生的，眾多參與者從不同途徑或多或少接受了西方影響，尤其是在理論闡述上相對完整的朱光潛，西方現代美學正是其知識結構的主體。

　　「人生藝術化」是中國知識界立足現代文化對文學價值的重構，以對個體的肯定為起點，闡發了文學對於個人與社會兩方面的價值，從理論上奠定了文學在倫理學意義和社會學意義上的雙重文化合法性。現代中國的「人生藝術化」命題萌芽於 20 世紀初，至 1920 年代前後相關表述集中出現，形成了一種理論氛圍，而這一時期也正是文學理論正式成為大學課程的開始，二者在實踐中存在互動關係。

　　文學理論作為現代學科所具有的西學色彩，以及作為學制演變之產物而具有的知識屬性，都使這一學科一開始就承擔了為文學重新定位，為文學知識重構話語系統的任務。位置歸屬發生轉移的文學，其價值和功能也需要重新論證。或者在民族主義立場上構建「想像的共同體」，或者融合個人主義與審美主義兩大現代性元素，構建融藝術觀、人生觀、社會觀於一體的「人生藝術化」理論，是中國知識界為文學重建文化合法性的兩種構想。作為現代文學教育中的兩大科目，文學史和文學理論共同參與了第一種構想，第二種構想則主要是由文學

理論推動的。

隨著現代學制的確立，文學知識開始在新的學科平臺和課程體系中重新集結、組合，它的知識形態和價值定位都發生了遷移，而接受新式教育的一代人對於文學的認知和感受，以及他們的文學寫作，也與他們的前輩有了明顯不同。但對於本書的主題而言，更重要的研究物件還是新舊過渡時期的一代人，他們基本上接受了傳統的文學教育，卻成為現代學制的推動者和設計者，這樣的眼光、動機和能力是怎樣產生的呢？

中編　新知識群體：

文學理論學科化的人力資源

引　言
變局中的文化空間和知識主體

　　文學理論的學科建制是依託於現代教育體系和學科體系而形成的，正是從這一事實出發我們認定，現代教

育的興起為文學理論的學科化提供了體制基礎，並使文學理論學科成立伊始就必須重新檢討文學的價值歸屬，重新設定文學理論的知識屬性，重新尋找學術資源。從這個意義上說，的確是體制基礎奠定了文學理論學科的基本形態。然而，學科化的實際推行還有賴於知識主體的實踐。由於中國現代教育體系的形成不是本土傳統自然演化的結果，而是對西方模式的仿效和移植，不是產生於有廣泛社會基礎的自下而上的要求，而是產生於自上而下的設計和引導，因而建制的形成往往先於社會的實踐能力，這也就解釋了為什麼「文學概論」科目在教育檔上出現數年之後才真正進入課堂。如果考慮到最早開設這門課程的北京大學和南京高等師範學校在當時中國高等教育中具有舉足輕重的地位，擁有最雄厚的師資力量，就可以想像這門課程在全國的普遍開設有多大難度。

這種滯後性緣於與現代學科體系完全匹配的知識主體仍然在形成過程中。文學教育和相關學術研究作為知識生產，是知識主體在一定知識體制的規範下進行的，因而體制和主體是兩個必不可少的條件。在社會文化的現代轉型中，體制的變革和主體的重構也是相互依賴、相互限制的。中國現代教育體系的形成，正是由初識西學的知識群體所主導的，但即使對於這個在意識上領先於一般社會人群的精英群體而言，要按照現代要求完善自身知識結構也需要時間。主體意識的改變推動體制的現代化，新的體制又反過來向主體提出進一步要求，促

使主體更深入、更全面地更新知識結構和文化習性，以提升社會對新體制的執行力。

　　作為影響知識生產的兩大基本要素，主體和語境是相互作用的，主體不斷地被建構和重構，語境的邊界也總是開放性的，通常包括文化意義上的地理空間，學術意義上的知識資源和知識規範，社會學意義上的專業機構、職業文化和交往空間，傳播學意義上的話語模式和傳播方式。對於歷史研究而言，「知人論世」的古訓始終有效，在這一部分，我們將結合個案研究和宏觀考察來分析清末民初中國的知識主體是怎樣發生變化的，這些變化又是怎樣作用於文學話語的。總體而言，東西方文明的相遇是那一歷史時段最顯明的語境，西方的強勢介入改變了中國的文化空間。在文化地理的意義上，中國第一次從世界的角度來認識自身，被迫改變天朝上國、中央之國一類的自我認同；也第一次嘗試與強勢的、優越的異質文化共處同一個空間，中國土地上的租界與洋人、中國人在海外遊歷的經驗等，使西方不僅介入了國人的心理空間，也實際改變了國人身處的物理空間。在文化場域的意義上，西方模式的輸入改變了中國知識生活的場所和生態，也改變了知識群落集結分佈的方式，形成了現代意義上的區域文化中心和學術中心。文化空間的一系列變化，促使這個社會的精英群體為認識和應對這些變化而不斷調整自身的知識結構。既然主體及其物件都發生了改變，那麼從邏輯上就可以判斷，主體用以言說物件的話語體系也不會原封不動，事實也是

如此，現代中國文化空間和知識主體的巨大變化就具體表徵為新詞彙、新學語的大量湧現，以及新的話語生產方式的形成。

「建設學校,分立專科,不得不取材於歐美或取其治學之術以整理吾國之學」[1]，文學理論作為一個移植型學科，先天就被焊接在新的文化空間之中，也必須接納源出西學的話語進入本土的基本知識系統，還必須諳熟現代教育學術體系下的話語生產方式，比如以課時和學期為時間單位的課堂講授、講義教材的編寫、外語著述的研讀與翻譯、同行之間的討論與爭議、適用於現代報刊傳媒的文章寫作，等等。因此，只有更新了知識結構和文化習性的知識主體才能夠成為文學理論學科化的合格實施者，只有合格的人力資源達到一定規模，文學理論的學科化才能實際推行。在文學理論學科化的初期，留學群體是其人力資源的主要構成。

---

[1]　朱希祖：《文學論》，《北京大學月刊》第 1 卷第 1 號，1919 年 1 月。

第三章　文化空間的變化與現代知識主體的產生

第一節　現代文化地理在中國的形成

　　由於人類的存在與活動，地理空間不再是純粹的物理空間，而是社會文化展開的場所，並作為形象呈現於主體意識，人類種群、族群的差異性也因此造就了文化地理的不同面貌。空間中的景觀、生活樣態，對空間的命名，中心─邊緣空間關係的形成，以及文化在空間中的遷移等等，都應在文化地理的意義上來理解。地理大發現開啟了世界的現代性進程和全球化進程，加速了文化的流動性，人類雖然不是第一次意識到地理空間的文化差異，卻是第一次意識到差異性的碰撞將會導致文化地理的巨變。由於前現代時期文化交流的規模較小，速度也較為緩慢，因而同一區域的文化地理相對單一、穩定，時間因素是更重要的變數，歷史變遷中的物理呈現以及由此帶來的心理感受是前現代文化地理的主要特徵。彌漫在古典文學中的憑弔之思和滄桑之感，即是前

現代文化地理的時間性特徵的產物。現代性打破了同一物理空間的文化同質性，隨之也就會打破文化地理的現狀：不僅是改變其具體面貌，還將改變文化地理的產生方式。跨文化交流擴大了人們的空間體驗，加速了文化地理的變遷，時間變數的重要性退居次席。

　　現代文化地理基本上不再具有區域獨立性，而是在相互介入、互為參照的過程中形成的，這個特點主要從以下三個方面體現出來：其一，任一區域在文化地理意義上的身份（identity），都是通過被置入世界格局中定位而獲得的，是通過與若干他者的比較、區分而獲得的。比如北京是「中國的首都」，上海曾被稱作「東方的巴黎」，歐洲人劃定的「中東」、「遠東」是以距離歐洲的遠近為標準的。又比如北美大陸上出現的「新英格蘭」、「新奧爾良」、「新罕布夏」等一系列以「新」為首碼的地名，既含有對故土的懷念，也含有對新家園的憧憬，體現了歐洲移民對歐洲與新大陸空間關係的認知和界定，而經過了這樣的界定，美洲大陸的政治文化身份已然發生巨大變化。在西方的擴張中，美洲被歐洲殖民者稱為「新大陸」，這就意味著美洲土著的歷史被終止，空間被剝奪，美洲被強行納入歐洲的歷史，這片土地經歷了文化地理的重塑，最終成為歐洲文明的副本。不僅是美洲，整個世界的空間關係都需要重新認定。魏源的《海國圖志》之所以在近代的日本和中國都產生重要影響，很大程度上就是因為它提供的世界圖景改變了東亞自我認知的參照系，也改變了儒家文化對「夷」

的態度。其二，實體形式的文化地理，如建築景觀、城市佈局、生活民俗、語言符號等等，具有明顯的文化混雜性（hybridity），因其形成過程不可避免地有異質文化介入。矗立在哈爾濱的索菲亞大教堂，散佈在世界各地的唐人街，越南南部的法式風情，非洲土地上通行的種種歐洲語言……文化混雜構成了現代文化地理的本質特徵。其三，作為想像和再現的文化地理，如口述、文學描述、視覺影像等等，是由自我（本地人）描述和他者（外來者）描述共同形成的形象（image）。簡言之，現代文化地理在本質上是文化多樣性在一定物理空間的博弈，這種博弈既在物質的層面上發生，也在符號、話語的層面上展開，從這個博弈過程中我們甚至可以追蹤到世界現代性進程的全部歷史。

現代文化地理在中國的形成，其實質是對中國文化地理的重構，改變了中國的文化地理身份，改變了中國文化地理的實際面貌，也改變了中國文化地理的生成方式和形象再現。同時，這個區域中的主體對文化地理的體驗也隨之改變，他不得不在西方的參照之下，在西方的介入之中，並在「他者」的凝視之下重新感知自身，重新體認世界。當時的中國知識份子主要通過遊歷異域和閱讀西學來完成文化地理的重構，同時也完成對自身知識結構的重構，由此，主體所存身的空間，主體所瞭解的空間，以及主體內在的精神空間都與此前不同了。

第二節 遊歷：

空間變化中的經驗與敘述

異質文化空間中的遊歷本身就是現代文化地理的突出特徵，同時又作用於主體對現代文化地理的切身體認。遊歷所帶來的經驗變化，導致主體對他者與自我的重新認知並將其呈現於敘述。中國文人歷來有寫遊記的傳統，接觸西方以前，中國人的遊歷經驗中鮮有能夠挑戰中華文化優勢的他者，而出現在清人遊記中的西方和日本，則展現了它們的「長技」，隨著國人對海外的瞭解越來越多，對自身的反思和檢討也逐漸擴展到社會文化的各個方面。我們將以梁啟超為例，分析遊歷經驗如何改變一個中國知識份子對西方的想像和認識，而對西方的改觀又如何反過來使他對中國的看法發生改變，尤其是與我們的議題相關的內容：當梁啟超體認的物件從文本中、想像中的西方轉為親身經歷的西方以後，他的知識結構發生了怎樣的變化，他的文學觀念以及對本土文學傳統的態度發生了怎樣的變化。

之所以選擇梁啟超作為分析物件，一是因為他的影響力和代表性，二是因為他的遊歷在空間上遍及日本、北美和歐洲，見聞了「西方」的不同樣態，而且梁啟超的數次遊歷發生在他人生中的不同時期，時間跨度較大，有助於呈現個體的遊歷經驗如何擴展其文化空間，

進而引發知識主體重構的常態。梁啟超一生中有四次重要的遊歷：1891 年途經上海、1899 年東渡日本、1902 年遊歷「新大陸」以及 1918 年遊歷歐洲。依據對西方認識的深淺程度和知識結構的更新程度，以及隨之而來的觀念變化和作為表徵的話語變化，可以看出這四次遊歷對梁啟超的人生軌跡有重要影響，形成分別以政治活動、輿論宣傳、學術活動為重點的三個階段：

第一階段：1891-1898 年，以上海為起點，初識西學。追隨康有為，積極參與維新派政治改革，形成了對「西方」的想像性認知並試圖以此為參照對中國進行改造。

第二階段：1898-1903 年，東渡日本，遊歷北美新大陸，對「西方」的認知有所深化。輿論宣傳是其這一時期活動的主線，主要通過辦報、撰文來表達政治文化立場，傳播西方的知識和思想。

第三階段：1918-1920 年，周遊歐洲，引發對中西文明的再反思。此後進入了在學術上最為活躍的階段，直至去世。

梁啟超是一個思想敏銳而活躍，且勇於改弦易轍的人，每一階段的遊歷都激發了他的思考並寫下大量論著，其中大部分議題集中於社會、政治領域，在對西方新學的介紹宣傳中政治文化理論也占去文章總量的一大半，專就文學、美學問題進行論述的文字相對較少。為了更全面地呈現知識主體在外在文化空間和內在文化空間兩方面的變化，我們應避免把文學、美學議題從產生

它的文化場域和知識結構中剝離出來進行抽象討論。因
此這裡的重點不在於羅列和分析梁氏的具體文學、美學
觀點，而在於探究這些文學知識是如何嵌入其知識結構
的，文化空間的變化又是如何作用於嵌入方式的。為此
我們將採用話語分析與文化地理學、知識社會學相結合
的方法，集中討論作為內外文化空間變化之表徵的新學
語是如何與主體的遊歷經驗發生意義關聯的。

一、從想像西方到重構中國

　　梁啟超 1973 年出生於廣東新會，少年早慧，但就對
中國近現代歷史的參與和影響而言，他真正的起點是上
海。1891 年梁啟超在赴京參加科舉考試後首次遊歷了上
海，在這裡他第一次接觸到西學，「從坊間購得《瀛環
志略》讀之，始知有五大洲各國，且見上海製造局譯出
西書若干種，心好之」[1]，眼界一開，其原有的知識結構
和人生規劃發生了不可逆轉的變化。

　　上海是現代文化地理在中國的第一個重要地標。作
為中國最早被迫向外界開放的五個商埠之一，上海發展
出特殊的文化屬性，即所謂的「通商口岸文化」。從文
化地理的意義上講，通商口岸特殊的政治經濟地位、人
口構成和流動方式，以及現代的文化生產傳播方式，使
傳統價值體系中至高無上的綱常名教失去對社會的控制

---

[1] 梁啟超：《三十自述》，見《飲冰室合集》文集之十一，北京：中
　　華書局，1989 年，第 16 頁。

力，迅速邊緣化，使社會呈現出權力的多元性、流動性和文化的混雜性。這裡分佈著歐美列強的租界，湧入來自世界各國的居民，充斥著各種外來語言和「洋涇浜英語」，非本土風格的建築和街景改變了這裡的地貌，大量的外來商品以及洋人的機構和規則改變了這裡的日常生活。如同格裡德爾所指出的那樣，通商口岸作為一個特殊文化空間的出現，對於中國知識份子來說具有重大意義：「通商口岸的存在，在這種外國文化飛地中繁榮著的外國的思想和生活方式，對那些願意瞭解這種陌生蠻夷生活方式的中國人來說，是完全可以接受的」，「上海比香港更引人注目的是它繁榮興旺的雜交文化。」[2]這種權力分散化和文化混雜性在知識層面的最鮮明體現就是西學書籍的大量輸入，在「中西碰撞」的幾十年間，譯成中文的西方文獻由早期傳教士翻譯到中國人主動輸入，其內容從宗教典籍漸次擴大為自然科學、應用科學、社會科學、文學、哲學等，直至對西學的全方位輸入。在這個過程中，租界享有治外法權，清政府思想文化管控相對削弱，這不能不說是一個重要的推動因素。上海成為文化輸入的橋頭堡，從開埠前後到 1900 年的六十年中為「中國引進了西方資本主義的教育制度和先進的科學技術」，不僅如此，伴隨這種引進還發展出現代的新聞出版業、教育機構、市政建設、新型社會管理方式，

2　[美]格裡德爾：《知識份子與現代中國 —— 他們與國家關係的歷史敘述》，單正平譯，天津：南開大學出版社，2002 年，第 92、95 頁。

[3]從各方面改變了上海的社會文化生態，也培育了現代的知識生活形態。第一次置身於這個文化空間，最吸引梁啟超注意力的不是上海的物質景觀，而是文化資訊。

1891 年以前，梁啟超的知識結構與所有接受傳統教育的儒生並無二致。據梁氏《三十自述》所記，其早年學術興趣已經歷過一次變更：幼年時期「日治帖括，雖心不慊之，然不知天地間於帖括外，更有所謂學也。輒埋頭鑽研，顧頗喜詞章」，到十三歲時「始知有段王訓詁之學，大好之，漸有棄帖括之志」，十五歲「肄業於省會之學海堂……至是乃決舍帖括以從事於此，不知天地間於訓詁詞章之外，更有所謂學也」。[4]這段描述透露出豐富的資訊：其一，傳統中國的一般教育為滿足科舉考試的需要而設，頗為狹隘局限，無形中禁錮人心，妨礙才智的發展。其二，從帖括之學轉向訓詁之學，是從應試之學轉向實證學問，顯示了少年梁啟超出於求知欲對功名心有所超越。其三，就清代的學術場域而言，實證之學相比應試之學更具文化資本，顯示知識群體對科舉制度已有長期的不滿。其四，訓詁作為傳統實證之學的代表，雖是必要而有益的學術訓練，但對於現代社會所需的知識結構而言仍然微不足道，內容限於經史典籍，方法限於考辨源流，知識範圍限於中國而無世界。可見在遊歷上海之前，梁啟超所接受的知識來源是單一

---

[3]　劉惠吾：《上海近代史》，上海：華東師範大學出版社，1995 年，第 256~265 頁。

[4]　梁啟超：《三十自述》，見《飲冰室合集》文集之十一，北京：中華書局，1989 年，第 15 頁。

的，其知識結構的主體構架是經學，其中的變化無非是宗派的差別，漢宋的分歧。其五，19世紀中葉以來，中國人漸漸開始「睜眼看世界」，但新學新知的傳播範圍相對有限，傳播速度也極為緩慢。梁啟超提到的《瀛環志略》，是近代中國乃至亞洲第一部系統介紹世界地理人文的著作，除對各國風土人情、地理氣候有所介紹外，還對世界幾大文明的特點和西方民主制度有所涉及，並給予積極評價，在一定程度上超越了傳統思維的局限。該書由徐繼畬編纂，1848年初刊，1865年又由總理衙門主持重刻並於次年正式刊行，但出生知識家庭，自幼受到良好傳統教育，且少年早慧，求知欲強烈的梁啟超直到18歲，在該書刊行半個世紀以後才第一次看到這部著作。也就是說，在遊歷上海之前，他所處的文化環境中沒有人向他提及，或根本沒有人知道《瀛環志略》及這一類的知識資訊。可見當時知識階層只能在沒有多少選擇的情況下接受文化資訊，如此，很難對經學主導下的知識體系和價值觀念產生根本性的質疑，至多只是做內部的調整，即使這個體系在應對現實時已顯出尷尬和疲態，已令人失望。在這種匱乏情況下，異質文化一旦進入，對它的接受往往就頗為匆忙和輕率，來不及系統研究、深入瞭解，要麼視為洪水猛獸急於排斥，要麼視為靈丹妙藥急於拿來。晚清時期中國對西學的接受就是如此，其實兩種態度都是建立在對西方的模糊想像之上。

梁啟超因上海見聞和《瀛環志略》知道了中國之外尚有世界，儒道釋之外尚有其他文明，由此產生了對西

方的最初想像以及對西學的求知欲，但這種想像和求知
欲是沒有具體目的和特定方向的，因為他所得到的新知
識在數量上和品質上還不足以對原有的知識結構產生較
大的衝擊。直到問學康有為，梁啟超才開始按照反思傳
統、變法維新、改造中國的價值立場來學習和看待西學，
換言之，他從康有為那裡獲得了對西學的期待視野——
借鑒西方改良中國。其《三十自述》稱，「辛卯餘年十
九，南海先生始講學於廣東省城長興裡之萬木草堂，徇
通甫與餘之請也。先生為講中國數千年來學術源流、歷
史政治、沿革得失，取萬國以比例推斷之。余與諸同學
日劄記其講義，一生學問之得力，皆在此年。」「取其
所挾持之數百年無用舊學更端駁詰，悉舉而摧陷廓清
之。……明日再謁，請為學方針，先生用教以陸、王心
學，而並及史學、西學之梗概。自是決然舍去舊學」。[5]1894
年，梁啟超為自己涉獵西學制定了如下閱讀計畫：「讀
西書，先讀萬國史論以知其沿革，次讀瀛環志略以審其
形勢，讀列國歲計政要以知其富強之原，讀西國近事彙
編以知其近日之局，至於格致各藝，自有專門」[6]。可見
此時他對西學的吸收主要是知識普及性的，還沒有深入
到思想文化領域，但畢竟已經有了明確的目的。可以說
萬木草堂三年的學習是梁啟超從舊學轉向新學的開始，
由於康有為的影響，他學習西學的動機從單純的求知興

---

[5] 梁啟超《三十自述》，見《飲冰室合集》文集之十一，第 16 頁。
[6] 梁啟超《讀書分月課程》，見《飲冰室合集》專集之八十九，第 4
   頁。

趣轉變為在中西比較中為中國社會尋找出路的政治意圖。這種轉變對梁氏個人的思想和行為產生多方面影響：首先，在政治上催生了他的變法思想，在文化上催生了他對以儒家經學為核心的傳統知識體系和文化制度的批判意識，使他形成初具現代色彩的政治觀、社會觀和文化觀；其二，西方成為他認識中國的必不可少的參照，從此他關於中國的一切思考都不可能僅在自身社會文化體系之內進行；其三，在梁氏這一時期的西方想像中，西方是先進的、優越的，西方時常成為論證維新派合法性的依據；其四，這種轉變還形成了梁氏視文學和學問為政治輿論之利器的意識，這種意識不僅見於其文學論述，也影響其人生選擇。這四個方面在梁啟超已被重構的知識結構中鑄為一個整體，而這一時期他在上海、長沙、北京等地的活動和言論中，這四個方面的意識也清晰可見。

如果我們觀察這一階段梁氏頻繁使用的新詞彙、新學語，就可看出文化空間的改變和擴展如何呈現為知識結構的更新。1892-1895 年間梁啟超的文字表述中新學語寥寥無幾，文章的主題也基本集中於對今文經學經典的正名和考證上；而對於西學的介紹，他所能想到的也不過是通過創辦《萬國公報》（1894 年）傳遞域外世界的地理風土、人情時務等常識資訊以求「開民智」；在語言表達上則仍然以嚴謹而正統的文言來進行寫作。而從 1896 年之後，隨著國內政治局勢的劇烈變化和通商口岸文化雜交程度的不斷擴大，西學不僅僅在知識層面發

揮作用，更進一步影響到梁氏的表達方式、思維習慣和價值判斷：他開始嘗試白話寫作，新詞彙數量激增 —— 如「報館」、「群」、「民主」、「獨立」、「遊戲小說」、「大教育」等 —— 它們非常明顯地具有西學知識的成分；他開始涉足新的主題，從之前仍囿於以經世考史之學表達政史見解轉變為以西方為參照質疑傳統的政體法度。當然，正如通商口岸文化具有「似是而非的性質」[7]，在資訊管道有限的情況下初識西學的一批人，其知識結構也呈現出「似是而非」的狀態，梁氏在《變法通議》、《論科舉》等文章裡，仍然習慣於依靠傳統權威為西學的合法性辯護，比如其《學校總論》就試圖以「《春秋》三世之義」來佐證借鑒西方而進行教育改良其實是合乎傳統價值的。但無論如何，與西學的相遇已經使梁啟超邁開了從傳統文化中走出的第一步。

梁啟超在這一階段使用的與文學議題有重要關聯的兩個關鍵字是「報」和「群」，都具有新學語的性質，梁啟超的宣導和使用對其意義和指涉物件的確立起到了重要作用。我們將把這兩個詞彙作為重點分析物件，因為它們是晚清文學場演變的標誌，並在後來成為梁氏文學話語中的核心詞彙。這兩個新學語的使用和討論，最初是在政治語境中展開的，隨後很快遷移到文學語境。

梁啟超對「報」和「報館」的熱議，與他對西方、日本報刊的政治文化功能的認知和想像直接相關。中國

---

[7] ［美］格裡德爾：《知識份子與現代中國 —— 他們與國家關係的歷史敘述》，第 46 頁。

傳統的「報」雖然也是一種傳送資訊的媒介，但主要用於指稱具體的官報或邸報，其功能主要在於中央向地方、上級向下級下達行政命令或地方將治下情況向上呈報，實質上等同於官方文書，其傳播途徑、傳播物件都是特定的、單一的，基本不具有輔助行政事務以外的功能。晚清時期現代意義上的報業已經出現，因而梁啟超頻繁論及的「報」或「報館」有了新的所指物件，當然這一術語的內涵意義以及外延的意義關聯也發生了很大變化。

中國現代報刊的興起最初與西方傳教活動有關，在華傳教士辦報宣傳宗教，同時也刊載一些科普常識，使國人意識到報刊具有向大眾傳遞資訊的功能。中國人自辦報刊以後，登載的內容不斷擴展，出現了文學作品、商業資訊、社會新聞、社交啟事等等，報刊的功能逐漸多樣化。變法運動帶來中國現代報業的第一次勃興，並首次發展了報刊的政治宣傳功能。至此，報刊具備了以下特點：資訊來源和發佈資訊的主體非官方化，傳播物件大眾化。因此它是一個可以進行輿論宣傳、政治啟蒙的平臺，是一種全新的權力形式，有可能通過對讀者的影響而改變社會普遍意識，有可能形成一個官方之外的意識形態勢力，有可能改變知識群體參與國家事務的方式。為了盡可能擴大受眾的範圍，報刊文章在語言上需要貼近日常口語，在文風上應力求通俗易懂。維新派對此有自覺意識，積極運用報刊宣傳變法，並著力創辦白話報刊，推動晚清白話文運動，梁啟超更是在其中起到

相當重要的作用。1896 年梁氏撰寫《論報館有益於國事》一文，以西方為參照，從理論上闡述了報刊開啟民智、通達言路，從而有益於強國強民的重要性。該文也是梁氏首次對「報」和「報館」的概念詳加論述的文獻，說明了中西報業的歷史並加以對比，闡述了現代報刊的特點和作用，並在此基礎上指出中國發展現代報業的必要性和迫切性。這些表述說明梁啟超在當時對於報刊作為現代傳媒的性質已有比較清楚的認識，也意識到知識階層應主動進入這一新興領域，由此報或報館就不僅僅是一個新型傳播方式，它還是一個爭取話語權、實現知識階層啟蒙目的的有效途徑。在此後的文章中，他又陸續闡述了報刊文章在文體上的特點，報刊與文學的關係，這就使「報」進入了文論的話語範疇，並成為文學通俗化、政治化的重要推動因素。梁啟超在實踐方面也有突出成績，維新運動期間他先後在北京、上海、長沙等地主持、創辦過《萬國公報》（後更名為《中外紀聞》）、《時務報》、《湘報》等維新派的重要報刊，是維新派在報界最有影響的人物。變法失敗以後，梁氏仍然活躍於報界，創辦、參與的報刊有《清議報》、《新民叢報》、《新小說》、《政論》、《國風報》、《新中國報》、《庸言》、《大中華》、《解放與改造》等。

從維新變法時期梁啟超對於「報」的理解和實踐中，可以看出其知識結構的巨大變化，最突出之處有三：其一，從社會生活到政治軍事等各種領域的西方資訊成為其知識結構的重要構成部分，並促使他改變了原有的價

值判斷；其二，他對知識群體、君主、民眾三者之關係
的認識發生改變，初具現代民主意識；其三，他對文言
的認識發生改變，語言與文體被納入開啟民智、引導輿
論等現代議題中進行思考。這些變化直接影響了知識主
體的思維方式和行為選擇，梁氏此後無論是在言論上還
是在行為上，無論是活躍於政治領域還是活躍於學術文
化領域，按照理想中的西方模式重構中國都是其基本意
圖，而梁氏「不惜以今日之我難昨日之我」，則在很大
程度上緣於他對西方的認識隨經驗的變化而不斷有所調
整。

　　梁啟超關於「報」或「報館」的闡述從 1896 年一直
延續到 1921 年，共撰寫了 10 篇專門討論「報」或「報
館」的文章，雖具體內容有所增加，但對於報刊基本性
質和功能的認識與初期相比並沒有大的改變，據此也可
以判斷梁氏對於現代報刊的基本觀念在其遊歷經驗的第
一階段就已成形了。他對這個新生事物的認知、實踐和
表述，正是得益於其知識結構的第一次擴展。然而在那
些增加的具體內容中，也可以清晰地看到其後的遊歷經
驗所起的作用。比如維新派對「報章體」、「新文體」
的提倡本來就受到日本「言文一致」運動的啟發，[8]梁啟

---

[8]　一般認為，日本「言文一致」運動始於幕府末期 1866 年，前島密
　　在《漢字禦廢止之義》一文中提出了重視日本口語、廢除漢字的方
　　案，之後又有森有禮的《簡略英語採用案》以及福澤諭吉漢字削減
　　論。隨著「言文一致」的觀念流行於世，對現代報刊、文學創作也
　　產生了深刻影響。在二葉亭四迷、山田美妙、尾崎紅葉等小說家的
　　實踐中，日本口語文學隨之興起。這種新文體也直接促成了現代日
　　本書面語的成形。1877─1882 年期間，黃遵憲作為清政府首任駐

超流亡日本後對此有更深體會，在創辦《清議報》、《新民叢報》期間繼續嘗試，其文體也因之得名「新民體」，同時他受到德富蘇峰等人影響，進一步形成了「文界革命」的思想，「讀德富蘇峰所著《將來之日本》及《國民叢書》數種。德富氏為日本三大新聞主筆之一,其文雄放雋快,善以歐西文思入日本文，實為文界別開一生面者。餘甚愛之。中國若有文界革命,當亦不可不起點於是也。」[9]又比如梁啟超在日本創辦《新小說》,提倡政治小說,把現代傳媒、文學、政治啟蒙三者結合在一起,也是受到日本政治小說風行對明治維新起到積極作用這一事實的觸動,而梁氏的這種思路又對中國整個現代時期的文學生態都產生了重要影響。當報刊成為文學創作、文學批評、文學論爭的主要發佈平臺以後,報刊作為一種現代政治體系下的話語權力,以及它具有的文體、語言特徵,都深刻地影響了文學經驗和文學知識。

日參贊出使日本,對明治維新時期的日本進行了全面的考察。耳濡目染于日本「言文一致」運動所取得的實效,黃遵憲對文字與語言之間的關係有了比他人更為自覺的認識。在《日本國志·文字志》中,黃遵憲介紹了日本用「言文一致」體的文字進行教學、刊印的情況,並指出中國文字與語言不合的問題更為突出,「泰西論者,謂五部洲中,以中國文學為最古,學中國文字為最難,亦謂語言文字之不相合也」， 因而希望中國也能形成「適用於今、通行於俗」的文字和文體,從而「令天下之農工商賈,婦女幼稚,皆能通文字之用」。參見黃遵憲：《日本國志·學術志》,吳振清、徐勇、王家祥點校整理,天津：天津人民出版社,2005 年,第 810 頁。除黃遵憲之外,譚嗣同、梁啟超也提出類似主張,並進行實踐,他們的文章因多發表於《時務報》,故又有「時務體」之稱。

[9] 梁啟超：《夏威夷遊記》,見《飲冰室合集》專集之二十二,第 191 頁。

　　「群」這一概念，源於對西方政治哲學的翻譯，在西人那裡主要指「社會（society）」，進入中國語境之後意義並不統一，說明當時知識界對西學的接受並非鐵板一塊，差異不僅體現於對資源的選擇，也體現於對資源的理解和運用。關於「群」的討論是晚清知識界的一個熱點，梁啟超不是這個術語的首創者，[10]但對於闡發其意義，推動其流行起了重要作用。1896 年 11 月他在《論學會》中使用這個術語時，闡述了「群」的兩層含義：一是現代意義上的社會組織、政治組織，如議院、商會、學會等，其中又以發展知識份子的政治社團為建立各種社會組織的基礎；二是團體成員在精神層面的共識和凝聚力，「群之道，群形質為下，群心智為上」。

---

[10] 據康、梁事後追述稱，康有為在 1884 年開始探討「合群」思想，1891 年在萬木草堂講學時其經世之學中也列有群學，但最早有文獻可考的是嚴復 1895 年 3 月 4 日至 9 日發表于天津《直報》上的《原強》一文，其中介紹了斯賓塞的「群學」，意同今天的「社會學」，是對 sociology 的翻譯。1897 年，嚴復著手翻譯斯賓塞《社會學研究》，在《國聞彙編》上發表《勸學篇》，其中包括後來《群學肄言》的前兩篇《砭愚》、《倡學》，1902 年《勸學篇》更名為《群學》由杭州史學齋鉛印出版，1903 年全書翻譯完成，定名為《群學肄言》，由上海文明編譯書局出版（參見鄧希泉：《〈群學肄言〉的發表和出版時間及英文原著辨析》，載《社會》，2003 年第 4 期）。1903 年上海商務印書館還出版了嚴復譯自穆勒《論自由》的《群己權界論》。可見嚴復基本上是在西方社會學的意義上使用「群」、「群學」等概念。1895 年 8 月以後，康有為才在關於強學會的文章中使用「群」這一概念，倡「合群立會」，「群」近于現代意義上的政治團體，康、梁當時雖然也對西方社會學學說有所瞭解，但主要是在宣傳變法維新的政治思想的意義上使用「群」、「群學」等概念。兩種理解雖有差別，但並非全無關聯，康、梁均瞭解嚴復的譯作，而嚴復也認為斯賓塞學說有「發揮修齊治平之事」的政治意義（參見王主編：《嚴復集》第 1 冊，北京：中華書局，1986 年，第 117 頁）。

[11]1897 年發表於《知新報》的《說群》，是這一階段梁啟超關於「群」的集中闡述，其政治意涵非常顯明，「以群術治群，群乃成；以獨術治群，群乃敗。己群之敗，他群之利也。何謂獨術，人人皆知有己，不知有天下」[12]，文中將「群術」與「獨術」對舉，體現了否定專制的現代民主意識；「己群」與「他群」的對舉，則體現了現代民族國家意識；尤其值得重視的是，梁氏揭示了專制政治植根於「人人皆知有己，不知有天下」的民間土壤，顯示其政治活動之所以由自上而下的制度改革轉向為在全社會培育國家意識、提倡「新民」的思想啟蒙，不僅是迫於變法失敗的外因，更有其內因，也預示了此後樑氏將文學納入「群治」的邏輯發展方向。

總體而言，這一階段梁啟超關於「群」的理解主要著眼於政治團體和民族國家意識，尤其對知識群體的政治權力有強烈籲求，表現出明顯的現代民主思想，但他沒有意識到現代民主與個人權利的關係。可見西學提供的資源雖然已經從根本上改變了梁啟超思考中國問題的眼光，但此時他對西學的瞭解和把握仍然是零碎的、主觀的，這種情況在當時知識群體中極具代表性。

以對西學的興趣為觸發點，接受康有為的影響，通過對學會和報刊的積極參與而活躍於維新派的政治活動，是這一階段梁啟超的人生主題，「報」和「群」因

---

11 梁啟超：《變法通議·論學會》，見《飲冰室合集》文集之一，第31頁。
12 梁啟超：《說群序》，見《飲冰室合集》文集之二，第4頁。

此也成為他在這一時期的表述重點。對這兩個關鍵術語的分析，既顯示知識結構的變化帶來主體思維方式和行為選擇的改變，也顯示推動知識結構變化的西方還僅僅是混雜著主觀想像的「西方」。這正與知識主體所處的文化地理直接相關，在因國際競爭中的弱勢地位而引發的一種文化劣勢的潛在失落心態裡，在通商口岸特有的混雜性的地理空間文化中，在對「二手」西方資訊的間接接受等現實因素的綜合作用下，梁啟超此時對西方產生了雙重想像：第一重是對西方本身的想像，第二重是對西學作用於中國社會後的效果想像。由於文化空間的限制，西學乃至各種西方資訊從西方世界到通商口岸再進入傳統知識份子視野，其中至少經過了兩重意識形態的重新解碼，一是作為仲介的譯介者和作為鏡像的通商口岸對西方景觀的有限複製，二是作為接受主體的知識份子的傳統思維慣性和急欲為危機中的中國尋求藥石的功利心態對西方資訊的片面接受。從闡釋學的意義上講，闡釋的有效性通常伴隨闡釋環節的增多而弱化，闡釋的主觀性也通常因固執的期待視野而增強，因而最後進入梁啟超視線內的文本的完整性和可靠性無疑是大打折扣的，而最終被整合在他知識結構中的西學更是與其原貌有了相當的距離。就文學而言，「報」、「群」等術語從政治語境向文學語境的遷移，不僅證實政治力量是晚清文學觀念、文學形態演變的重要推動力，更預示著文學的功能以及文學參與社會的方式都將發生重大變化。梁啟超等人把這些變化引向國家民族意識對文學話

語的佔有，並把這種佔有視為對西方先進經驗的合理複製。但在事實上，這種認知無論是對西方的政治理念還是對西方的文學話語，都存在明顯的誤讀。梁氏並非對這種差距毫無意識，他於 1896 年在《時務報》刊載的《西學書目表》，就試圖對西學的譯介進行清理，該書目分為西學、西政、雜書三類，共包括 353 種，883 本，此時他已意識到其中的缺陷，「今之所譯，直九牛之一毛耳。西國一切條教號令，備哉燦爛。實為政治之本，富強之由。今譯出者，何寥寥也？彼中藝術，日出日新，愈變愈上，新者一出，舊者盡廢。今之各書譯成，率在二十年前。彼人視之，已為陳言矣。」[13]現實條件的限制以及突破限制的強烈意願，為此後知識結構的一再重構留下了伏筆。但就當時而言，知識主體只能基於想像和主觀闡釋中的西方來設計中國的未來，在梁啟超涉及歷史、地理、政治、經濟、軍事，甚至文化和道德的一系列中西對比中，可以很明顯地看到一種奉西方經驗和西方模式為榜樣的傾向性，其視點主要聚焦於西方政治民主制度的先進、經濟實力的強大、知識普及程度之高以及社會文明的進步上。這種不問緣由與過程，主要著眼於結果的視點，簡化了制度移植、文化移植的困難度和複雜性，使他很難意識到照搬「備哉燦爛」的「泰西文明」之經驗來挽救本土頹勢有何風險，這種樂觀情緒洋溢在梁啟超的字裡行間，隨處可見他對未來充滿信

---

[13] 梁啟超：《西學書目表序例》，見《飲冰室合集》文集之一，第123頁。

心、洋溢著力量感的宣言。因而，對西方的想像越是理
想化，對西方評價越高，效仿西方的願望越是熱切，恰
是其視野仍然局限於中國本土的結果。想像中的西方，
無非是他所預期的中國。而 1918 年後這個幻夢的最終破
滅，正是緣於對西方世界的親歷，歐游經歷作為導火線
直接引發了梁啟超對傳統文化的重新審視與複歸，也引
發其知識結構的再次調整。

二、從東洋到西洋

　　東渡日本雖是為躲避政治迫害而被迫流亡，但客觀
上卻為梁啟超提供了一個進一步接受新知、切身感受新
世界的契機，促成其外部文化空間和內在精神空間的再
次擴展。梁氏當時未及而立之年，對新經驗、新知識的
反應迅速而敏銳，對於日本這個東西文化交匯地和中國
接受西學之重要中轉站的親身體驗，使其對中國與西方
的認識都有所更新，有所加深，當然，隨之改變的還有
他的政治文化思想，這也導致他與康有為在思想上漸行
漸遠，因此，這一次遊歷可謂其思想和人生的第二個轉
捩點。

　　避禍日本之前，梁啟超對日本的瞭解基本來源於國
人所寫的關於日本的介紹性著作，如黃遵憲的《日本國
志》等。因此，雖說梁啟超對日本並不陌生，他參與的
戊戌變法就是對日本明治維新的效仿，但正如他對西方
的瞭解在很大程度上具有想像色彩，梁啟超對日本的瞭

解同樣夾雜著想像和簡化，他主要是將日本作為一個學習西方而成功自強的典型和一個為中國吸收西學輸送材料的資源庫來看待，因而他曾以中日文字的親緣性為由，大力提倡知識群體通過閱讀和翻譯日文書籍而學習西方思想。與國內的通商口岸相比，日本在實質上扮演了一個更大的「知識中轉站」的角色，同時中日之間的歷史淵源也加強了日本作為成功典範和有效資源庫的說服力。歷史上，中國知識群體對日本的態度存在一個轉變的過程。明治維新之前，長期以來中國都是日本在制度、技術、文化等各方面的效法物件，中國處於文化輸出的強勢地位，中國知識群體也一直對中國作為文化宗主國的地位習以為常。明治維新之後，日本社會由於接受、消化和融合了西方資本主義的經濟政治體制而發生根本改變，國家實力迅速增長，東亞格局也隨之發生變化。新的社會存在催生出新的社會意識 ── 在新一輪的文化融合後日本對中華文化的態度由憧憬、敬仰和推崇轉變為疏離和輕視。中國在甲午海戰中的失敗及《馬關條約》的簽訂，最終把這種輕視傳遞到中國社會，引起的震驚「比迄今視以為常的西方列強的侵略所引起的震驚更為強烈」，「在中國對待明治維新的態度方面起了關鍵作用」。[14]日本此時已然作為一個相對強勢並對中國產生威脅的形象而存在，但同時又向渴求新知、尋求

---

[14]　[美]費正清：《劍橋中國晚清史》（下卷），中國社會科學院歷史研究編譯室譯，北京：中國社會科學出版社，1985 年，第 390 頁。

出路的中國人提供了一種典範。於是，由於近代中國與日本在政治關係、文化關係上的顛覆性轉變，也由於兩國在地緣上的鄰近關係以及在文化交流上的親緣關係給中國學習日本提供了便利，近代中國便很自然地將日本視為成功維新而擺脫民族危機的樣板。費正清在《劍橋中國晚清史》中這樣描述道：「在十九世紀後半期，在有影響的中國領袖人物的心目中，日本逐漸變成了一個令人不得不佩服的形象」，「明治時期的日本在清末儒家維新派心目中佔有特殊的地位……看來可以成為任何追求現代化的國家的榜樣。」[15]日本形象從依附者向對手和榜樣的轉變，使中國知識群體產生了複雜心態，尤其是對於在日本切身感受輕視態度的留學生群體而言，就更是如此，這在一定程度上可以解釋留日群體何以通常比留歐留美群體具有更激進的民族主義情緒。

現代文化地理的一個突出特徵就是主體在多國、多民族文化空間中的流動性大大增強，遠離本土的流散文化經驗往往觸發主體重新認識自我和他者。在1898年以後的四年多時間裡，梁啟超所處的複雜文化空間使其知識結構和文化心理體驗都發生了深刻的變化。這種變化一方面體現在視野的擴大和瞭解的深入。相比通商口岸文化帶來的刺激，日本空間對梁啟超的觸動更為深刻。19世紀末20世紀初的日本正處於全盤向西方學習的所

---

15 ［美］費正清：《劍橋中國晚清史》（下卷），中國社會科學院歷史研究編譯室譯，北京：中國社會科學出版社，1985年，第390頁。

謂「文明開化」的歷史階段。[16]從這個命名可以得到一個重要暗示 —— 在日本，西方文化已經被全方位地視為一種更高級、更先進、更優越的文明模式。在這個時期，日本對西學的接受已有近 200 年的歷史，經歷了「蘭學」、「洋學」兩個階段，所吸收的西學在內容上十分廣泛，體系也較為完整，基本上已走向本土化。 這使梁啟超意識到，僅僅仿效西方政體法令而進行的變法，其失敗並非偶然，而且也不能從根本上解除中國的危機。這種認識促使他迅速而廣泛地吸收西方知識，梁啟超在這一時期通過日文譯本閱讀了大量西學書籍，涉獵國民教育、民生民情、文化藝術、外交歷史等各領域，對西方政治的瞭解也具體到憲政體制等方面，「自居東以來，廣搜日本書而讀之，若行山陰道上，應接不暇。腦質為之改易，思想言論與前者若出兩人」[17]，「開始成為名實多少相符的西學通人，政治思想……變得比以前更加激進。」[18]變化的另一方面體現在「新民」觀的形成。戊戌變法之前，中國知識界關於「群學」的討論，就體現了對現代民族和現代國民的初步認識，梁啟超的「新民」觀則體現了認識的深入，而且，「新民」觀是與梁氏對「三界革命」的提倡緊密聯繫在一起的。這與

---

[16] 彭修銀、皮珺俊：《近代中日文藝學話語的轉型及其關係之研究》，北京：人民出版社，2009 年，第 2 頁。

[17] 丁文江、趙豐田編：《梁啟超年譜長編》，上海：上海人民出版社，1983 年，第 188 頁。

[18] 隗瀛濤編：《新民之夢 —— 梁啟超傳》，成都：四川人民出版社，1995 年，第 86 頁。

他在日本的見聞直接相關。明治維新以後的日本，除了
作為西學中轉站和「西化」的成功典範而引起中國知識
界的矚目之外，隨著瞭解的深入，日本自身在社會人文
方面的一些特點也對梁啟超以及他所代表的一代人產生
深刻影響。由於「不懂西文」和身居日本，這一時期梁
啟超對西學的吸收絕大多數都經過日語譯本，甚至是經
過日本學者闡釋發揮之後的二手資源，因而日譯西學所
事先限定的範圍和立場對梁啟超的西學認知產生了一種
潛在的規約，具體體現為以激進的政治立場和強烈的民
族主義情緒對西方知識進行改寫和發揮。比如日本在學
習西方的過程中產生的「言文一致」運動、文學的政治
化傾向等等，都影響到梁啟超這一時期的文學話語。傳
統日本文學並不熱衷政治表述和宏大敘事，無論在題材
選擇還是敘事模式上都更偏好私密化敘事，崇尚神秘幽
暗、低回陰鬱的審美風格。而明治維新以後的日本文學，
由於受到政治語境的強力規約，在主題上不再沉浸於對
自然與生命的悲憫哀吟，而是將宣揚民族意識與進取精
神放在首位；在語言和文體方面，也轉向明快暢達、直
接有力的風格；尤其是其中的新式小說，具有強烈的政
治色彩。[19]這期間的代表文人如福澤諭吉和德富蘇峰等
人對梁啟超的西學接受與文學觀念都產生了不可忽視的
影響，梁氏也毫不諱言自己對德富蘇峰等人的敬仰與追
隨，除了直接翻譯德富蘇峰的政論文章之外，還將其與

---

[19] 參見葉渭渠、唐月梅：《日本文學史》（近代卷），北京：經濟日
    報出版社，2000年。

自己想法契合的一些文章段落加以改寫補充之後重新發表。如果忽略這些影響，就無法真正認識梁啟超「新民」觀以及對「三界革命」、「政治小說」的提倡。進而言之，如果忽略日本的「東洋」模式對中國的影響，也無法真正瞭解中西關係和中國的現代化進程。

當然，梁啟超並未止步於「東洋」，1902 年他從橫濱出發遠赴加拿大和美國，北美見聞進一步強化了他對資本主義政治經濟制度的強大生命力的認同，以及在此認同下對中國傳統制度以及國民性格的批評與反省。與此同時，西方社會的陰暗面，尤其是當地華人的生存狀況也直觀地震撼了梁啟超，動搖了他對西方文明的幻想和迷戀，他意識到，原來伊甸園並不存在，「西方」並非無懈可擊。對於之前一直欽慕豔羨、視為楷模的文明模式，梁啟超不得不發起新的思考，他後來對西方文明的批評和對東方傳統的複歸，在這次遊歷中實際上已經有了端倪。

短短四年間，梁啟超在東洋與西洋之間往返，文化空間的每一次擴展都帶來主體知識結構的調整，也改變了他對中國出路的原有設想，在政治上他與康有為漸漸疏離，在社會改造上用「新民」這個概念吸收和擴大了「群」的內容，思想啟蒙的著力點從呼籲精英知識群體參與政治擴展到普遍改造國民意識，並以此為出發點大力強調文學和教育的作用。這一階段，「新民」、「群治」、「政治小說」、「文界革命」等理論對於梁啟超而言是一個相互關聯、相互策動的整體，其中與我們的

議題相關的兩個事實需要特別指出：一是文學在成為梁啟超重點關注對象的同時並非其最終目的，二是他推動的文學實踐在客觀上為現代文學的產生積累了理論、文體、語言、精神內容等多方面的經驗。以下仍以梁氏在這一時期使用的重要文論術語為線索來驗證這兩個事實。

梁啟超使用頻率頗高的「政治小說」、「群治」和「新民」三個術語具有內在關聯，對其中之一的解析不能離開對另外兩個術語的參照。

維新派在仿效歐美和日本「使民開化」的宗旨下譯印國外小說，始於夏曾佑、嚴復 1897 年在天津創辦《國聞報》，並撰寫了《本館附印說部緣起》闡述主張。將「政治小說」這一概念正式引入中國並大力鼓吹、擴展其影響的則是梁啟超。1898 年 8、9 月間在逃往日本的海上旅行中，梁氏讀到柴四郎的小說《佳人奇遇》，對小說這一文學體裁有了全新的認識，12 月在日本創辦《清議報》，創刊號即發表《譯印政治小說序》一文並開始連載《佳人奇遇》，可見其提倡「政治小說」的念頭正是在這一次遊歷中形成並付諸實踐的。除翻譯之外，梁啟超自己也開始創作政治小說，有《新羅馬傳奇》、《新中國未來記》等作品，並為此創辦了文學期刊《新小說》（1902 年 11 月創刊於日本橫濱）。發表於《新小說》創刊號的《論小說與群治之關係》，是梁啟超對於其「政治小說」理念的全面闡述，也是他提倡「小說界革命」的開始。

　　從術語本身來說，「政治小說」是政治與文學兩類話語範疇的結合，這一結合暗示著兩個意義領域、兩種價值體系、兩種應用目的甚至兩種權力關係的聯姻，因此這個概念從邏輯上就具有意義的含混性：它可以是一種文學類型，也可以是一種政治策略；它可以對文學的審美特性有敏銳把握，但視文學為政治工具的意圖也很明確。「政治小說」雖然是典型的外來概念，但中國知識界對它的接受並沒有多少障礙，因其內在邏輯與儒家主流文學觀念有相當程度的吻合。「在昔歐洲各國變革之始，其魁儒碩學、仁人志士，往往以其身之所經歷，及胸中所懷政治之議論，一寄之於小說。……往往每書一出，而全國議論為之一變。彼美英德法奧意日本各國政界之日進，則政治小說，為功最高焉」[20]，這段論述，前半部分符合「詩言志」的邏輯，後半部分類同「移風俗，美教化」的效果。但梁氏對「政治小說」寄予厚望，還透露了兩個重要資訊：一是日本經歷對他的影響，二是他明確了文學與「群治」、「新民」的關係，體現出他這一階段的思考重點已轉向對社會大眾的啟蒙。

　　作為一種文學類型，政治小說發源於英國，並非日本原創，但日本在對政治小說的推行中強化了其作為政治工具的屬性，「著書之人，皆一時之大政論家，寄託書中之人物，以寫自己之政見，固不得專以小說目之」

---

[20] 梁啟超：《譯印政治小說序》，見《飲冰室合集》文集之三，第34~35頁。

[21]，常常在小說中直接以演說和辯論的方式闡述政治主張，而英國政治小說則多以演繹歐洲政史逸事為內容。從政治題材的小說到宣傳政治主張的小說，梁啟超看到了政治小說在從西到東的旅行中所發生的微妙變化，在理論上更認可後者對小說之政治功能的強化，在自己的創作中也更傾向於日本模式，其《新中國未來記》開篇即是政治講演，後又有黃克強與李去病的長篇辯論。因此，梁啟超在把「小說界革命」納入「群治」、「新民」的現代文化政治設計時，始終立足於從功能的角度來建構其文學話語，區別於五四一代雖然也把「文學革命」視為現代文化政治建設的一個有機構成部分，但在其文學話語中不僅沒有遺失本體論的維度，而且在其現代文化政治設計中本身就包括了對文學和學術的獨立價值的承認和維護。當然，到了 1920 年代，梁啟超的文學觀也有了變化，逐漸向審美靠攏。

　　「政治小說」與「群治」的關係，源於小說的兩大特徵 —— 通俗性和「有不可思議之力支配人道」的情感性 —— 正好切合大眾啟蒙的政治需要。「欲新一國之民，不可不先新一國之小說。故欲新道德，必新小說；欲新宗教，必新小說；欲新政治，必新小說；欲新風俗，必新小說；欲新學藝，必新小說；乃至欲新人心，欲新人格，必新小說」，「故今日欲改良群治，必自小說界

---

[21] 梁啟超：《自由書・傳播文明三利器》，見《飲冰室合集》專集之二，第 42 頁。

革命始！欲新民，必自新小說始」，[22]「群治」、「新民」作為一種塑造新的國民性乃至改良國家政治的潛在途徑，其實現要依靠新型文學尤其是「小說界革命」才得以完成。經過這樣一個聯繫，「群」、「新民」便從政治倫理範疇進入了文學範疇，而它在根本上表達的便是梁啟超的泛政治化的文學觀，突出小說作為教化工具的屬性。因此，無論他對「熏」、「浸」、「刺」、「提」的闡述對於文學接受之審美特徵的認識有多麼貼切和深刻，對「小說為文學之最上乘」[23]的宣稱有多麼真誠和熱切，文學始終都只是渡津之筏，求魚之筌。如果抽離這一語境，從一般意義的文學理論角度來談論梁氏的小說觀，顯然就遠離了歷史真相，我們需要追問的是：居日期間梁氏的「群治」思想發生了怎樣的變化？是否正是這一變化引起他對文學的密切關注？

1902 年初，「新民」一詞開始頻繁出現在梁啟超的表述之中，這是他的「群治」思想發生變化的標誌。首先，他將新創辦的報刊命名為《新民叢報》，並在發刊詞中闡述了該報的宗旨：開啟民智，培育國民的公德心和國家思想，以改造國民來達到改造國家的目的，在政治上反對黨派偏見，也無意指摘或指點政府的具體事務。可見此時梁氏的政治抱負已不再是倉促進行政變式的制度改革，而轉為訴諸文化思想的政治啟蒙。隨後，

---

[22] 梁啟超：《論小說與群治之關係》，見《飲冰室合集》文集之十，第 6~10 頁。
[23] 梁啟超：《論小說與群治之關係》，見《飲冰室合集》文集之十，第 7 頁。

梁啟超開始在該報連載《新民說》，共計 20 篇。「新民」
既作為動賓片語指稱啟蒙民眾的過程，也作為一個偏正
結構的名詞指稱啟蒙的成果，其中的「民」實際上涵蓋
了原來的「群」，但內涵更為豐富。梁氏在第一階段對
「群」的理解偏重群體而忽略個體，偏重政治共識的形
成而忽略文化心理上的民族凝聚力，偏重知識階層而忽
略一般民眾。梁氏在日本接觸到盧梭等人的學說，並撰
寫了《盧梭學案》（1901 年），開始依據現代的人權思
想、民主思想來理解個體與群體的辯證關係，並因意識
到人群中每一個體的權利和責任而將眼界從精英群體擴
展到國民全體。而如何使一盤散沙的國民形成一個共同
體，也就成為這一時期梁啟超思考的首要問題，所以他
強調培育國家思想，而國家思想的養成不僅有賴於政治
共識，更有賴於文化心理的認同。「新民」的一個重要
目的就是造就現代意義上的民族國家共同體，即梁啟超
所謂「合群」，由此，「群」與「新民」兩種表述達成
了意義的疊合，既指向現代國族共同體，又意味著民主
政治對個體權利的保障以及對個體素質、個體責任的要
求是這一共同體的基礎。當對國族共同體和現代民主政
治的文化心理認同成為「群」或「新民」的基礎，梁啟
超從政治領域跨界進入文學領域就是水到渠成的事了。
不只梁啟超，這種意識在 20 世紀初期的中國知識界非常
普遍，我們前面論及的文學史編撰，也明顯具有塑造國
族共同體的主觀目的。

　　從這個目的出發，外來的文學類型「政治小說」也

就獲得了相對於一切傳統小說的道德優越性。在梁氏看
來，中國舊小說大體不出「誨淫誨盜兩端」，其中充斥
狀元宰相、才子佳人、江湖盜賊、妖巫狐鬼，「直接間
接以毒人」，直接導致國民精神素質整體低下。[24]既然
小說的作用如此之重要，中國小說的現狀又如此之糟
糕，那麼發起「小說界革命」，大力提倡「政治小說」
也就成為必然而迫切的選擇。這一邏輯的直接結果是對
以「政治小說」為主的新小說的權威化，間接結果則是
改變了輕視小說、輕視通俗文學的傳統文學觀念。前者
屬於政治和道德的範疇，後者屬於文學範疇。

　　「群治」與「新民」賦予新小說以正當性，但理論
的強大並不一定反映於創作實績，「小說界革命」提倡
多年，卻未能獲得梁啟超所期望的成績。《論小說與群
治之關係》著重從讀者接受的角度闡述改良小說的重要
性， 寫於 1915 年的《告小說家》則著重對作者主體意
識的改造提出要求，呼籲小說家要拋棄陳腐的寫作內容
與題材，不要繼續以「妖言」「直接阬陷全國青年子弟
使墮無間地獄，而間接戕賊吾國性使萬劫不復」[25]。這
一論述延續了新舊對立的邏輯，指責舊小說的積弊不僅
因影響廣大讀者，加重國民性的墮落而成為「新民」理
想的障礙，更因對作者的影響而使新近創作的小說面目
依舊，難有起色，從而陷入惡性循環。梁啟超的指責有

---

[24] 梁啟超：《論小說與群治之關係》，見《飲冰室合集》文集之十，
第 9 頁。
[25] 梁啟超：《告小說家》，見《飲冰室合集》文集之三十二，第 68
頁。

一定合理性，陳腐的道德意識和庸俗的文學趣味借助商業和市場的力量在當時的小說中的確還在大行其道，但他也因限於「政治小說」的單一視野而沒有認識到當時小說中已出現了從精神內容到文學技巧方面的種種現代因素。從文學的角度來看，小說無論是宣揚封建意識還是表達「新民」理想，其工具論的邏輯並無二致，都與現代性的知識分治原則下的文學觀念相悖，在梁啟超的「新小說」中其實也蘊含著「舊」，小說界的革命如果要繼續推進，「政治小說」亦應成為反思的對象。

如果說「政治小說」被納入「群治」和「新民」的文化政治建構與其特殊的題材類型有關，那麼梁啟超的文學想像還不止於此，他試圖在文學與「新民」之間建立更普遍的聯繫，把「新民」對個體精神氣質和社會風尚的標準直接移入文學話語，以獨立、破壞、自尊、尚武作為新型文學應具有的特質。這些特質顯然偏離了儒家文學傳統奉溫柔敦厚為正宗的主流審美，而梁氏正是以此要求新型文學承擔改造「腦與舌」的任務。他認為社會的改造須從物質制度和精神意識兩個層面破舊布新，即「鐵與血」的破壞和「腦與舌」的破壞，而後者才是根本性的。這首先是對創作主體的要求，文學作者先要完成自我的啟蒙並改變文風和審美習慣，才能把「新民」意識有效地訴諸文學文本，進而實現對讀者大眾的啟蒙。在這樣的邏輯下，文學作者被推上了先驅者與啟蒙者的高位，體現了梁啟超一代人對知識份子與民眾之關係的認識，在這種關係中文學成為二者的仲介，這也

解釋了在這一時期文學話語為什麼會成為梁啟超政治文化表述中的核心。需要指出的是，在梁啟超這裡，文學的仲介作用是單向的，即知識份子借助文學向民眾進行啟蒙或施教，進而改變社會，改造國家，但在事實上，隨著當時文學市場的初興，民眾作為讀者對於文學作者及其創作也已經具有一定的反向規約能力。出版業的興起為知識群體提供了發揮社會影響的新平臺，但同時也產生了新的制約因素，讀者的趣味對文學生產和傳播的影響力是空前的，如沒有充分認識到這一點，則易於誇大文學的啟蒙作用，誇大知識群體的社會影響力。

儘管這一階段梁啟超的關注重心從改造政體轉為改造國民性，實踐重心從直接的政治參與轉為文化活動，甚至具有文化主義的傾向，但其文化訴求中仍有突出的政治性，換言之，即只看到文化的政治屬性而忽視文化也具有非政治屬性。無論是審視西方經驗還是認識日本模式，他的期待視野都帶有強烈的政治色彩，因此經過日本改造的「政治小說」由於對政治的表述更直接且民族主義情緒更鮮明，因而更能引起梁啟超的共鳴，他甚至不自覺地用日本明治維新時期的文學經驗去同化西方的政治小說，而放過了其間差異。同樣，當他以西方經驗和日本模式為參照對中國傳統文學進行反思，對理想的文學進行想像時，政治性仍是最突出的著眼點，其「小說界革命」對舊小說的激烈批判，正是政治性遮蔽文學性的結果；要求文學發展「新民」應具有的獨立、破壞、自尊、尚武的精神和風格，也體現了政治訴求介入文學

對其審美特徵進行規範的強勢姿態。

在梁啟超的文論術語中，「煙士披裡純」雖不屬於頻繁使用的詞彙，但作為這個外來詞的漢語首譯者，梁氏在對這個術語的意義和適用範圍的確定中，突出體現了自己對文學與政治的關係的認識，也體現了日本知識界對自己的影響。

日本經歷為梁啟超這一時期的文學話語染上日本式的激進色彩，如果說在「政治小說」這個例子裡，其激進觀念的產生尚與這一文學類型本身的政治屬性有關，那麼「煙士披裡純」的例子則更能說明問題。這個術語即 inspiration 的音譯，梁啟超是在漢語中使用這個譯法的第一人，相對於眾多經過日語轉譯而進入漢語的詞彙，這是梁氏文學詞彙庫中最富於西方原生態色彩的一個術語。然而，進入梁啟超文學話語的「煙士披裡純」從能指層面來看固然少了日本痕跡，但在其所指層面，仍可析出日本因素，也就是說，梁啟超接受了日本對這個詞語的釋義。從他最初使用這個術語的時間來看，正值居留日本期間[26]，梁不通西文，主要通過日文譯本來瞭解西學，可見他是在日本的文化語境和文學語境中接觸到這個術語的，因而也同時接觸到日本語境對其詞義的發揮和改造。　參見王曉平：《文學交流史中翻譯之位相》，收入樂黛雲主編：《跨文化對話》26 輯，北京：生活·讀書·新知三聯書店，2010 年。而且梁氏《煙士披

---

[26]　梁啟超：《煙士披裡純》，載《清議報》99 冊，1901 年 12 月。

裡純》一文，本就是根據德富蘇峰文章進行的改寫。[27]從語用學的角度來看，語境的遷移通常會帶來語義的變化。與「煙士披裡純」相關的語境遷移有兩方面，一是文學領域與非文學領域之間的遷移，二是從西方到日本再到中國的遷移。西語中「靈感」一詞也並不限於描述文學藝術活動中的主體精神狀態，但在文學藝術範疇中，其意義界限是比較清晰的，所指物件也是確定的。梁啟超在使用這一概念時則有意模糊其所屬領域，他無意專門為文藝理論引入這一概念，或者他根本就認為文藝活動中的精神狀態並不具有特殊性或獨立性，而是與主體因政治、道德等處境的激發而產生的精神狀態糾纏在一起。「『煙士披裡純』者，發於思想感情最高潮之一刹那頃，而千古之英雄豪傑、孝子烈婦、忠臣義士，以至熱心之宗教家、美術家、探險家，所以能為驚天地泣鬼神之事業，皆起於此一刹那頃，為此『煙士披裡純』之所鼓動」，梁啟超描述了各種靈感現象，因靈感而產生的超能力不僅見於文學創作和藝術表達，靈感也能激發人的身體技能，比如李廣射石；能激發哲思智識，因而盧梭能為歐洲思想之先驅；能激發愛國熱情，以至貞德能抵抗強大的英軍；甚至還能激發領袖人物的個人魅力而吸引追隨者。[28]凡此種種，梁氏不少筆墨都付諸具有政治因素的靈感現象。這與他接受的日本影響有關，

---

[27] 參見夏曉虹：《晚清的魅力》，天津：百花文藝出版社，2001年。

[28] 梁啟超：《自由書·煙士披裡純》，見《飲冰室合集》專集之二，第 70~73 頁。

在西方文化傳入之前，日本文學偏擅表達個人隱秘的心理體驗，這種重在向內探究的私人化敘事風格本與訴諸主體精神世界並具神秘色彩的靈感論有一定的親和性，然而西方對日本文學產生的最大影響卻是私人化敘事的淡出，顯然這主要不是由西方文學引發的，而是由西方政治經濟軍事的入侵而引發的。日本近代一批文人在民族主義情緒的帶動下，試圖從根本的價值觀上改變日本傳統文學對悲觀情緒的迷戀和對內在隱秘心理的專注，使文學轉向對社會現實的思考和介入，由此政治色彩和民族主義情緒的凸現以及對現實主義的推崇成為日本文學從傳統走向現代的重要表徵。這正是梁啟超所感受到的日本文學氛圍。日本在引入西方靈感概念時因自身期待視野而賦予其某些政治性闡釋，並不難理解，既然如此，在日本影響下接受這一概念，並且對日本知識份子的政治文化心理感同身受的梁啟超著力闡述「煙士披裡純」與政治因素可能具有的關聯，也就是自然而然的了。

由於日本因素和政治因素的介入，梁啟超所理解的「煙士披裡純」與西方語境中的靈感論相比已有明顯的變異，主要體現於迷狂化、審美化、內在化的權重大大降低。所謂「一剎那」的噴薄作為主體精神世界的質的躍升，被梁啟超聯結於「新民」所需的意識提升、主體改造，甚至具體化為愛國激情的迸發，其著重點顯然不在於審美體驗，因此這種精神狀態固然也有內求諸己的一面，感性的一面，但更多時候卻是外向性的、理性的，甚至是道德化的。同樣出於推動「新民」的目的，梁啟

超靈感論的適用物件不僅在於創作主體，也被推向接受群體，概括地講，就是梁啟超希望發展一種承載了現代的國家意識、民族意識、政治理念、文化精神的文學，並借助文學的情感力量推動國民性的改造，造就具有現代公民意識和公民素質的大眾群體。而閱讀過程中的靈感，以一種醍醐灌頂的效應，對讀者主體精神世界的躍升起到特別的作用。這實際上使西方文學話語中偏重個性色彩、自由精神、審美體驗的靈感論轉化為對讀者的一種規約，而且是帶有政治色彩的規約。因此，西方的「靈感」經過日本的釋義和發揮，再進入梁啟超的視野被闡述為「煙士披裡純」，起碼有三方面被加以改造：一是應用物件，二是應用目的，三是應用方法。

　　知識主體因文化空間的擴展而產生的變化，不僅是一個知識重構的過程，是一種心理體驗的更新，也體現為話語體系的轉變，這三種轉變即使不是完全同步的，也是相互重疊的。在梁啟超用「政治小說」、「煙士披裡純」、「新文體」、「小說革命」以及與之相關的「群治」、「新民」等話語範疇進行的文學表述中，既可見出他本人思想的變化，也可見出新學語、新詞彙在不同文化空間中的意義轉移，同時還能見出梁啟超始終如一的中心情結 ── 他對知識的吸收與選擇，對域外見聞經驗的理解，對文學的實踐，無不圍繞為中國尋找出路這一主題。遊歷日本的觸發作為外因，救國救民情結作為內因，兩方面的結合產生了我們看到的「梁啟超現象」：思想資源不斷變化，而思考主題始終如一。

三、從本土視域到世界性眼光

1918 年 10 月梁啟超開始了為時一年多的歐洲之行，直至 1920 年 3 月回國，這段經歷對梁啟超晚年思想學術的形成產生了根本性的影響。歐洲的實地考察給他內心帶來的深刻變化，改變了他對東西文明和中國傳統的看法，他的文學觀也隨之再次調整。

從 1918 年到 1927 年，在梁啟超一生中的最後十年裡，國際國內政治事件仍然是影響中國社會文化格局的重要因素，而民族生存權是近代以來中國社會最大的政治問題，它引起知識群體情緒、思想以及行為選擇的不斷變化。民族主義在中國的形成，源於外國勢力的威脅，而民族主義的具體內容也隨中國的國際處境的變化而不斷調整，並由此波及教育、學術、思想、文學等社會文化的所有領域。梁啟超代表的中國傳統知識份子在清末民初的思想轉變和身份轉型實際上就是一個主體在新舊兩種文化價值間不斷衡量甚至反復搖擺的過程。梁啟超在第一、二階段的民族主義主要以仿效西方、實現民族自強的方式體現出來，民族主義情緒越強烈，對中國傳統文化的批評就越激烈；到第三階段，其民族主義則表現為向東方文化複歸，但他此時的民族意識其實更具開放性，更具世界性眼光，在反思東西兩種文明模式的基礎上他試圖探索東方文明有益於世界文化良性發展的可能性。而推動這一轉變的，正是他的歐洲之行。這是梁

啟超內外文化空間的又一次明顯拓展，是一個主體認知在歷史與空間的雙重變數下發生重大改變的事件。

在 20 世紀的第二個十年中，世界經歷了一戰，中國推翻了帝制，但中國的局面在總體上仍然是政治與經濟上的被殖民狀態，這給民族的集體心理帶來深刻的被剝奪感，尤其是在巴黎和會上，中國作為名義上的戰勝國實質上卻淪為被交換的戰利品，這使中國新知識群體對西方的認識又一次發生改變。而對於文化領域而言，這一時期最重要的事件是新文化運動以及知識份子陣營的分歧與分化。新文化運動在根本上是一場立志於重建思想基礎的文化覺醒，不論對其激進立場、精英主義立場和文化主義傾向做何評價，它在後來的歷史表述中都佔據了大量篇幅，並被視為中國歷史的又一個新起點。然而，新文化運動的上述立場並非突如其來，而是 19 世紀中期以來中國社會文化持續演變的結果，梁啟超及其同仁的文化實踐對於新文化運動而言就是一個能量聚積的過程；新文化運動也並非在一枝獨秀的處境下高歌猛進，而是在與各種對立面的持續論爭中有所調整，其內部也經歷了不斷的分化重組。

新文化運動與學衡派的思想文化論戰就是 20 世紀20 年代的重要文化事件。應該說雙方的基本立場具有共性 —— 都認為中國社會的有效變革需要文化的現代轉型，都認同西方是重要資源，其間分歧在於對西方資源有不同的認識和選擇，因而對於本土傳統的態度也頗有差異。這種分歧在文化轉型時期，在異質文化的碰撞交

流中有其必然性，但具體呈現和展開的方式卻充滿偶然。爭論雙方的主力都有留學背景，而他們留學期間的師承、交遊、環境等因素，也就是說，他們個人所遭遇的特定文化空間，都會在各自的知識結構和對西方文化的感性體驗中打下烙印，並進而影響他們對中國文化發展方向的選擇。比如學衡派文化保守主義思想的形成，就與其成員在早期求學經歷中受白璧德新人文主義影響有直接關係，至於因談論「文學改良」引發新文化運動而「暴得大名」的胡適，則盡人皆知是杜威的信徒。但這些偶然的個體表達所體現出來的，卻是現代化後髮型社會在面對本土傳統與外來強勢文化時必然經歷的普遍性的認同難題。這些爭議與我們的議題密切相關，因為爭論雙方都把文學作為討論的重點。對於理想中的現代中國文學究竟應該是什麼樣子，新文化運動與學衡派有不同的設想，分歧表面上膠著於文學語言、文學傳統，其實質則是雙方的文化認同在本土與西方兩個端點之間所落腳的位置不同。這種分歧不僅發生在不同派別、不同個體之間，也體現為同一個體的猶豫和反復，梁啟超就是一個典型的例子。「以今日之我難昨日之我」，他的文化認同在本土與西方兩端之間的座標變化是在時間軸上展現出來的，當新一代知識份子展開這場論爭的時候，梁氏正在經歷自我內心的辯論，從早年的激進西化轉向對東西文化的再認識，轉向在東西文化之間的遊移。文化選擇上的多變和曖昧，通常是因為知識主體所處的文化空間分外複雜。面對多種文化機制、思維形式

和價值體系，每一次選擇不僅意味著知識結構需要調整甚至重構，也意味著信仰與感性的重塑。正是 1918 年開始的歐洲遊歷，把梁啟超帶入一個空前複雜的文化空間。

　　歐洲作為西方文化的發源地和大本營，曾經是梁啟超獲取精神力量並向之看齊的理想化存在，但他親歷的歐洲，剛剛經過戰爭的摧殘，而且作為巴黎和會觀察員的他親身體會了公正、文明、人權、法制的標榜者為奪取利益而進行的種種明裡暗裡的勾當，他認識到，文化發達、物質繁榮、技術先進以及公民社會相對成熟，原來既不能阻止戰爭和罪惡，也不能促使在戰後進行真正的檢討反思，無非是換一種方式繼續進行弱肉強食的利益瓜分。而且他也看到西方體制在造就了物質繁華的同時也造成了對人性的束縛和奴役，這與他想像中的烏托邦圖景大相徑庭，使他隱隱地感覺到工具理性的墮落和科學神話的危機：「當時謳歌科學萬能的人，滿望著科學成功黃金世界便指日出現。如今功總算成了。一百年物質的進步，比從前三千年所得還加幾倍。我們人類不惟沒有得著幸福，倒反帶來許多災難……歐洲人做了一切科學萬能的大夢，到如今卻叫起科學破產來。」[29]這些認知對梁啟超觸動很大，直接導致他二十多年來的西方想像土崩瓦解，繼青年時代經歷了儒家信仰的失落之後，再次經歷了對西方文明的失望，對主宰現代西方的科學主義、理性主義的懷疑。他需要從人類的而不僅僅

---

[29] 梁啟超：《歐遊心影錄》，見《飲冰室合集》專集之二十三，第12頁。

是國族的立場來重新設想理想的文明模式，並在這個前提下找到中國文化的位置和發展方向。與此前相比，梁啟超這一時期的文學敘述有明顯變化，在現象層面體現為對中國傳統文學的態度有所改變，不再局限於從政治立場去分析文學的審美特徵，文學話語中的專業性、學理性增強，不再急於拋出新穎概念，而轉向對一般通行概念進行現代闡釋。究其實質，發生這種變化是因為此時的梁啟超對於文學研究已具備了初步的學科意識，更是因為他認識到文學具有超越於一時一地之利益的普遍性訴求，具有超越於民族性的人類性。

五四前後，正值國內文學界興起對於「什麼是文學」的討論，其結論最終指向在現代性分治原則下來認識文學的界域、特徵和價值，「文學聲稱以情感為自己獨特的表現物件，它通過具有人類普遍性的情感內容的表現而成為人類交流和溝通的手段。它以想像作為自己的特點，它的內容是虛構的，從而與其他的實證的知識相區別開來。」[30]梁啟超雖未直接參與這些討論，但他這一時期的文學表述事實上與上述理解在指向上是相同的，使「文學」這一舊有概念從原來的泛文化範疇轉化為現代意義上的學科範疇。

因而，這一時期梁啟超對新學語的貢獻並不在於提出新的範疇，而在於把「文學」闡述為一個在中國本土傳統中前所未有的，在他自己參與的晚清以來的文學變

---

[30] 曠新年：《中國 20 世紀文藝學學術史》（第二部下卷），上海：上海文藝出版社，2001 年，第 35~36 頁。

革中也尚未產生的作為專業知識範疇的「文學」。

　　如果單從論文篇目及涉及內容上說，梁啟超這一階段的文學表述絕大部分帶有專論性質，比如 1922-1923 年之間就有 3 篇關於作家的個案研究。如果從具體的術語運用來說，前兩個時期梁氏對術語、概念的挑選和論述在某種程度上是零散和倉促的，很多時候我們會發現他在一篇簡短的論文裡試圖同時介紹或論述多個概念，而這些概念之間的聯繫往往顯得比較脆弱、突兀和牽強，目的性明確而學理性薄弱。在第三階段情況則改觀了許多，梁啟超開始在某種總體意識與規劃下對文學話語進行系統性的建構，具體從以下幾個部分展開：關於文學本體的研究，比如文學的主題和情感、文學的形式和技巧，以及文學的分類等等；關於文學的外部研究，比如文學與地理的關係、文學與心理學的關係；關於文學研究的研究，比如方法論問題，並首次注意到文學批評與文學史的關係問題。這樣的分佈顯示出梁啟超開始在學科的意義上思考文學，尤其值得注意的是，他不是一開始就限於學科視角，進行專業知識體系的建構，而是經歷了政治視角、泛文化視角的文學實踐之後認識到學科視角的重要性和必要性，從這個意義上說，這一階段才是梁啟超文論思想走向成熟的時期。然而歷史的曲折就在於，此時梁啟超的表述已不再具有早期的影響力和個性色彩，而是淹沒在當時的同類話語之中，因而也通常被研究者視為梁啟超文學思想中的邊緣課題。但如果我們轉換研究的思路，討論文化空間、知識結構的轉

變對文學話語的決定性影響，並進而探討中國現代文學
理論學科的建構路徑，梁啟超在 1920 年代的文學表述就
具有特別重要的意義，正是因為這個部分的存在，梁啟
超才成為一個不可替代的典型個案。

　　進入 1920 年代，梁氏的文學表述中最值得重視之
處，有以下兩方面：

　　一是在本體論意義上對文學的總體性探討。

　　這一階段梁啟超集中從兩個方向思考文學本體問
題：一是語言、形式與文體，一是文學的情感表現。對
第一個方向的論述主要體現在 1920 年《清代學術概論·
二十五》和 1927 年《晚清兩大家詩鈔題辭》這兩篇文章
中。第一篇文章梁氏主要對自己所發明的「新文體」進
行了解釋：「啟超夙不喜桐城派古文。幼年為文，學晚
漢魏晉，頗尚矜煉，至是自解放，務為平易暢達，時雜
以俚語、韻語及外國語法，縱筆所至不檢束，學者競效
之，號新文體。老輩則痛恨，詆為野狐。然其文條理明
晰，筆鋒常帶情感，對於讀者，別有一種魔力焉。」[31]這
是從文學形式角度論證新式文體對文學改造的重要性。
第二篇文章選擇詩這一具體文學體裁作為主要論述對
象，對文學形式與文學情感兩個方面都進行了綜合詳細
的闡釋。梁氏認為文學是一種表達的技術，而語言文字
是一種表達的工具，二者之間存在相互促進與相互制約
的辯證關係：要善用語言文字的工具才能有精良的技

---

[31] 梁啟超：《清代學術概論》，見《飲冰室合集》專集之三十四，第
　　62 頁。

術，要靠精良的技術才能將高尚的情感和理想傳達出
來。目前正是新舊文學的過渡期，此客觀狀況要求文學
必須運用新式方法來改良表達技術，以造就一種蘊含新
聲的新文學。[32]我們將他的觀點大致歸納如下：其一，
以金亞匏（金和，字亞匏）《秋蟪吟館詩》和黃遵憲《人
境廬詩》兩部詩集為中國文學革命之先驅，並指出文學
是要隨時代變化而更新的，而這種變化不單指從內容和
思想體現出文學的時代性，更在於作為文學本質的「趣
味」的變化，這就把文學時代性的重心從外部社會轉向
了文學本體，從思想內容轉向了審美傾向。其二，主張
文學是「人類最高尚的嗜好」，「文學是無國界的」，
從人類的普遍性視野而不是國族的立場來看待文學，因
此既強調借鑒西方，也反對極端否認本土舊文學的觀
點，認為中國詩學的成績與歐洲不相上下。其三，提出
詩有狹義廣義之分，認為舊體格律詩是狹義的詩，其末
流過於講求形式而束縛了情感表達，而情感表達是詩的
真正靈魂之所在，故而末流舊體詩不算真詩；認為廣義
的詩包括詩、詞、曲、賦，乃至山歌、彈詞，有韻而不
受格律束縛，將自己的性情和所感觸的物件用極淋漓極
微妙的筆力寫出來。推崇廣義的詩，目的是釋放文學的
創造力。與此同時也認為詩是有條件的，實質和技術是
其兩大要素，實質指意境和資料，技術指修辭和章節，
二者不可偏廢。就技術要素而言，詩本質上是一種文學

---

[32] 參見梁啟超：《晚清兩大家詩鈔題辭》，見《飲冰室合集》文集之
四十三，第 70~80 頁。

技術，一種美的技術，雖可不講格律，但需講究修辭和
章節結構，比如音節的抑揚抗墜，朗朗上口，但修辭不
是堆砌古舊，而要通俗平實，去除雕鑿。從實質要素而
言，應增加入詩的材料，擴大詩歌的境界，使之走出個
人歎老嗟卑、應和交際的狹小圈子，「專從天然之美和
社會實相西方面著力，而以新理想為之主幹，自然會有
一種新境界出現」。[33]其四，闡述了對白話詩的理解，
指出白話詩其實古來有之，不算洪水猛獸。文字本是一
種工具，白話和文言在作者的情感表達上本無實質的優
劣之分，無論哪種語言文字，只要能實現對真情實感的
表達，使讀者貼切理解，就是好詩。由此他提出自己對
詩的新標準是「絕對自由主義」：情感真摯，說理樸實，
文字上「白話文言，錯雜並用，只要調和得好，也不失
為名文」。[34]由此可見梁氏其實不反對書面語言白話化，
他反對的是純白話體。他對這個問題的理解是：首先，
從修辭層面講，白話不如文言詞約義豐，不易達成含蓄
效果。第二，由於言文分離的歷史太長久，習慣於書面
表達的士大夫通常不太在意推動口語的進化，致使口語
不足以表達高深的思想，因此在現階段要以純白話體作
說理之文，還是有些不敷應用。第三，從音節層面講，
白話詩對韻律音奏的講究還很不成熟，字句不修飾，太
直白，損失了詩歌的音樂性之美。鑒於白話自身的不成

<hr />

[33] 梁啟超：《晚清兩大家詩鈔題辭》，見《飲冰室合集》文集之四十
三，第 79 頁。
[34] 梁啟超：《晚清兩大家詩鈔題辭》，見《飲冰室合集》文集之四十
三，第 77 頁。

熟,梁啟超認為詩歌不能絕對排斥文言,「白話詩將來
總有大成功的希望」,但有兩個條件:一要「等到國語
進化之後,許多文言,都成了『白話化』」,二要「等
到音樂大發達之後,做詩的人,都有要相當音樂智識和
趣味」。[35]梁氏將自己的詩學觀概括為「人才經濟主義」
[36],亦即一種文學上的精英主義:詩歌創作是有門檻的,
詩歌的技巧和才情都需要長期的薰陶與培養。這些觀點
其實與新詩陣營內部對於「非詩化」傾向的反思和批判
沒有根本差別,都認為詩歌語言不等於日常口語的直接
書面化,詩歌要具有超越於日常物用的精神氣質,都試
圖根據詩歌的審美特徵來設想理想中的現代詩歌形態。

梁啟超對文學的情感表現的論述實際上是延續了第
一、二階段的某些線索,但與此前相比,此時的論述有
兩個變化:一是突出了文學本位,不再專注於從政治的
角度來看待文學的情感功能。比如在《屈原研究》中雖
然也採用傳統「知人論世」的方法考察屈原的身世和時
代,但又特別指出「他脫離政治生活專做文學生活,大
概有二十來年的日月」,這表明分析屈原作品中「極熱
烈的感情」不能僅僅著眼於文學與政治活動、政教倫理
的關係,而應把握其「表現個性的文學」、「優美的文
學」、「有生命的文學」等特質。[37]另一個變化是具體

---

[35] 梁啟超:《晚清兩大家詩鈔題辭》,見《飲冰室合集》文集之四十
三,第 75 頁。

[36] 梁啟超:《晚清兩大家詩鈔題辭》,見《飲冰室合集》文集之四十
三,第 79 頁。

[37] 梁啟超:《屈原研究》,見《飲冰室合集》文集之三十九,第 49~69 頁。

化，即根據作家個案研究和具體作品分析來闡述主體情感與文學表現的關係。這本是傳統文論的重點，但梁啟超納入了文藝復興以來西方文論的資源，除《屈原研究》之外，《中國韻文裡頭所表現的情感》一文也強調了情感的「個性」，指出「藝術的權威，是把那霎時間便過去的情感，捉住他令他隨時可以再現。是把藝術家自己『個性』的情感，打進別人們的『情閾』裡頭，在若干期間內佔領了『他心』的位置」，並且推崇「奔迸的表情法」。[38]這些觀點都是在傳統文論中未被彰顯的。同時梁啟超也有意識地立足於中西文學的參照對比來探討文學規律，既關注文學的普遍性，也沒有忽略審美的民族差異，可見他此時的文學話語作為民族敘事的功能已大大淡化，因此反而能夠更客觀、更接近真相地理解文學的民族性。比如他分析情感表現的幾種方法：一是在中國傳統中占主流的「含蓄蘊藉」的表情法；二是表現了最真摯熾烈之情感的「奔迸的表情法」，西方的應用比中國多；三是「回蕩的表情法」，這是一種「曲線式」、「多角式」、「網狀」的表情法，在文學上最通用，也是中國傳統文學所擅長的，「真可以代表『純中華民族文學』的美點」。[39]這些表述就既脫離了民族主義的政治立場，也脫離了西方中心主義的文化立場。此外，梁啟超在《情聖杜甫》中還援引了西方現實主義文學寓諷

---

[38] 梁啟超：《中國韻文裡頭所表現的情感》，見《飲冰室合集》文集之三十七，第 72 頁。
[39] 梁啟超：《中國韻文裡頭所表現的情感》，見《飲冰室合集》文集之三十七，第 79 頁。

刺、批評於寫實的特點來理解杜詩的情感內核，豐富了
文學情感表現的內容和方式。[40]這一時期梁啟超的文學
論述中有大量是以中國傳統文學為物件的，但文學觀念
中卻有明顯的西方影響的痕跡，也就是說，他是以現代
的、借鑒了西方的文學觀念來重新認識本民族的文學傳
統並挖掘其中的普世性意義，正如他以現代的、吸收了
西方資源又有所反思的文化觀念來探討東方文化的積極
價值。

　　二是在文化層面上認識文學的外部關係。

　　梁啟超這一階段的文學話語中對文學本體的關注明
顯增多，但這並不意味著他忽略了對文學的外部關係的
考察，而且與此前較為單一的政治視角相比，這一階段
對文學外部關係的理解具有更豐富的文化含量。

　　正當梁啟超因歐遊經歷而對原有西方想像有所修
正，將關注重心進一步轉向文化的時候，中國知識界也
出現了新趨勢，越來越多的學人接受了現代知識分治原
則下的學術倫理以及文學「無用之用」的價值，美育思
想和「人生藝術化」理念在文學界、教育界興起。受到
這種氛圍的影響，梁啟超用「情感教育」、「趣味教育」
[41]改寫了原來的文學啟蒙思想，淡化了特定的政治指
向，而著眼於以文學藝術的非功利性來涵養現代意義上
的健全人格。這是在認同文學非功利性的前提下試圖建

---

[40] 梁啟超：《情聖杜甫》，見《飲冰室合集》文集之三十八 ，第45
頁。
[41] 梁啟超：《趣味教育與教育趣味》，見《飲冰室合集》文集之三十
八，第13頁。

立文學與外部世界的另一種關聯方式。與此相關，梁氏在《「知不可而為」主義與「為而不有」主義》（1921年）、《學問之趣味》（1922年）等文章中也一再表達了對現代學術倫理的認同。

梁啟超還試圖闡述文學與時代文化精神的內在關聯。他在《歐遊心影錄》中按西方文學史的一般觀念把歐洲 19 世紀小說分為浪漫派和寫實派，指出兩者的不同特徵是由不同時代環境的影響所致。同時還談到歐洲文學受當時自然科學與政治學影響而產生的自然主義，認為這種「自然派」文學價值低下，理由在於自然派文學是一種「科學的文學」，「不含分毫主觀的感情作用」，「就把人類醜的方面，獸性的方面，赤條條和盤托出，寫得個淋漓盡致，真固然是真，但照這樣看來，人類的價值差不多到了零度了」，「總是滿腔子的懷疑，滿腔子的失望」。[42]認為這是極端的科學主義和物質主義思想在文學中的體現，不僅給文學造成不良影響，更造成整個社會文化的失衡。且不論梁啟超對歐洲自然派文學的理解是否準確，可以肯定的是，正是這種對科學主義影響下的歐洲文化的質疑，促使梁啟超轉向對中國傳統文化的重新認識，他一改第一、二階段的態度，闡述了中國傳統文學和文化的積極價值，轉而批評國人對西方文化的盲目沉迷：「國中那些老輩，故步自封，說什麼西學都是中國所固有，誠然可笑。那沉醉西風的，把中

---

[42] 梁啟超：《歐遊心影錄》，見《飲冰室合集》文集之二十三，第14頁。

國什麼東西都說得一錢不值，好像我們幾千年來，就像
土蠻部落，一無所有，豈不更可笑嗎？須知凡一種思想，
總是拿他的時代來做背景，我們要學的，是學那思想的
根本精神，不是學他派生的條件。因為一落到條件，就
沒有不受時代支配的。」[43]另外梁啟超還從文化地理的
角度探討中國文化的特徵和優勢，在闡述世界文明與各
洲地理特徵、民族特性的相互關係的基礎上提出，我國
文學藝術的博大精深正與疆域遼闊、領土廣博和風土人
情的多樣化密切相關：「我國文學美術，根柢極深厚，
氣象皆雄偉，特以其為『平原文明』所產育，故變化較
少。」「所謂分地發展者，吾以為我國幅員廣垳全歐，
氣候兼三帶，各省或在平原，或在海濱，或在山谷。三
者之民，各有其特性，自應發育三個體系以上之文
明。……例如某省人最宜於科學，某省人最宜於文學美
術。」[44]總之，此時他對東西兩種文化模式其實是等而
視之的，並注意到無論東方文明還是西方文明，其內部
都並非鐵板一塊，那麼無論是重估東方傳統還是反思西
方文明，其目的都在於結合中西文化之精髓形成一種「新
的文化系統」並使「人類全體都得著他好處」。[45]梁啟
超從文化角度對文學的外部關係進行的探討，不僅包括

---

[43] 梁啟超：《歐遊心影錄》，見《飲冰室合集》文集之二十三，第
37 頁。
[44] 梁啟超：《清代學術概論》，見《飲冰室合集》專集之三十四，第
79~80 頁。
[45] 梁啟超：《歐遊心影錄》，見《飲冰室合集》文集之二十三，
第 37 頁。

文學與社會的雙向互動，也包括文學知識在文化格局中的定位以及文學知識體系的構成，後者標誌著這一階段梁啟超的文學話語已具有明顯的學術自覺意識。1922年梁啟超在《什麼是文化》一文中將「文藝美術品」歸入「文化」範疇，明確文藝與宗教、學術、政治等同屬「精神上之業種」，是並列關係和平行關係，而非從屬關係，這是從理論上賦予文學藝術以學科獨立性的前提。[46]在1923年的《陶淵明研究》一文中則提出「治文學史」和進行文藝批評的方法論問題，對於前者他認為應以某一時代的某一代表作家為基本切入點，「察其時代背景與夫身世所經歷，瞭解其特性及其思想之淵源及感受」[47]，進而把握文學在歷史層面上的成長歷程，即「選取代表法」，這是從具體到一般，有助於避免文學史敘述的空洞化；對於後者他提出應以考察「時代心理」和「作者個性」作為批評的前提，這是對普遍性和特殊性的兼顧，有助於拓展文學批評的視野。從這些表述中，我們雖要看到梁啟超對傳統文論「知人論世」的繼承，但更不應忽略其中的新意：對史實和方法論的重視，意味著梁啟超文學話語中的隨意性和主觀性在減少，這體現了他對文學自身規律的尊重，當然，這也就意味著梁啟超以文學批評為政論之手段、啟蒙之宣傳的意圖已逐步讓位於以文學批評為學術研究的觀念。同時，關於「治文學史」

---

[46] 梁啟超：《什麼是文化》，見《飲冰室合集》文集之三十九，第104頁。

[47] 梁啟超：《陶淵明·自序》，見《飲冰室合集》專集之九十六，第1頁。

和建立「批評文藝」的表述，也證明此時的梁啟超對於文學知識體系構成的認知已具有了現代學科意識，這與中國文學學科化的進程是大致同步的。

總體而言，梁啟超這一階段的文學表述體現了他自身的文學觀念有明顯轉變，歐遊經歷的觸發是這一轉變的首要契機，同時也與國內文化語境的持續改變有關。現代知識分治原則和現代學術倫理逐漸深入人心，文學作為一個專門學科的成立已成為現實，文學和審美的非功利性特徵得到認可，關於「東方文化復興」的討論也在一定程度上促發了對激進反傳統態度的反思，這是五四落潮之後國內學術界的整體氛圍，梁啟超 1920 年代的文學、文化思想基本上與此一致。而這樣一種氛圍的形成，正是由於當時的文化空間與此前相比更具開放性，知識主體的流動性更頻繁，對精英知識階層而言，本土文化空間與西方文化空間的精神邊界已經消解，擴充知識結構的客觀障礙大大減少。文化空間越自由，知識結構越全面，偏執一端的觀念也就越少見。

從話語方面來看，梁啟超這一時期使用的與文學相關的新學語仍然在持續增加，但不像前兩個階段那樣具有個人色彩和跨界色彩，而是更具規範性和文學性，大多是來源於西方文論但已進入中國學術話語的概念，如「敘事文學」、「浪漫文學」、「寫實文學」、「人生藝術觀」、「唯美藝術觀」等。在表述風格上也更傾向於科學話語式的客觀、辯證、理性，無論是對西方的反思還是對傳統的重新肯定，都試圖在表述上體現出中性

色彩和思辨色彩。所以這一時期梁啟超對本土文學傳統的認同度有明顯提高，但文學觀念、思維方式和方法論卻比此前更接近西方。此外，這種狀況一方面說明梁啟超不再具有先前的先驅性和影響力，而是受到國內文化學術發展趨勢的影響和帶動而對自身有所調整，但這更能說明他曾經呼籲的啟蒙，已在中國社會產生了一定的實效。

因此我們有理由認為，對西方的認識逐漸加深，體驗逐漸充實，知識結構一再擴展的梁啟超再度選擇向本土傳統尋找資源，絕非一種單向的返回。他對傳統文化進行的再解讀，是在既排除了民族保守主義甚至文化沙文主義的心態又排除了文化自卑心理之後對傳統進行的辯證認識，對本土傳統的普世價值的挖掘。如果沒有身體與精神的雙重遊歷帶來的文化空間的不斷擴大，則難以獲得這種世界性、人類性的視野。

綜上所述，梁啟超文化體驗、文化認知的擴大是隨著現代文化地理空間在中國的形成而發生的，因此他的文化實踐是考察文化空間延展與知識主體變遷之關係的典型個案；同時由於他的文學表述構成了當時中國最具影響力的文學知識，是當時文學學科建構中的重要本土資源，因此對其經驗、觀念、話語之關係的考察，對於探究中國文學知識之現代形態的形成也是一個不能繞過的任務。這是我們把對梁啟超遊歷經驗、話語範疇的詳細分析納入本課題的原因。

從 19 世紀末到 20 世紀 20 年代，在近三十年時間裡

梁啟超總共經歷了三次重要的文化空間的變化，三個標誌性地點分別是第一階段的上海、第二階段的日本和第三階段的歐洲 —— 上海通商口岸文化給國人帶來直觀的文化衝擊，這是一種摻雜著危機感和新奇感，摻雜著抗拒與嚮往的複雜體驗；日本代表一種東方世界成功複製西方模式的可能性，對於中國具有特別的意義，同時它還是中國輸入西方資源的重要中轉站；歐洲作為真實的西方呈現了現代性的種種樣態，其空前成就有多麼令人驚歎，其負面景觀就有多麼令人震撼，尤其是當它進入梁啟超視野時戰爭的創傷還沒有癒合，因而歐洲景觀極大衝擊了梁啟超在上海和日本積累起來的較為單純的西方想像。從這三個地點可以看到以梁啟超為代表的近代中國知識份子的一種普遍的文化體驗：在空間上漸漸遠離本土文化核心，但隨著對西方認識的深入，對待本土文化傳統的態度卻經歷了一個由懷疑、批判到最後複歸的過程，這個特徵在梁啟超知識結構和文化實踐的變化軌跡中有突出體現，在作為其表徵的新學語的增加和選擇中也有明顯呈現。但正如對「西化」的積極宣導完全可能是出於民族主義立場，對民族傳統的複歸也並不意味著民族主義立場的強化，因而我們有必要辨析知識主體在空間變換的體驗中是如何確立、重構自身的文化認同的，有必要探討具有空前流動性的現代文化地理究竟在作為現代文化政治訴求的民族共同體意識的形成中扮演了怎樣的角色。就梁啟超而言，19 世紀末期在上海初遇西學引發對傳統文化的懷疑，20 世紀初期留居日本期

間深化對傳統文化的全面批判，而二十年之後的歐遊經歷則促使他反思西學並重估本土文化價值，每一次空間轉換都引發文化體驗、知識結構的變化，繼而影響主體的行為選擇。單一個體的文化實踐自然並不足以改變社會的文化走向，但當類似的個體日益增多，類似的選擇漸成普遍趨勢，文化的轉型就擁有了社會基礎和巨大的推動力。這就解釋了為什麼梁啟超第一、二階段的文學表述粗疏片面而能開一代風氣，第三階段的文學話語趨於成熟卻淹沒於眾聲喧嘩。

「讀萬卷書，行千里路」，中國文化傳統歷來重視遊歷，19 世紀中後期以來由於國人開始置身於現代文化地理帶來的空前的雜糅性、流動性、衝突性空間，知識份子的遊歷體驗在規模上、範圍上都發生了前所未有的擴展，對主體意識和知識結構的重塑程度也是前現代時期的遊歷所不可比擬的。它是推動中國知識階層從整體上向現代轉型的一個重要因素，改造了文化實踐的主體，在這個意義上，它為中國現代學術建構提供了人力資源。在這場浩大、深刻、漫長的變革中，梁啟超，僅僅是一個開始。

第三節　他者體驗：
感知外國人眼中的中國形象

現代空間理論認為，空間不僅僅是一個物理性存在，人類社會中的空間通常都具有社會屬性、文化屬性，

因而也具有歷史性、發展性和交往性。我們也正是在這個意義上討論知識主體與空間的關係。遊學海外的知識份子不僅從物質景觀和知識景觀中體驗了異質文化，不僅是作為主體去吸收、選擇、評價、改造這些新的文化資源；他還進入了一個全新的人際交往空間，進入了一種全新的文化關係之中，或通過親身經歷，或通過閱讀觀看，感知了外國人眼中的中國形象，甚至他自己也不得不作為一個客體、一個「他者」被觀看被評判，不得不承受對方加之於自身族群的種種文化符號。閱讀異質文化對「我」的描述，觀看所屬族群、所屬文化在另一個文化空間中被呈現為何種形象，這是現代文化地理給主體帶來的又一深刻體驗，它通常以更感性的，甚至是情緒化的方式促使主體對自身文化身份進行重新認定，對自身所擁有的知識儲備和文化傳統發起反思和調整。

這種作為他者的體驗既是個體的，也是民族的，因此個人際遇、個人性情的差異影響當事人的文化選擇，並進而衍生為現代文學史、文化史中的標誌性事件和重要推動力，看似偶然，實質上卻是以偶然方式體現出來的歷史必然，是在個人經驗中體現出來的民族和國家的整體境遇。比如胡適受意象派觸發而提出的「文學改良芻議」，受實證主義啟發而試圖挖掘乾嘉學派的科學精神；白璧德對孔子的興趣助長了早期學衡派的文化保守主義傾向；「幻燈片事件」促使魯迅棄醫從文並形成以文學「療救」國民性的文學觀，等等，正體現了中國作為現代化後髮型國家的必然處境 —— 在探索現代文化、

形成現代知識的過程中必然面對西方和傳統的雙重壓力，必然經歷在多種資源中進行選擇的困惑。既然如此，從個體的他者體驗中還原當時中國知識界對自身文化傳統、國家形象的重新定位，通過個體差異認識歷史細節的豐富性與歷史規律的必然性的共存，對於我們理解這個時期文學知識的形成，就是必不可少的了。

　　日本是中國人遭遇這種他者體驗的最重要的場所之一。中國赴日留學的第一次高潮發生在甲午海戰之後，並在清末新政期間得到官方的推動，作為戰敗方的國民和師生關係中的學徒，當時的留日學子在這個異域空間獲得的不只是新知識、新視野，也有不愉快的，甚至是屈辱的文化體驗和人際交往，「日本當政者的國家優越感及其對中國的輕蔑態度，影響著一般的日本國民，使人人都懷著對中國和中國人輕蔑的態度。直到投降前，日本小孩嘲弄別人時，常常愛說：『笨蛋笨蛋，你的老子是個支那人！』」[48]這樣的經歷帶來的負面情緒不僅指向對方，在更多時候也指向自身，因為當時中國各方面的弱勢處境使它的國民在面對外人輕侮時很難為自己的民族進行有效的辯護，於是，因壓抑而產生的心理能量便轉向對自身傳統的厭棄或急欲改變的激進。比如，一度被外人作為老大中華之標準符號的辮子和小腳，就不僅作為病態的身體表徵，也作為精神隱喻，遭到新一代知識份子的激烈批判。

─────────────

[48] 實藤惠秀：《中國人留學日本史》，譚汝謙、林啟彥譯，北京：生活·讀書·新知三聯書店，1983年，第182頁。

中國男人的辮子作為一種特殊的身體符號，本來就是臣服的標記，近代以來又就被外人譏嘲為「豬尾巴」，而一旦置身異域空間，這個身體特徵就愈加明顯，無處藏身，引發個體對自身民族身份的極大自卑，從而對這個舊身份的記號產生強烈的抗拒。既然舊身份與民族的屈辱緊緊勾連在一起，新的民族身份的嘗試便以反抗舊身份作為突破口和著力點。1903 年 4 月，留日的魯迅在江南班中第一個剪掉了辮子，[49]並留「斷髮小照」以資紀念，送給好友許壽裳。著名的「靈台無計逃神矢，風雨如磐暗故園。寄意寒星荃不察，我以我血薦軒轅」一詩就是題寫在這個照片背後的。而且，頭髮與身份的關係成為深刻的心理記憶，在魯迅此後的寫作中一再出現，比如《頭髮的故事》，比如《風波》，再比如阿 Q 的「Q」，就是腦後一條辮子的象形。小腳雖然不是男性的身體符號，卻作為中國的符號同樣跟隨著這些異域遊子，成為一種精神重負，使他們尷尬、為難，甚至對同胞產生「怒其不爭」的憤懣。在《藤野先生》一文中，我們看到，當藤野先生向他詢問中國女性裹腳的情形時，魯迅的感受是「很為難」。在《范愛農》中，新來日本的中國留學生帶來了「一雙繡花的弓鞋」，結果在橫濱海關接受檢查時，讓關吏從衣箱中翻出了這一「國粹」，並帶有獵奇意味地欣賞了一番。旁觀的魯迅在關吏的態度中看出了侮蔑，但魯迅的不滿不是指向侮蔑者，而是指向「弓

---

[49] 許壽裳：《亡友魯迅印象記·剪辮》，北京：人民文學出版社，1981年，第 2 頁。

鞋」和它的所有者，「我很不滿，心裡想，這些鳥男人，怎麼帶這東西來呢。自己不注意，那時也許就搖了搖頭」[50]可見他和關吏一樣視纏足為落後民族和乖張趣味的標誌。消除男人辮髮、女人纏足的習俗或許不算多麼困難，然而要清除它們作為文化符號給中國製造的負面形象，就不那麼容易了，因為它們不過是落後民族愚弱國民的一個象徵罷了。即使沒有辮髮和纏足的身體符號，也隨時可以找到其他符號來執行同樣的貶抑功能，「中國是弱國，所以中國人當然是低能兒，分數在六十分以上，便不是自己的能力了：也無怪他們疑惑。」[51]因此當時中國知識份子對辮子、小腳的批評通常都會延伸到對民族文化傳統的檢討，從中體現出對民族身份的抗拒，對文化認同的焦慮。這些人一方面有著強烈的民族主義立場，一方面又激烈批判民族傳統並對域外文化表達由衷的讚美，這種矛盾無疑只有一種解釋：他們認同西方文化的普世性和優越性，認為只有通過對自身傳統的改造甚至否定，才能推動中國站在新的起點上，進而縮小與列強的差距。

個體因民族身份而承受的負面情緒，不僅體現於身體符號及其背後的文化形象，也體現於兩性關係中的挫折感。「這些無邪的少女，這些絕對服從男子的麗質，她們原都是受過父兄的薰陶的，一聽到弱國的支那兩字，哪裡還能夠維持她們的常態，保留她們的人對人的

---

[50] 魯迅：《藤野先生》，見《魯迅全集》（第2卷），第308頁。。
[51] 魯迅：《藤野先生》，見《魯迅全集》（第2卷），第306頁。

好感呢？支那或支那人的這一個名詞，在東鄰的日本民族，尤其是妙齡少女的口裡被說出的時候，聽取者的腦裡心裡，會起怎麼樣的一種被侮辱、絕望、悲憤、隱痛的混合作用，是沒有到過日本的中國同胞，絕對想像不出來的。」[52]這段自敘透露了郁達夫性別優勢和民族尊嚴遭遇的雙重失落，其中的「尤其」一詞道出了隱秘：在性別觀念上，日本與中國可謂是一個同質文化空間，習慣於自身優勢性別的郁達夫在性別等級觀念上並未遭遇挑戰，作為青春正盛的青年男子，一方面特別在意妙齡少女對自己的看法，希望得到崇拜和愛慕，一方面又由於根深蒂固的男尊女卑觀念，認為女性理應對身為男性的自己表現出尊重和好感，而不是自己主動去贏得女性的好感。也正因為如此，當他在與日本女人的接觸中受挫時，感受就特別強烈。性別身份上居於劣勢的日本女人由於國族身份上的優勢對郁達夫表現出歧視的態度，她們作為一面鏡子照出了中國男性在遭遇強勢族群時產生的性心理和民族心理的雙重屈辱與自卑，這種屈辱感、自卑感一方面來自對當時衰弱的民族自我形象的被迫認同，另一方面由於兩性等級關係的顛覆而被強化。郁達夫因性別身份不能超越國族身份成為個體身份認同的主導因素而產生的創傷體驗，或許不具有普遍性，但當時日本社會普遍存在的國家主義意識和種族歧視在留日學生生活學習的環境裡製造了一種「中國人低

---

[52] 郁達夫：《雪夜——自傳之一章》，見《郁達夫文集·第四卷·散文》，花城出版社、香港三聯書店，1982 年，第 94~95 頁。

劣」的文化氛圍，是不能否認的，「是在日本，我開始看清了中國在世界競爭場裡所處的地位……是在日本，我早就覺悟到了今後中國的命運，與四萬萬五千萬同胞不得不受的煉獄的過程。」[53]這種氛圍使這個群體承受精神上的磨難，但也使他們更深刻地認識到個體身份是難以抽離其國家、民族歸屬的，從而激發了民族意識的覺醒和自覺承擔民族命運的責任感。

親身經歷總是有限的，閱讀則是寬泛意義上的人際交往。與親身體驗相比，對異質文化的閱讀是置身現代文化地理中的個體更難於逃避的處境，它把域外文化空間製造出來的作為「他者」的中國形象鋪陳在國人面前，不僅對後者產生無形的壓力，也影響閱讀者在現實中的選擇。曾翻譯過芥川龍之介作品《支那遊記》的夏丏尊，在譯文的序言裡講述了他與這部書籍相遇的過程以及翻譯的動機。夏丏尊在上海期間曾去過內山書店，並在書店老闆內山完造的推薦下購買了芥川龍之介的《支那遊記》。內山說：「先生，這書在你或者不會感到什麼興味，但日本新近很暢銷，對於貴國的譏誚很多呢！」閱讀這部遊記後，夏丏尊覺得有必要將這部書的重要部分翻譯出來，使中國人受益於芥川龍之介有關中國社會的「正確」洞察：

果然，書中隨處都是譏誚。但平心而論國內的實況，原是如此。人家並不曾妄加故意的誇張，即使作者在我

---

[53] 郁達夫：《雪夜——自傳之一章》，見《郁達夫文集・第四卷・散文》，花城出版社、香港三聯書店，1982年，第93頁。

眼前，我也無法為自我爭辯，恨不得令國人各個都閱讀一遍，把人家的觀察作了明鏡，看看自己究竟是什麼一副尊容！想到這層，就從原書中把我所認為要介紹的幾節譯出，想套了日本書店主人對我說的口氣，敬告國人，說「這書在你或者不會感到什麼興味，但日本新近很暢銷，對於貴國的譏誚很多呢！」[54]

芥川龍之介用「支那」一詞來稱呼中國的做法，表明了他在對中國及其習俗進行評論時所持有的有形無形的傲慢態度。在夏丏尊的翻譯中，這種傲慢態度也被譯介者痛苦地呈現出來。這種使自身置於尷尬境地的翻譯過程，是譯者對自己作為中國人的民族身份的痛苦體認，痛苦來源於文化上的西方認同與身份上的民族認同之間存在的內在緊張：一方面認同西方及日本的尺度，另一方面不能逃避不符合這些尺度的本土現實和自身的民族身份。與魯迅因辮髮和纏足而感受到的「為難」和「不滿」一樣，如果要在不否認西方尺度的普世性的前提下緩解緊張，唯一的選擇就是通過自我批判來達成自我改造，脫胎換骨。這是那個時代知識群體中大多數人的選擇。

留日學生在域外觀察和感受到外國人對中國的「看」，並大體上認同在這「看」中所呈現的中國形象，因而他們認為真正有效的做法不是與對方辯駁而是切實改造自身。和梁啟超一樣，他們把改造的重點聚焦於國

---

[54] 夏丏尊：《芥川龍之介的中國觀》，載《小說月報》第 17 卷第 4 期，1926 年，第 1~26 頁。

民性，把改造的方式落腳於文化啟蒙，這不僅使他們對自己的專業和職業重新做出選擇，也影響他們對本土文化傳統的評判，對民族出路的設想。

　　鴉片戰爭以來，中國對中西差距的認識首先著眼於堅船利炮、實業技術，進而著眼於制度，這也導致留學群體首選學習技術、軍事等科目，以圖「師夷長技以制夷」。當時中國留日學生學習的專業雖然廣泛，但以軍事和政法最為熱門，實業救國的社會導向不僅從道德上引導著留學群體的選擇，因這種社會導向而產生的個人職業考量也使許多人在專業選擇時，傾向實用技術，首選理工。茅盾的例子就很能說明問題，他的父親在臨終遺囑中仍不忘告誡兒子修習理工科目，認為中國必須發展實業，有此本領則生計無虞。茅盾父親的這番話，既是對局勢的一種判斷，也是對後輩前途的一種殷切期望。在中國社會中，年輕人對未來發展方向的選擇通常不是個人志趣的體現，而是背負著尊長的意志和家族的責任，因此，從留學群體的專業選擇中即可見出重視實業技術在當時已成為一種普遍的社會價值取向。可以看出，當時留學生在專業選擇上的趨理輕文是多方面原因共同促成的：首先有切身的現實考慮，寄望以實業取得生存之本。第二是官方的政策導向，從同治時期的留美幼童開始，直到民初的官派留學，都被要求主修實用技術。「中國學生必須學實用之學，文學與哲學全不切實

用」[55]是當時官方與民間的共識。這是物質層面的原因，固然非常突出，但同樣不能忽視的是，對理工技術的青睞還體現了國人在精神層面上對西方文化的認同。科學在當時所具有的啟蒙意義，使國人不僅視之為知識和技能，也使國人逐漸認識到它是先進文化、理性精神和現代意識的代表，因此除實用性考量之外，留學群體對理工專業的選擇還體現了對科學精神和現代文明的服膺，還包含著知識份子對開啟民智的責任感。郁達夫在自傳中寫道：「是在日本，我開始明白了近代科學 —— 不問形而上或形而下 —— 的偉大與湛深」[56]，無獨有偶，魯迅也曾有過以醫學促進維新的夢想：「我的夢很美滿，預備卒業回來，救治像我父親似的被誤的病人的疾苦，戰爭時便去當軍醫，一面又促進了國人對於維新的信仰。」[57]或許正是在實業之外對科學技術所蘊含的文化精神和啟蒙意義的潛在追求，使他們在受到新的觸動後不約而同地改換專業，以便更有效地承擔喚醒民眾的責任。在日本，學醫的魯迅、郭沫若，學海軍技術的周作人，學經濟的郁達夫，學電機技術並獲得工學學位的夏衍，都轉向了文學。

在促使他們改弦易轍的原因中，有一個因素也是必

---

[55] 賈祖麟：《胡適之評傳》，海口：南海出版公司，1992 年，第 35 頁。

[56] 郁達夫：《雪夜 —— 自傳之一章》，見《郁達夫文集·第四卷·散文》，第 93 頁。

[57] 魯迅：《〈吶喊〉自序》，見《魯迅全集》（第 1 卷），第 417 頁。

須提到的，那就是因長期接受傳統教育而培養起來的對
文學的擅長和親和感。夏衍曾談到他在留日期間對文學
的沉迷「到[58]，郁達夫也有類似的經歷。郁達夫一直鍾
情於文學，而且能夠閱讀英文、德文書籍，留日期間他
廣泛涉獵了近代西洋文學。

　　翌年三月，是我十八歲的春天，考入了東京第一高
等學校的預科。這一年的功課雖則很緊，但我在課餘之
暇，也居然讀了兩本俄國杜兒葛那夫（今譯屠格涅夫
── 引者注）的英譯小說，一本是《初戀》，一本是《春
潮》。和西洋文學的接觸開始了，以後就急轉直下，從
杜兒葛那夫到托爾斯泰，從托爾斯泰到獨思托以夫斯基
（今譯陀思妥耶夫斯基 ── 引者注），高爾基，契訶夫。
更從俄國作家，轉到德國各作家的作品上去，後來甚至
於弄得把學校的功課丟開，專在旅館裡讀當時流行的所
謂軟文學作品。在高等學校裡住了四年，共計所讀的俄
德英日法的小說，總有一千部內外，後來進了東京的帝
大，這讀小說之癖，也終於改不過來，就是現在於吃飯
做事之外，坐下來讀的，也以小說為最多。這是我和西
洋小說發生關係以來的大概情形。[59]

　　既有如此強烈的文學興趣，又接觸到豐富的、令人

---

[58] 1923 年，當我沉溺在圖書館裡看文學名著的時候，卻意外地被易
卜生、沁弧、契珂夫的劇本迷住了。當時日本出版界『圓本』（每
月出版一本，每本定價一圓）的文史哲叢書流行，記得我還每月節
省一塊錢訂購了一整套世界戲劇名著。」參見夏衍：《懶尋舊夢錄》，
北京：生活·讀書·新知三聯書店，2000 年，第 107 頁。
[59] 王自立、陳子善：《郁達夫研究資料》（上冊），天津：天津
人民出版社，1982 年，第 200 頁。

耳目一新的世界文學資源，郁達夫轉入文學領域是很自然的。

　　當然，更具代表性的原因，還是出於一種知識份子的使命感以及對文學啟蒙的認同。留學生群體對西方文明先進性的認識，對中國民族危機、文化危機的認識，是隨著他們在異域文化中的他者體驗而逐步加深的。置身域外，有了比較和參照，更深刻更全面地認識到中國的差距不僅僅在於物質和制度；又由於從外國人眼中的中國形象來反觀自身，更易見出從前熟視無睹之處，因此倍覺「實業救國」、「科學救國」等論調的膚淺，紛紛放棄所學專業，尋找新的救國途徑。當時有留學生公開發表文章宣稱：「祖國之前途，其安危悉系於留學生」；「是留學界者，對乎外為全體國民之代表；對乎內是全體國民之師資，責任之重，無有過於是者」。[60]正是這種「全體國民之師資」的使命感，使許多留學生認為迫切需要通過文學啟蒙來改造國民性，因而把自己未來的人生道路與國家民族未來的命運聯結在一起。當時許多改換專業的留學生大都經歷了類似的心路歷程，「從實業救國到思想啟蒙，從急功近利到從長計議，從科學到文學，表面上是留學個體一種角色和追求的轉換，實質上則是文化群體一次具有歷史意義的思想和境界的超越。」[61]魯迅的經歷極具代表性，並在之後也反復剖析

---

[60]　邵伯周：《茅盾評傳》，成都：四川人民出版社，1987年，第4頁。
[61]　鄭春：《留學背景與中國現代文學》，濟南：山東教育出版社，2002年，第4頁。

過自己的心理，還訴諸文字，為我們留下了可資考釋的材料。

　　魯迅棄醫從文的契機，是所謂的「幻燈事件」：

　　　　有一回，我竟在畫片上忽然會見久違的許多中國人了，一個綁在中間，許多站在左右，一樣是強壯的體格，而顯出麻木的神情。據解說，則綁著的是替俄國做了軍事上的偵探，正要被日軍砍下頭顱來示眾，而圍著的便是來賞鑒這示眾的盛舉的人們。

　　　　這一學年沒有完畢，我已經到了東京了，因為從那一回以後，我便覺得醫學並非一件要事。凡是愚弱的國民，即使體格如何健全，如何茁壯，也只能做毫無意義的示眾的材料和看客。病死多少是不必以為不幸的。所以我們的第一要著，是在改變他們的精神，而善於改變精神的事，我那時以為當然要推文藝，於是想提倡文藝運動了。[62]

　　魯迅之所以受到幻燈影像的刺激而使自己的人生改弦易轍，是因為他認為影像中的中國人與他在現實中看到的中國人別無二致，通過外國人的拍攝而呈現出來的愚昧麻木的國人形象符合魯迅自己所認知的中國社會的

---

[62] 魯迅：《〈吶喊〉自序》，見《魯迅全集》（第 1 卷），第 417 頁。

實情，但在一個異質的，甚至有些敵意的文化空間中感受這一切，所受的觸動要深刻得多，在族群內部，個體可能僅僅是個體，一旦有了外族作為參照，任何個體都具有國家身份或民族身份，因而影像中的個體或群體就成為「中國人」這個整體的象徵符號，並使魯迅又一次確認了自己與這些「中國人」在身份上的同一性。他為身為這樣的「中國人」感到痛苦和憤懣，但又不能脫離這個身份，那麼唯一的道路就是作為先從沉睡中驚起的覺悟者去推動「國民性」的改造，使將來的中國人不再是這樣的「中國人」。如何改造國民的精神世界，魯迅認為文藝可以成為 「國民精神所發的火光，同時也是引導國民精神的前途的燈火。」[63]這與梁啟超以「文學革命」實現「群治」、「新民」的設想不謀而合。可見20 世紀初期，文學啟蒙的思想正在各處生髮、彙聚，直至在新文化運動中躍升為時代的最強音。而這種思想的生髮和彙聚，與留學群體在異質文化空間的他者體驗有莫大關係。在參照中凸顯的中外差距，在人際交往空間感受到的弱勢民族處境，不僅催生了文學啟蒙的思想，標誌中國的現代性進程即將進入文化變革、精神意識變革這一深水區，而且也引導了文學啟蒙的基本方向，即個人的覺醒是民族覺醒的前提，而民族強大是個體尊嚴的最終歸宿。這也就解釋了中國現代文學理論對文學的定位何以總是優先強調文學對社會倫理的承擔，雖然它

---

[63] 許壽裳：《亡友魯迅印象記》，北京：人民文學出版社，1981 年，第 27 頁。

也在一定程度上接受了現代學術倫理的文學自律理念。
因此我們的分析，也有必要遵循這樣的思路：從探討話
語和思想產生的原因，追溯到知識主體，而知識主體是
在特定的時空中形成、變化的，於是從探討這一特定時
空的特點和性質，又追溯到現代文化地理、文化空間在
中國的形成以及它與知識群體的相互塑型。

第四章　學院文化空間的形成與新知識群體的聚集整合

　　知識主體與它所處的文化空間是相互依存、相互改造的，這裡所說的文化空間不僅是負載著社會文化資訊的地理空間，還包括不受限於地理因素的精神空間、制度環境。既然現代的文學學科體系和文學知識系統是依賴於現代教育體制而建立起來的，那麼學院文化空間就是我們必須要討論的內容。如果說中國在現代文化地理中的特殊處境，使文學理論更傾向於從社會倫理的角度來認識文學、要求文學，那麼學院文化空間在中國的形成，則為從學術倫理的角度來探討文學提供了可能，並為新知識群體的聚集、整合和代際傳承提供了場所。在強調知行合一、體用不二的儒家文化中，是缺乏學院派傳統的，也難以形成一個相對獨立的知識社會。學院文化空間是西方影響下的產物，隨著新知識群體在中國近代社會的崛起，他們對學院文化空間的需求也迅速增長，並在對學院文化空間的建構和維護中顯示了他們的力量。北洋時期的北京大學，南方的南高師—東南大學

[1]，抗戰時期的西南聯大，是民國時期學院文化空間的典型代表。以下我們將以 1920 年代的南高師—東南大學為例來說明學院文化空間在現代中國的形成以及它與知識主體的關係。

南高師—東南大學在民國教育史上具有重要地位，其歷史可以追溯到 1902 年張之洞創辦的三江師範學堂。[2]雖然南高師—東南大學時期僅為 12 年，但是它對中國現代教育和學術的影響卻是長期而深刻的，一直以來學界對南高師—東南大學的研究較為薄弱，難以反映該校學者群體在文化學術活動中的實際影響，也難以反映當時中國高等教育中正在形成的學術風氣和教育理念。雖然從 1980 年代開始，隨著「學衡派」重新進入視野，對南高師—東南大學學者群體的研究也有所展開，但僅僅局限於「學衡派」對南高師—東南大學學者群體的研究是遠遠不夠的。與「學衡派」同時，甚至早於「學衡派」，就有一批頗有造詣的學者在這裡集結，或是專業興趣所致，或是對待新舊文化的態度相近，他們與「學

---

[1] 南京高等師範學校與國立東南大學既有前後承接關係，也在一段時間內曾同時存在，這裡將它們統稱為南高師 —— 東南大學，時間範圍是 1915—1927 年。

[2] 南高師 —— 東南大學時期在該校歷史沿革中的縱坐標：1902 年張之洞主創三江師範學堂，1905 年更名為兩江優級師範學堂，1915 年成立南京高等師範學校，1920 年北洋政府批准成立國立東南大學，1921 年 10 月正式成立國立東南大學，南京高等師範學校仍保留，1923 年南京高等師範學校正式併入國立東南大學，1927 年 6 月更名國立第四中山大學，1928 年稱江蘇大學，1928 年 5 月稱國立中央大學，1949 年 8 月稱國立南京大學，1950 年 10 月稱南京大學。參見季為群：《百年滄桑，百年發展 —— 南京大學百年史略》，載《江蘇地方誌》，2002 年第 4 期。

衡派」有較多關聯和往來；但另一方面，他們又有著異於「學衡派」的學術主張，其中有些學者還組織或參加了其他學術團體，例如「史地研究會」、「中華新教育共進社」和「中國科學社」，都是南高師 —— 東南大學學術團體中的代表，在知識界的影響不在「學衡派」之下。可以說，南高師 —— 東南大學時期的學者群體和知識生活具有和而不同的風格，並對學校此後的發展產生了良性影響，因此我們試圖從知識群體與學院文化空間的關係來分析問題。總體而言，南高師—東南大學學者群體在教育治學中樹立精英意識，強調文化責任，追求相容並蓄、中西融通和學術自律的學風，展現了當時大學場域中新知識群體的文化取向與學術理想，其實質是新知識群體在一定程度上形成了認同現代學術倫理的共識。在他們的教育學術活動和相關文獻中，無處不見對這種文化理想的踐行。

　　這樣的文化空氣，推動新舊知識的整合走向學科化、規範化的軌道。晚清以來，面對迅速擴大的知識疆界，知識體系的重構成為必然，這種重構有自發的、自下而上的，比如因各種機緣較早接受新知的知識份子，如魏源、容閎、王韜、康有為、梁啟超等，從零星的個體到形成「新派」並試圖發揮政治、文化影響，使新學在知識體系中的重要性日益增強；這種重構也有自上而下的，比如清末由官方推行的教育改革、留學計畫等，加速了社會對新學的接受。但只有在學院體制和學院文化空間初步形成的前提下，對新舊知識的整合，對新型

知識體系的建構才有可能擺脫個體或派別的主觀性和局限性，建立起相對穩定的規範和較為長遠的目標。因此，現代意義上的學院文化空間的形成，將重塑知識的面貌和標準。文學理論成為一種專業知識，就離不開學院這一生存空間。梅光迪在南高師暑期學校開設的文學理論課程及其對教材的使用和翻譯，就是體現當時學院派文化既推崇規範性、專業性，維護經典的傳承，又主張中西融通、新舊融通，推行相容並蓄的教育學術理念的一個典型個案。

第一節　人文教育理念的現代化

在中國傳統教育體系中，人文教育佔據絕對核心的地位。西學東漸催生的新式學堂衝擊了傳統體系，在新舊交替、現代教育剛剛萌芽之際，出於實用的考慮，也由於對外來文化的有意防範，在輸入西學時重視實業和技術，輕視人文學科，使得人文教育的現代轉型處於滯後狀態，要麼沿襲傳統儒家教育的內容和方式，要麼就把人文學科邊緣化，導致現代人文教育理念並沒有隨著現代教育體制的建立而同步產生。對於中國這樣一個擁有深厚人文傳統的民族，人文教育的變革難免阻力重重，難免經歷陣痛，不是一件輕而易舉的事，它的步伐比推行實用技術教育要緩慢得多，直到執掌北大的蔡元培對文科改革的推行和南高師江謙、郭秉文對文科的建

設，才把中國人文教育推上現代化的軌道。現代人文教育理念與傳統儒家人文教育理念相比，共同之處在於都推崇精英通才教育，不同之處則主要體現在兩方面，一是前者以思想自由、人格獨立為終極目標，後者所追求的君子人格最終要以「修齊治平」為理想；二是前者認為文、理同作為基礎學科，在推進智慧的發展與人格的完善方面是相通的，相輔相成的，對於人類探索世界、追求真理而言也是缺一不可的，這體現了西方博雅教育（liberal arts）的教育理念，把求知視為通往自由之途，後者因道器觀的局限長期忽視自然科學，其末流更是遁入寥寥幾部經籍，畫地為牢。顯然，只有植根於現代人文教育理念，學院文化空間才能真正形成。

　　學院文化是現代大學的產物，其核心是對教育獨立、學術自由的信仰，以及對專業的尊重。大學場域首先作為一個教育場所而存在，教育理念直接影響的是場域風氣與教育實績。1912 年夏天，全國臨時教育會議召開，發展高等教育提上日程，擬定在北京、南京、武昌、廣州、成都、瀋陽各設高等師範學校一所，並擬定在十年之內分別在北京、南京、武昌、廣州設立大學。[3]南京高等師範學校 1914 年 8 月 30 日獲准成立，同年 9 月 2 日江謙被任命為校長，主持建校工作，1915 年江謙聘請哥倫比亞大學教育學博士郭秉文為教務主任。1920 年北洋政府批准成立國立東南大學，1921 年 10 月正式成立

---

[3]　詳見舒新城：《中國近代教育史資料》（上冊），北京：人民教育出版社，1981 年，第 305 頁。

國立東南大學，南京高等師範學校仍保留，1923 年南京高等師範學校正式併入國立東南大學，1927 年 6 月該校更名國立第四中山大學，南高師—東南大學時期結束。江謙與郭秉文作為南高師—東南大學時期先後兩任校長，對該校教育理念的建立與實施起到了主導作用。

南高師—東南大學的核心教育理念是一種以培養社會精英為目的的通才教育與專業教育並重的理念，重視人格養成，在知識理念上以求「真」、求「誠」為最高目的，而不只是求一時一地之「用」，在這種教育模式中，人文知識具有重要地位。

江謙任南京高等師範學校首任校長時提倡「三育並舉」，即訓育（訓練與管理兼重）、智育（以「誠」為本）、體育，而且每一方面的培養都有著嚴格的標準和方法。這是一種全面提升學生素養的教育方針，特別是在智育中強調以「誠」為本，體現了對知識、思想、人格之三位一體性的理解，求知的目的不僅僅是獲取具體的知識，求知的過程被認為同時也是一種追求真理、鍛造思想、完善人格的過程，正如其「標準」中所言「使學生能思想，以探明知識之本源……」[4]其中洋溢著追求真理的道德自期與人文情懷。其時南京高等師範學校的校訓正是這個「誠」字，其校歌也與之配合，著力闡發了「誠」的核心地位：

---

[4] 王德滋主編：《南京大學百年史》，南京：南京大學出版社，2002 年，第 52 頁。

　　大哉一誠天下動，如鼎三足兮，曰知、曰仁、曰
　　　　勇。
　　千聖會歸兮，集成於孔。下開萬代旁萬方兮，一
　　　　趨兮同。
　　踔海西上兮，江東；巍峨北極兮，金城之中。
　　天開教澤兮，吾道無窮；吾願無窮兮，如日方暾。[5]

　　這裡的「誠」，具體體現為「知」、「仁」、「勇」，
也就是說，只有同時具備了智識、仁心和勇毅，才能支
撐起對「誠」的堅持，這也意味著道德上的自我完善與
知識上的明達物理兩方面是相輔相成的，既對接了西方
現代教育理念，也與中國古典傳統一脈相承。江謙「三
育並舉」的理念和方法，為南京高等師範學校的教育模
式奠定了基礎，而其中以誠為本的核心觀念則強化了人
文教育在整個教育體系中的重要性。

　　1919 年 9 月郭秉文正式接替病退的江謙出任南京高
等師範學校校長。郭秉文對南高師貢獻甚大，在擔任南
高師教務長之初他即奔走於歐美高校，為南高師物色了
一批學有所成、眼界開闊的教師，後來他又將留美學生
創建的「中國科學社」遷址於南高師（1918 年），這一
舉措有利於學者的集結。由於郭秉文的努力，南高師在
發展之初，其師資構成就偏重西學背景，但並不定於一

尊，也不是唯文憑論。這些具有西方教育背景的教師，研究領域寬泛，留學學校各異，甚至有些人僅有肄業經歷。郭秉文一直重視啟用留學生作為教師，「南高的教授，約有三分之二曾留學歐美」[6]，有時候還邀請著名外籍教師加盟，這些措施取得良好效果。「東南大學在短期內迅速崛起的重要因素之一就是有一支以留美學生為主的教師隊伍。在當時，該校工科 15 名教授中，10 人為留美學生；理科 29 名教授中，16 人為留美學生；農科 42 名教授中，25 人為留美學生；商科 33 名教授中，18 人為留美學生；而教育科教授中的留學生，則全是留美歸國的。正是由於東南大學雄厚的以留美學生為主體的教師隊伍，使東南大學聲名鵲起。難怪 20 世紀 20 年代初孟祿到東南大學參觀考察時，稱之為『中國最有希望之大學』」[7]。

除了因廣泛吸納歐美留學生進入師資隊伍而為南高師帶來歐美教育學術風習，郭秉文本人也受到歐美教育理念的影響，他與志同道合的陶行知、劉伯明等人試圖推行西式的現代高等教育模式，這在學校的具體經營、學制、課程等方面都有體現，並對當時的中國高等教育起到了積極的示範作用。南高師—東南大學的辦學方針立足長遠，重視基礎學科，從它的系科劃分與課程設置即可見出它對文史哲課程的重視，到了「1923 年，在南

---

[6] 王德滋主編：《南京大學百年史》，第 60 頁。
[7] 王小丁：《中美教育關係研究：1840—1927》，成都：四川大學出版社，2009 年，第 235 頁。

京高等師範學校的基礎上成立的東南大學，它的教學、科研水準在文、史、哲方面與北大不相上下」[8]，成為當時中國高等教育中的佼佼者。在 1924 年，由於經費等方面的原因，郭秉文決定停辦工科，保證文理科，這一選擇體現了他重視基礎學科的教育理念，在客觀上為文理學科的進一步發展提供了機遇。這與晚清時期興辦新式學堂首重實業、技術教育的做法形成鮮明對比，體現了教育理念的根本轉變。新式學堂初興，是在所謂「中學為體，西學為用」的指導思想下運行的，因而在人文教育方面與傳統毫無二致，西風所及一般限於所謂「實學」科目。直到新知識群體認識到中國在人文教育方面同樣需要援西入中，情況才有所改觀。南高師—東南大學正是最早仿效西方建立現代人文教育的少數幾所大學之一。此外，在一些具體舉措上，例如南高師首創體育專修科（1915 年），實行學分制（1919 年），招收女學生（1920 年），首開暑期學校（1920 年）等，不僅具有開創性意義，而且這些舉措本身就體現了重視全面發展、支持自主性學習、推行教育平等（招收女生和開辦暑期學校都給更多人提供了受教育機會）的現代人文思想。「江謙主張三育並重，以誠為訓，以誠植身，以誠修業，形成了『誠實、樸茂』的學風。郭秉文、劉伯明以及南高諸教授，主張弘揚民族優良傳統，吸收西方優秀科學文化，民主治校，學術自由，三育並舉，形成了民族的、

---

[8] 王小丁：《中美教育關係研究：1840-1927》，成都：四川大學出版社，2009 年，第 235 頁。

民主的、科學的精神。正是南高的這些精神，潛移默化，日積月累，才形成了南高『誠樸、勤奮、求實』的良好學風。」 王德滋主編：《南京大學百年史》，第 64 頁。在這種學風與文化理想的薰陶下，人文教育擁有重要的，甚至是核心的地位，其最終目的在於「樹人」，這與歐美大學理念一致，在本土也擁有深厚傳統，體現了中國現代教育的「西化」其實也受到自身固有傳統的推動，並非是與本民族歷史文化的背離。

南高師—東南大學的人才培養將通才與專才並重（本科重通，專科重專），學科設置上人文學科與自然科學並重，文理滲透，重視吸收科學新知，使學校既是科學研究基地，積極養成科學精神，又具有融匯了傳統積澱與現代意識的人文風尚，兩者相輔相成，「使通才不致於空疏，專才不致於狹隘」，致力於培養學生成為平正通達，擁有健全知識結構和健全人格的現代人才。以這種理念為指導，郭秉文在擔任南高師校長期間就不斷突破師範教育的格局，向建設綜合性大學的方向努力。他的理想是「寓師範於大學」，認為師範學院應辦在大學內，教師來源不必局限於師範學校，學科齊全有利於研究，也有利於師資素質的提高。他認為教師不應該只是傳遞知識的工具或仲介，不應該只是教化機構中的一個零件，而應該是人格獨立、思想通達、眼界開闊、學養豐富的現代知識份子，這樣才能真正承擔起現代教育的使命。以這樣的標準來培養師資，充分體現了郭秉文的教育理念。在具體措施方面，「他率先在高師設立體育科、

工藝專修科、商業專修科、英文科、教育科，大大突破
了原先只有國文、理化兩部和國文專修科的規模，至
1920 年全校已有文理本科，包括國文、英文、哲學、歷
史、數學、物理、化學和地學 8 系，另有 7 個專修科，
分別是工藝、農業、商業、教育、體育、國文、英文。
這種『國內高校所僅見』，寓師範教育、基礎教育、實
科教育於一體的學科組合，表明南高師已突破師範的限
制,具備學科綜合優勢,是真正意義上的綜合大學的雛形，
所以 1920 年能順理成章改名為國立東南大學。國立東南
大學面世後，學科進一步完備，達到 5 科 28 系，設立了
一批滿足社會需求的新學科,如機械工程、土木工程、電
機工程、鄉村教育、畜牧、蠶桑、病蟲害、銀行理財、
國際運輸等系。其學科之全，居全國之首。」[9]到了 1925
年，國立東南大學的發展蒸蒸日上,正值快速上升階段，
可是北洋政府卻決定任命胡敦複為校長，免去郭秉文的
校長職務，為此國立東南大學 64 位教授中有 47 位宣佈
停教，以示對郭秉文的支持，學生也發起一些支持郭秉
文的活動，反對更換校長，這使得胡敦複長達四個月未
能履職，並一再申請衛隊保護。從東南大學師生對郭秉
文的支持態度可以看出，不僅郭秉文的教育理念、辦學
措施和個人能力在東南大學內部已得到廣泛認同；教育
獨立、學術獨立的信念也已經深入人心，逐漸成為學術
共同體的共識。在北洋政府時期和後來的國民黨時期，

---

[9] 張雪蓉：《國立東南大學辦學思想和辦學實踐的啟示》，載《高等
工程教育研究》，2003 年第 2 期，第 50 頁。

教育都不斷受到政府權力的掣肘，而教育界、學術界的這種共識對於維繫學術共同體的身份認同和職業操守一直起到重要作用。這也標誌著學院文化空間的形成無論是對政治權力還是對個人選擇都具有一定的制約作用。

教育理念與學術理想相輔相成，南高師—東南大學在這種重視思想自由和人格修養，注重人文教育和基礎學科的教育理念之下不僅培養出了諸多現代精英，而且也形成了極具特點的學術信念。其核心和根基是經過西方文化洗禮的，現代意義上的人文主義和精英主義，與中國傳統資源中的人文觀和精英文化理念已有所不同，主要體現在以下兩方面：

一是建立了現代的學術觀念，追求學術的獨立自律，要求拋開各種現實利益對學術活動的干擾。從南高師到東南大學，學者們一直致力於踐行一種「為學術而學術」的觀念，認為學術的最高價值在於思想和人格的獨立，在於對真理的尊重和堅持，為學須尋求內在的高度而非外在的聲譽，既要拒絕利益的誘惑，也要敢於抵抗各種權力的干擾。當時「南高的教授大都有兩個顯著特點：一個是重士人氣節，一個是重學育人。在南高教授中，曾流行過這般話語：『想為官者上北京，想發財者去上海，唯我心甘情願在南高。』」[10]

二是追求知識的普遍性，認為真理是超越時間和空間的，中西融通不僅是發展中國文化和學術的出路，也

---

[10] 王德滋主編：《南京大學百年史》，第 60~61 頁。

符合追求真理的信念。南高師—東南大學學者群體在對待外來文化上具有開放的視野，同時也不贊同激進地反叛傳統。這種態度不僅體現在學者們的研究和寫作中，也體現在他們的教學活動中，梅光迪的文學課程就是一個典型例子，「在 1920 年，對新文學持批評態度的梅光迪在南京高等師範學校也開設了文學概論課程，使用的教材是帶有新人文主義傾向的《文學評論之原理》」[11]，之所以選擇這本著作作為教材，根本原因是該書的文化理念和文學思想符合梅光迪推崇經典並相容各家的學術理想，符合梅光迪在文學教育中追求精英趣味和道德薰陶的價值觀，也與南高師整體的文化學術氛圍相得益彰。該書用文言文翻譯西方著作，與梅光迪等人對待傳統文化的態度密切相關，尤其是譯者在翻譯中頻繁換用中國文學事實來佐證原書理論的做法，體現了其融通中西的努力，也體現了其站在學術立場上對共用人類文化成果的信心。

　　上述兩個方面具有內在的關聯性，既然學術以追求真理為終極目的，那麼真理的普遍性和超越性正好就為學術獨立提供了根本理由，也使知識群體作為一種社會力量能夠對政治勢力、商業勢力介入教育學術進行一定程度的制約。學院之所以能夠成為一個相對獨立的文化空間，正是因為秉持知識分治原則的現代教育學術理念對知識和真理進行了去意識形態化，並以之作為自己的

---

[11]　程正民、程凱：《中國現代文學理論知識體系的建構：文學理論教材與教學的歷史沿革》，第 6~7 頁。

核心價值，從而使實施教育學術的學院有可能作為一種新的社會文化場域而與其他場域形成制衡關係，而非附庸關係。

第二節　現代學術團體的發展

　　發展學術研究是現代學院文化的重要內容。獨立性和自律性在現代學術理念中的確立，決定了它對各種探索過程、探索方式的尊重，因而相容並蓄、思想自由是學院文化空間的基本特徵之一，也是新知識群體的自我期許，這對於長期以來習慣於追隨思想權威的中國知識界有特別重要的意義。南高師—東南大學的辦學理念、師資構成、教學實踐、學術研究、學術團體都體現了現代學院文化對中國知識界的影響。

　　1920 年代的南高師—東南大學通常被視為現代中國文化保守主義的重要陣地，但這裡並非只有文化保守主義一脈，在其教學實踐和學術研究中對不同文化學術思潮都持相容並蓄的態度。「相容並蓄」雖然是蔡元培在執掌北大時提出來的，但這種教育理念和學術理想已經在知識群體中獲得了一定共識，並不僅僅屬於北大。比如，郭秉文本人是哥倫比亞大學教育學博士，是杜威著名的中國弟子之一，但在他的執掌下，南高師—東南大學也可以為服膺新人文主義的白璧德門徒提供文化學術空間。從學科設置來看，南高師—東南大學設立多種

學科，文、理、工俱全。從學科的交融性來看，南高師—東南大學的科學教育和文科教育都被作為基礎學科看待，被作為求知和樹人的根本，不僅要求文科學生選修自然科學的課程，也要求理科學生修習文科課程，更重要的是，南高師—東南大學還重視理論學習與實驗、實踐的結合，如地理系的野外考察，教育系的心理測試，工藝科的校辦工廠等，這對於促進知識的整合與融通都是有力舉措。不僅如此，南高師—東南大學校內的學術團體也頗能體現這所學校思想自由、相容並蓄的學術氛圍。

　　南高師—東南大學集聚了一批帶有文化保守主義傾向的學者，是文化保守主義的重要陣地。「學衡派」與「史地研究會」是其代表，但是在研究領域和對待文化的具體態度上，二者又有所不同。1922 年 1 月，《學衡》雜誌在南高師—東南大學創刊，由上海中華書局出版發行。在一定程度上，《學衡》雜誌在現代中國起到了聚合文化保守主義群體、擴大文化保守主義影響的紐帶作用，一般認為「學衡派」由此誕生，並在《學衡》雜誌存續的 1922 年 1 月至 1933 年 7 月期間形成了一個繁榮的「學衡時期」。[12]「學衡派」創刊初期，其成員構成的同人性比較強，「其時自哈佛大學歸來的梅光迪、吳宓、湯用彤、樓光來都在東南大學執教。『學衡雜誌社』社員基本上是這批留學哈佛的學生，加上南京高師——

---

[12] 沈衛威：《「學衡派」譜系——歷史與敘事》，南昌：江西教育出版社，2007 年，第 30 頁。

東南大學的劉伯明、柳詒徵和他們的學生，以及南京支那內學院師生。極少數為其他學術機構的成員」[13]。然而，作為一個以共同的文化理念為聚合原則，並無嚴密組織的學術文化團體，「學衡派」成員的確很難有統一的標準。在創刊之初吳宓曾提出，凡是給《學衡》寫稿的都可算作學衡社員，但這個標準顯然太過寬泛，也很難得到當事人認同，比如出身北京大學而在南高師—東南大學任職，給《學衡》寫過稿的陳中凡，就並不願意承認自己是「學衡派」成員。這不僅是因為他對母校的感情，對胡適的尊重，更因為陳中凡本人也並不贊同「學衡派」對新文化運動的態度。吳宓的標準與其說是對「學衡派」成員的界定，不如說只是體現了他作為「學衡派」發起者和核心人物對壯大「學衡派」隊伍的期待之心，「但有一點是可以肯定的：就是為這些刊物寫文章的人大都認同其文化保守的傾向」。[14]對我們的議題而言，重要的不是確定「學衡派」的成員，而是要探討以下問題：為什麼「學衡派」的文化保守主義在同人群體之外也能夠得到一定的認可呢？事實上，「學衡派」的文化保守主義不同於中國近代以來的其他保守主義流派，其文化資源的多樣性和對外來文化的開放態度十分突出，其「保守」並不體現為固守傳統、畫地為牢，而是體現為對古今中外一切優秀文化遺產的尊重、保護和發展。

---

[13] 沈衛威：《「學衡派」譜系——歷史與敘事》，南昌：江西教育出版社，2007年，第30頁。

[14] 沈衛威：《「學衡派」譜系——歷史與敘事》，第35頁。

這種文化保守主義在本質上是一種文化精英主義，力圖站在世界文化的高度上來認識和發展民族文化傳統，因而易於引起新知識群體的共鳴。

　　吳宓認定「學衡派」成員的寬泛標準，固然也潛在地體現了「學衡派」對文化包容性與多樣性的自我期許，但《學衡》雜誌的創辦有意針對新文化運動也是事實。在《學衡雜誌簡章》中我們可以看到「學衡派」所闡述的文化觀念：「論究學術，闡求真理，昌明國粹，融化新知，以中正之眼光，行批評之職事，無偏無黨，不激不隨」[15]，之所以提出「無偏無黨，不激不隨」，就在於他們認為新文化運動大有偏執一端、黨同伐異之弊，而「學衡派」的理想則是建立一個中正平和、融會新舊中西的文化新秩序，進而把「學衡派」的文化觀確立為中國文化現代轉型的正途。有學者指出，「這個宗旨是部分地針對以胡適、陳獨秀為代表的《新青年》來的，他們對新文化運動的宣導者們失去學術的耐心和風格表示不滿，也對『五四』新文化運動以來的文化活動失去應有的學術規範和文化秩序表示不滿。」[16]新文化陣營的文化發展理念更傾向於除舊佈新，旨在對文化惰性和社會積習發起衝擊，思想犀利而學養積累不足，尤其是沒有充分認識學養積累對新文化建設的重要性，在激烈的批判中對文化的傳承性與學術的規範性有所忽略，而這

---

[15]　《學衡雜誌簡章》，載《學衡》，1922 年第 1 期，上海中華書局出版。

[16]　周海波：《中國現代文學批評史論》，上海：上海人民出版社，2002年，第 59 頁。

兩個方面對於文化保守主義者而言卻是重中之重。

　　「學衡派」文化保守主義思想的形成和核心成員的集結，都與他們的求學經歷有直接關係，吳宓與梅光迪都深受哈佛大學白璧德的新人文主義思想影響。林語堂曾說，凡是留學哈佛的人多少都會帶有「哈佛味」。今天的研究者試圖從白璧德的影響來理解這種「哈佛味」，比如有學者指出白璧德的中國學生往往帶有其師「不苟言笑、稚拙專致和嚴肅認真」[17]的特點，沈衛威則提出，如果說「哈佛味」是帶有白璧德新人文主義思想傾向的話，那麼吳宓與梅光迪可謂患了「哈佛病」[18]他們二人對白璧德的理論「癡迷」頗深。梅光迪自己也曾說：「我幾乎是帶著一種頂禮膜拜的熱忱一遍又一遍地讀著當時已上市的白璧德的三本著作。對我來說，那是一個全新的世界；或者說，是個被賦予了全新意義的舊世界」[19]。這說明了「學衡派」文化保守主義與歐美新人文主義具有密切關聯，也可以解釋其文化觀念何以不同於傳統的文化保守主義。

　　與「學衡派」團體大約同期成立的還有「史地研究會」[20]，這個學術團體存續了大概 7 年，會員以南高師——

---

[17] 王晴佳：《白璧德與「學衡派」》，見陸曉光主編：《人文東方——旅外中國學者研究論集》，上海：上海文藝出版社，2005 年，第 509 頁。

[18] 沈衛威：《「學衡派」譜系——歷史與敘事》，第 435 頁。，

[19] 梅鐵山、梅傑主編：《梅光迪文存》，武漢：華中師範大學出版社，2011 年，第 237 頁。

[20] 1919 年，在地理教師童季通幫助下，國文史地部學生于 10 月 1 日成立了「地學研究會」，會員 67 人，選舉龔勵之任總幹事。次年

東南大學的國文史地部學生為主，也有部分其他專業的學生加盟。最初的成員近 70 人，到 1926 年發展到百餘人。「史地研究會」的柳詒徵、繆鳳林、鄭鶴聲、王玉璋、陳訓慈、向達等人在中國文化史、中國史學史、中國通史、中西交通史等學科領域的成就具有開創性的貢獻，如柳詒徵的《中國文化史》、向達的《中西交通史》等著述在學界均佔有重要地位。「史地研究會」的文化觀基本上也是傾向於新人文主義，但不像「學衡派」那般執迷。「史地研究會」成員對於新文化運動中「打到孔家店」、全盤否定孔子及中國傳統文化的激進主張也持反對態度，並針鋒相對地發表了諸多文章表示對孔子和傳統的推崇，其中柳詒徵的表述尤為引人矚目：「孔子者，中國文化之中心也，無孔子則無中國文化。自孔子以前數千年之文化，賴孔子而傳；自孔子以後數千年之文化，賴孔子而開」[21]。中國兩千多年來的社會生活與文化倫理都以儒家思想為基本支撐，形成了以「中庸」為特色，以人倫禮教為核心的中華文化，這是不可否認的事實，激進派認為這是中國社會積重難返的根源，也應為近代以來的民族危機負責，柳詒徵及其他「史地研究會」成員則大多認為以儒家思想為精神內核的傳統文

---

1 月 19 日，地學會舉行換屆選舉，改由諸葛麒繼任總幹事，並于該年 5 月 13 日召開全體會員大會，根據地學與史學歷來關係密切的特點，決定改稱「史地研究會」。團體刊物《史地學報》於 1921 年 11 月正式出版。

[21] 柳詒徵：《中國文化史》，上海：東方出版中心，1996 年，第 231 頁。

化具有普世價值，不但仍為現代中國所需，且可貢獻於
現代世界。這些主張與「學衡派」對傳統與經典的推崇
形成呼應。

「學衡派」與「史地研究會」在文化思想上有相通
之處，兩個群體的成員往來也較為密切，甚至互有交叉，
很多「史地研究會」的會員也為《學衡》撰稿，但是這
並不意味著兩個群體在文化觀念、學術理念上毫無區
別。「史地研究會」主要關注史學與地理學，其會刊所
設欄目皆與此有關，在學術理念上其核心成員柳詒徵和
竺可楨都宣導學術研究應以經世致用為指導思想，而《學
衡》同人則更多地關注文學、哲學領域，所設欄目以文
學、文化和哲學類為主，並對經世致用持保留態度。前
者是一個專注於發展史地研究的專業性學術團體，後者
則是一個思想文化流派，兩者的學術專長和研究領域各
不相同，在學術理念上的具體差異，很大程度上與其所
屬學科的特點相關，這也正體現了現代性知識分治原則
下各學科之間的關係 —— 在學術自由、追求真理的前提
下，不同學科有不同的價值原則。

「中華新教育共進社」也與南高師 —— 東南大學有
密切的關係，這是一個以歐美學術理念為主導而建立的
學術組織，南高師—東南大學的學者是該組織的重要成
員，並形成獨特的學者團體。1919 年 1 月，由南京高等
師範學校、江蘇省教育會、北京大學等多個單位組織建
立的「中華新教育共進社」正式成立。這個團體以《新

教育》雜誌（1919 年 2 月創刊）為發表陣地，比較系統全面地介紹了歐美在一戰後的教育狀況，尤其注重介紹歐美當時正流行的教育學說。因為杜威幾位著名的中國弟子郭秉文（國立東南大學）、陶行知（國立東南大學）、蔣夢麟（北京大學）都是該社重要成員，杜威的教育理念得到最為系統詳細的介紹。該刊從第 4 卷第 1 期起由陶行知接替蔣夢麟擔任主編後，南高師—東南大學的眾多教授對該雜誌的參與便更有熱情了，郭秉文、陶行知、劉伯明、陳鶴琴、鄭曉滄、孟憲承、王伯秋等人，不僅發表的文章在數量上佔有優勢，而且成為該雜誌的專欄撰寫人。在南高師—東南大學，這些學者自發形成一股不同於「學衡派」、「史地研究會」的學術力量，把不同於新人文主義的另一種西方教育理念植入東南大學，充分體現了這一學術場域和而不同、相容並蓄的風氣與風範。

　　在南高師 — 東南大學還有一個學術團體是不能被忽視的，那就是「中國科學社」。它是由留學美國康奈爾大學的趙元任、任鴻雋、楊銓等在 1915 年發起成立的民間學術團體，以「聯絡同志、研究學術，以共圖中國科學之發達」為宗旨。1918 年遷至南高師—東南大學。該團體的學術研究與科學實驗都深受美國實證主義思潮的影響，是與「學衡派」文化理念相左的學術團體的典型代表。「中國科學社」通過創辦《科學》雜誌、譯著書籍、舉辦通俗科學演講、創立科學圖書館等措施普及科學知識，宣傳科學救國，在後期則致力於在學術研

究中推進科學精神，注重理據、邏輯、實證，對中國現代學術的科學化起到了重要作用，在中國現代科學史、學術史上佔有重要地位。「中國科學社在國內科學界長期獨佔鰲頭，在近代中國各專業科學團體的孕育、成長過程中一直都充當著『母體』的作用。此後陸續成立的各種專門學會，如中國動物學會、中國植物學會等，無論在思潮流向、組織形態，還是學會人員的交叉組成方面，都與中國科學社有著密不可分的『親緣關係』」[22]。例如，清華大學的化學、物理、數學等專業的創建均與「中國科學社」有著深刻淵源。此外，「中國科學社」擁有當時中國頂尖的科學家，他們多曾任教於南高師—東南大學，比如竺可楨、熊慶來、秉志、茅以升、胡剛複等。這個群體在南高師—東南大學是和「學衡派」等文化保守主義者共存的，彼此有交集，更有論爭，如果說「學衡派」是把人文精神作為實用主義和科學主義的制衡力量，「中國科學社」則認為科學精神也是人文主義的題中應有之義，現代學術無論是自然科學還是人文科學、社會科學都應秉持科學精神，遵循科學方法，因而「中國科學社」的成員中也有文史學者，比如作為發起人之一的趙元任。

從以上四個學術團體的成員構成和所涉學術領域來看，它們既具備專業性，又有跨學科色彩，其貢獻不僅在於推進各種學術研究，也在於擴大現代學術觀念、文

---

[22] 王德滋主編：《南京大學百年史》，第104頁。

化觀念的影響。這些學術團體的成員基本上都擁有西學背景,他們對西方思想文化資源的選擇各有側重,通過他們的教學活動、學術研究、刊物創辦、社團建設等文化實踐,豐富了中國新知識群體對西學與西方的認識,也在一定程度上淡化了新文化運動給當時的學院文化帶來的激進色彩。從這四個學術團體的活動,也可看出南高師—東南大學重視不同學科的溝通與交流,給予各種學術團體自由的活動場域,對不同文化學術思潮亦能相容並蓄,這也許正是它在當時成為唯一能和北京大學齊肩的學院文化空間的原因。同時,這也證明自由論爭、尊重差異的現代學術文化理念已經成為聚合新知識群體、形成學院文化空間的重要因素。

第三節 暑期學校與文學概論課程的開設

從教育理念到學術理想,從人文教育到科學研究,從課程設置到學術團體,南高師—東南大學在各方面都表現出蘊含著現代文化精神的相容並蓄風範,也表現出經過了現代文化洗禮的人文精神,這與學校的領導者、組織者的教育理念相關,也與西學東漸影響下的中國現代化的歷史趨勢有關。這樣一種學術文化空間無疑為現代的文學教育提供了良性環境,以下以南高師—東南大學暑期學校中的文學教育作為例子進行具體分析。

　　南高師—東南大學的暑期學校是效仿美國的暑期學
校而組織實施的，始於 1920 年。暑期學校的學員、教師、
課程設置都體現了不拘一格、相容並蓄的理念。學員來
自全國各地，以自由報名的方式參加，因而學員構成多
樣化，包括中、小學教員，大學教職員，地方辦學行政
人員，另有中學畢業生，大學肄業生，大學畢業生等。
師資方面，除了本校的老師以外，還聘請了許多著名的
外校、外籍學者。著名教育家、時任南高師—東南大學
教育科主任的陶行知先生，是暑期學校的主要宣導者和
直接組織者，關於暑期學校開展的目的，陶行知認為，
「為教師者思……，乘此機遇，增加新識，交換見聞；
為學生者思，亦藉此長期補習舊課，或圖上進。」[23]由
此可見，南高師的暑期學校不僅專為各地學生而開設，
也為教師提供一個進修的機會，不僅為有學歷的正式學
校人員授課，也接納希望繼續深造的肄業學生，不因學
員的學歷出身或職業地位而設限，正因為如此，暑期學
校還吸引了外國學生。自南高師—東南大學開設暑期學
校以後，全國各地也競相效仿，但在全國所有的暑期學
校中，始終還是南高師—東南大學的最出色。不僅開辦
最早，持續最久，而且在辦學規模、師資配備、課程開
設及組織領導等方面，都堪稱全國之冠。「南高師暑校
的課程不但豐富，而且注意學科發展趨勢，體現革新精
神。如首屆暑校正值新文化運動迅猛發展之時，暑校開

---

[23]　龔放：《南高師的暑期學校》，載《南京大學報》，2007 年 1 月，
　　總第 940 期。

設了許多新課，其中，『白話文法』一課，選修者竟達
517 人，堂堂爆滿。」[24]由此可見，南高師—東南大學暑
期學校的課程內容並沒有因為文化保守主義的勢力而拒
絕新文化運動提倡的相關內容。其課程豐富，不拘一格，
古今中外兼有，「時受聘教授開設的課程主要有：美國
杜威博士的《實驗教育哲學》、美國孟祿博士的《教育
學》、法國杜裡舒博士的《生機哲學》、美國吳衛博士
的《昆蟲學》、美國巴斯德斐爾德博士的《農業推廣》、
梁啟超教授的《先秦政治思想史》、胡適博士的《實用
主義》（胡另兼杜威的翻譯）、張君勱博士的《政治學》
（他另兼杜裡舒翻譯）、江亢虎博士的《勞動問題》、
張東蓀教授的《新聞學大意》。此外，曾琦博士、李璜
博士和美國的推士博士也作為客座教授各有課程開設。」
[25]不僅如此，南高師—東南大學還邀請了很多文化觀念
相悖甚至還有激烈論爭的學者同時參與到暑期學校裡，
比如第一期暑期學校就出現了胡適、王伯秋、任鴻雋、
陳衡哲、凌冰、梅光迪等學者齊聚南高師—東南大學的
情形。這個事實很好地說明了南高師—東南大學奉行的
是相容並蓄、思想自由的教育理念與學術原則。所以它
不僅成為當時中國高校開辦暑期學校的典範，也是中國
現代高等教育的一個成功範例。而且，南高師—東南大
學暑期學校的成功舉辦，還說明學院文化也能夠在學院

---

[24] 龔放：《南高師的暑期學校》，載《南京大學報》，2007 年 1 月，
　　總第 940 期。
[25] 朱華榮：《一所可入史冊的暑期學校》，載《文匯報》，2011 年 6
　　月 21 日。

空間以外發揮影響，對社會人群的文化風氣、知識生活起到重要的引導作用，因此現代學院文化的形成不僅是學術史、教育史上的重大事件，也是社會史、思想史應該考察的物件。

在南高師 —— 東南大學暑期學校的教學中，人文教育具有重要位置，內容也十分豐富，既有關涉傳統文化的課程，也有大量新學新知，梅光迪在第一期暑期學校講授的課程是天演學說、文學概論和歐美文學趨勢。其中，文學概論課程的開設在當時中國尚屬嘗試，大約同時開設此課程的是北京大學，講授者是周氏兄弟，所使用的教材主要來源於日本，魯迅選用了廚川白村的《苦悶的象徵》，該著凸顯一家一派之言，作為教材，在系統性和全面性方面不如梅光迪所依據的溫徹斯特的著作。梅光迪對中國的文學理論的現代建構有多方面的貢獻。從文學概論課程的講授到文學概論教材的引進，梅光迪基本上實現了直接從歐美原著引進西學，而不再從日本間接獲得。據目前所見資料，梅光迪及其弟子所譯的《文學評論之原理》是中國現代第一本直接譯自歐美的文學概論教材，而這本譯著的雛形正應該追溯到南高師—東南大學第一期暑期學校梅光迪講授文學概論課程時使用、整理的《文學概論講義》。這本講義應是梅光迪口授，由學生臨時速記，事後經過整理再付印分發的產物，現在所見的這本講義以楊壽增所記為主體，曾一度湮沒於世。2008 年，學者傅宏星於江蘇南通市圖書館偶遇此講義，後經梅氏族人整理並收錄於 2011 年出版的

《梅光迪文存》，梅傑稱此講義「是中國近現代第一本文學概論講義，也可以說是中國比較文學的奠基之作」。[26]

　　現存《文學概論講義》約有一萬九千字，集中體現了梅光迪在文學方面的學術思想和文化觀念。在講義中我們可以看到古今中外歷史、文學、文化等多方面內容，很多地方都是採取中西比較的方式進行解釋，雖然此講義使用文言文寫成，但是我們已經能夠清楚地感受到文言這一中國形式背後邏輯清晰、推理嚴密的西方學術風格。筆記共十五個章節，從文學的基本原理談到文學與思想、文學與人生的關係。從其章節設置看，明顯襲用了西方教材的體例，正是參照溫徹斯特的著作《文學評論之原理》而編寫的。尤其值得指出的是，在講義中出現的很多中國古代文學的例子，明顯已不再完全按照傳統的闡釋模式來講解，而是在西方理論的參照下進行再闡釋，實現了中西文學經驗的溝通。顯然，這些例子的使用是出於梅光迪教學實踐的需要，為了讓學生更易於理解西方文學理論，用他們熟悉的中國文學作品為例，當然比使用陌生的外國作品更為有效。後來，這些例子也大多出現在 1923 年出版的譯著中，替換了溫徹斯特原著所舉的一些例子。這種替換策略固然是為了降低理解外來新知的難度，但這也意味著梅光迪及其學生都認同中西文學的共通性。從這個意義上說，他們的教學和翻

---

[26] 梅傑：《〈文學概論講義〉整理附記》，載《現代中文學刊》，2010 年第 4 期，第 102 頁。

譯活動，實際上是在實踐「學衡派」以及整個南高師—東南大學學者群體一直以來所主張的融通中西文化、中西學術的理念。而且，在對中國古典文學作品的具體解讀中，也潛在地表達了梅光迪對傳統與經典的態度：既然中國傳統能夠與西方新知對接，中國經典能夠與西方經典互通，那麼，傳統與現代的關係就並非新舊對立的關係，中西文化之間也並不存在落後與先進的鴻溝，如此，走向現代並不意味著要割斷傳統，而更應該在中西融通的前提下發展自身傳統，使中國文化有益於世界。這是「學衡派」的文化態度，是其文化保守主義中具有開放性的一面，也是南高師—東南大學的教育理念和學術理想的體現，同時，這也表明相容並蓄的學術文化理念和國際化的文化視野在當時已成為新知識界的共識。以西方資源為基本架構，並在實際上導致傳統文學體系解體的文學概論課程能夠真正進入現代中國的文學教育，也正是得益於學院文化空間的這種共識。

　　由此可見，南高師—東南大學暑期學校的辦學理念和教學實踐，尤其是梅光迪所講授的文學概論課程及其講義，作為南高師—東南大學教育學術活動的一個個案，典型地體現了這一學者群體重視人文精神，推崇精英文化，信奉普世價值，追求相容並蓄、中西融通的教育思想、學術理念和文化態度。

　　南高師—東南大學在中國現代的文化教育、學術建設中發揮了積極而獨特的作用，其學者群體既是該校的實體，又是該校的靈魂。在有效引進歐美教育理論與教

育資源方面，為現代綜合性大學的發展模式做出了有益的探索，他們所主張的對學生的全面培養、對傳統的繼承發展、對人文教育和精英教育的重視為現代教育帶來重要啟示。在知識理念和學術規範方面，他們已具有鮮明的現代意識，超越功利主義，重視文理基礎學科，奉行學術的自律與自由。在追求學術的國際化與普世性的同時也注重傳承發展本土傳統中的優勢因素，信仰真理高於權威。南高師—東南大學學者群體體現了以現代價值觀為依託的學術操守。

南高師—東南大學在新知識新文化的整合與建構中體現了文化保守主義傾向，但他們的文化保守主義是以對普世真理的信仰為基礎的，意圖在平等對待傳統與現代、中國與西方的前提下探索中國現代文化建設的道路，因而其保守主義中也具有開放性的一面。而且，在新文化運動掀起激進主義大潮的時代氛圍中，文化保守主義所起到的制衡作用顯然有積極的意義，並有助於中國知識界瞭解西方資源的多樣性。同時，南高師—東南大學作為一個相容並蓄的學術場域，並非僅有文化保守主義在這裡得到發展，那些保守主義外的文化學術思潮在此也有著自己的廣闊舞臺。作為南方的高等教育重鎮和學術文化中心，它起到了集結學者群體、平衡現代中國教育學術佈局的重要作用，與以北京大學為首的北方高校一起為中國的教育發展、學術發展做出了卓越貢獻，培養了一批傑出的學者，在現代中國學術史中具有舉足輕重的地位。從民國建立到整個 1920 年代，是中國

現代高等教育和學術發展的一個關鍵時期，南高師—東南大學正是在這個階段完成了現代綜合性大學的基本建制和人才資源的集結、儲備，在該校校史上書寫了濃墨重彩的一筆，也成為中國現代教育史、學術史上的重要篇章。

　　然而更重要的是，南高師—東南大學的教育學術實踐推動了學院文化空間在中國的形成，其相容並蓄的知識理念，對人文教育和基礎研究的重視，對教育獨立的維護，正是建立在「學無新舊，學無中西，學無有用無用」的現代學術倫理之上的，當這種信念成為知識群體的共識並產生凝聚力，學院空間就擁有了一種相對獨立的文化權力，並能對社會的政治、經濟產生一定的影響。這樣一個文化空間的存在，又作為文學理論學科化的發生地，必然使文學理論發展出專業性、規範性的學術特徵以及與之相應的知識系統和講授方式。相似的情況，也發生在北方的北京大學。

第五章 現代交往空間中的
知識主體

　　主體總是在一定的環境中被建構，同時也作用於這些環境。環境包括他所遭遇的文化空間，所經歷的場域變遷，這是我們在本編前兩章討論的內容。現代文化地理極大擴充了中國文學知識的資源庫，改變了知識主體的文學體驗和文學觀念，學院文化空間的形成又進一步改變了文學知識與其他文化學術領域的關係以及知識主體從事文學研究、文學教育的方式、規則和氛圍，這幾方面因素共同促成一個結果：有留學經歷的新型知識群體成為 20 世紀初期文學理論學科建構的主要人力資源，並逐漸獲取了原來由傳統文人主導的話語權。然而，在兩個知識群體、兩種文化形態的此消彼長中起作用的，並不僅僅是文化空間的變化，新知識群體的聚合以及在社會文化格局中地位的上升。它是一個相當複雜，並受到多種力量制約的過程，主體所處的環境還包括具體的以人際交往體現出來的社會關係，以及在這種關係中獲得的身份，這是本章將要討論的內容。

第一節　知識活動與交往空間中的地緣紐帶

　　宗法制是傳統中國社會結構的基礎，也是傳統倫理的土壤，如果說歐洲社會的現代轉型需要進行宗教改革以解除教會對社會和個體的控制，那麼中國社會的現代轉型需要解除的則主要是宗法勢力的社會控制和人身控制。五四運動以來，關於家庭革命、父子衝突、婚姻自由的討論成為熱點，原因就在於新知識群體要廢除宗法倫理的合法性；後來，左翼關於族權、父權、夫權的批判更為明確和尖銳地指向宗法勢力。宗法制的解體，也就意味著維繫社會關係的紐帶將發生變化，概括而言，中國社會在前現代向現代轉型之際，主體的社會關係紐帶從傳統的血緣、家族、地緣漸漸轉向教育背景、職業圈層等等。但這個變化並不是一蹴而就的，尤其是其中的地緣紐帶在各種社會關係紐帶中具有特殊的重要性，既與血緣、家族紐帶有關聯，也有可能與教育、職業紐帶相容。費孝通認為，「地緣是從商業裡發展出來的社會關係。血緣是身份社會的基礎，而地緣卻是契約社會的基礎」，「從血緣結合轉變到地緣結合是社會性質的轉變，也是社會史上的一個大轉變」。[1]由於長期的農耕

---

[1]　費孝通：《鄉土中國》，北京：生活・讀書・新知三聯書店，1985年，第 72~73 頁。

文明，中國傳統社會的流動性較弱，民風安土重遷，喜
好聚族而居，使得地緣紐帶不僅與血緣紐帶常有交叉，
而且地緣親和性成為一種潛在的心理意識，一直延續到
流動性增強的現代社會，並介入到教育背景、職業等新
的紐帶之中。

　　在 20 世紀初的中國，精英知識群體相對於其他社會
階層，流動的地理範圍更為寬泛，尤其是負笈海外的學
子，不僅實現了從傳統的鄉村知識份子向現代的城市知
識份子的角色轉換，更在跨民族、跨文化的切身經驗中
獲得了多重文化身份，這些變化都極大淡化了個體身份
中血緣、地緣屬性的影響力。現代城市生活流動性強，
其間的個體穿行於不同的城市、不同的空間，時間的綿
延性被頻繁的空間轉換割裂，個體對空間關係更為敏
銳。城市知識份子與鄉村知識份子的屬性不同，不像後
者那樣建立於對淵源、世系的追溯和認定，城市知識份
子的身份等級和自我認同不是主要依賴於傳承和時間性
關係，而是看其歸屬於怎樣的空間位置和人際關係，比
如職業環境就在很大程度上影響個體的社會空間和交往
空間，而且職業關係建立起來的身份與人際交往並不會
因空間的變化而解體，因此職業紐帶也就成為現代社會
生活中的一個核心紐帶。但正是在留學群體的人際關係
和職業環境中，我們看到地緣紐帶仍然在發揮作用，而
且還深刻地影響到他們的知識活動，為現代文學史染上
了鮮明的地域色彩。以下我們將以浙江籍留日學者為
例，來討論地緣紐帶、交往空間、知識活動之間的複雜

關係，尤其是對他們文學知識構成的影響。

「在人的一生中，個人靠與他人的關係而得以維持，思想因之而穩定，目標方向由此而確定」[2]，個體的身份認同，也是在與他人的關係中形成、確立、調整的。在現代社會，由於交往空間的擴大和交往方式的多樣化，個體與他人的關係更為複雜，更具流動性，正如福柯所認為的那樣，在現代都市生活之中的人們，處於一個同時性(simultaneity)和並置性（juxtaposition）的時代，人們所經歷和感覺的世界，是一個點與點之間互相聯結、團與團之間互相纏繞的人工建構的網路空間，而不是傳統社會中那種經過時間長期演化而自然形成的物質存在。[3]相對於傳統社會中形成的物質存在，人工建構的網路空間穩定性較小，給個體提供更多機會，也對個體的適應性有更高要求，因而身份認同的調節頻率也更高。人際交往是這個網路空間中的重要節點，福柯的思路有助於我們分析清末民初轉型期中國知識群體的分化與聚合。就浙籍留日學者而言，我們可以把福柯所謂的「點與點」理解為浙籍留日學者個人與個人的交往方式，浙籍學者在個體交往上的地緣性關係及同鄉的宗族式關聯成了解釋浙籍留日學者歸國後集結在一起的有效路徑。而福柯的「團與團」，我們可以認為是個體聚合

---

[2]　〔美〕希歐多爾·M　米爾斯：《小群體社會學》，昆明：雲南人民出版社，1988 年，第 3 頁。

[3]　參見〔法〕福柯：《不同空間的正文與上下文》，陳志梧譯，收入包亞明主編：《後現代性與地理學的政治》，上海：上海教育出版社，2001 年，第 18~28 頁。

為群體並呈現出一定共性的各種方式，比如通過報刊、社團、學校等媒介而發生的群體性交往。張灝在《中國近代思想史的轉型時代》中指出：晚清以後，在城市社會之中，漸漸出現了使現代知識份子得以形成的制度性媒介，這就是學校、傳媒和結社。張灝將這三者稱之為基礎結構（infrastructure）。[4]正是這些基礎結構的建成，才使得知識結構已經現代化的留學群體得以在實際的社會參與中真正轉型為現代意義上的知識份子，並對現代學術和文化的發展產生至關重要的影響。關於浙籍留日群體在中國現代文化史上的強大影響力，以往的研究比較多地從文學史、學術史的層面來考察，側重觀念變革的力量和文學創作、學術研究的實際成績，我們在這裡則嘗試從知識社會學的層面出發，探討浙籍留日群體如何因地緣、教育背景形成一個文化共同體，並把自身的影響擴散到地緣團體、教育團體以外：一方面，探討浙籍留日知識份子如何借助同鄉、同僚的人際紐帶形成一個同聲相應、同氣相求的交往群體，又如何超越人際紐帶，相容和吸收群體之外的其他優勢資源，建構起一個以思想文化訴求為紐帶的文化共同體；另一方面，探討這個群體如何憑藉學院、報刊等公共空間的建構和人際網路的拓展去參與現代的知識生產，形成推進新型知識范式和文學啟蒙的集團性力量，並進而對現代中國的知識生活產生重要影響，尤其是在一個文學觀念、書寫形

---

[4] 張灝：《中國近代思想史的轉型時代》，見《時代的探索》，臺北：聯經出版事業公司，2004年，第37~42頁。

態、知識體系都發生了急遽變化的時期，這個群體的文學活動如何影響了現代中國的文學知識建構。要回答這些問題，首先需要對那一時期浙籍留日學人群體的交往關係進行歷史還原。

第二節　北大文科與浙籍留日學人群體

經過明清兩朝的經營，作為都城的北京毫無疑問是傳統中國的政治文化中心，但在經濟、技術和文化學術方面，江南等地也擁有毫不遜色甚至更勝一籌的實力，又因區位之便，東南沿海與歐美、日本的文化交流也領先於其他地區。這些條件使東南一帶的知識群體更能適應轉型期社會，具有更強的遷徙流動能力，從而也有可能擁有更多話語權。這種傳統的文化優勢在近代仍然得到延續，甚至還有所擴大。

由於時局變化和自身弊端，科舉制度日益暴露出不適合新時代需要的根本性缺陷，晚清人才匱乏，窮於應付危局的情況導致要求廢科舉，興學校，以新式學校人才代替科舉士子的呼聲逐漸成為朝野上下的普遍要求。在這樣一種背景之下，隨著清廷中央政權態度、觀念的逐漸轉變，教育現代化的嘗試被提上議事日程，其中，興辦新學與培養新式人才正是這種嘗試的重要組成部分。而作為政治文化中心的北京則成為這些嘗試的最大

受益者。晚清時期的北京,各種新式文化機構興起,繼
1862 年設立同文館,並進而發展成一所培養外語及自然
科學人才的專門學校之後,1898 年再設京師大學堂並發
展成後來的北京大學。進入民國,當時的北京已集中了
全國第一流的國立大學和教會大學,是現代中國文學生
產、知識生產和學術生產網路的樞紐。同時,由於當時
的中國仍處於分裂狀態,強大政治權威的暫時空缺為思
想文化的自由發展提供了契機;也由於初涉現代政治的
北洋政府對於如何控制現代形態的知識社會和輿論場域
茫然無措,也為思想文化的蓬勃發展留下了空間。當時
北京知識群體的人際交往和知識生活就是在這樣一個相
對有利的社會環境中展開的。這樣一個場域,勢必吸引
各地人才在這裡彙集,哪些人、哪些群體在競爭中獲得
優勢地位,雖然是由多種因素決定的,但在相當程度上
也能反映出各地在文化積澱、人才儲備上的強弱之勢。

　　浙江籍知識份子在北大校史中佔有的分量,極為引
人矚目。從 1898 年的京師大學堂到民國時期的北京大
學,先後共有 7 位浙江籍知識份子擔任北大校長:嘉興
的許景澄(1900 年春至 1900 年 8 月)、桐鄉的勞乃宣
(1911 年 12 月至 1912 年 2 月)、諸暨的何燏時(1912
年 12 月至 1913 年 11 月)、吳興的胡仁源(1913 年 11
月至 1916 年 12 月)、紹興的蔡元培(兩次任職,分別
為 1916 年 12 月至 1927 年 7 月,1929 年 9 月至 1930 年
12 月)、海鹽的陳大齊(1929 年 1 月至 1929 年 8 月)、
余姚的蔣夢麟(1930 年 12 月至 1945 年 10 月)。蔡元

培是其中最為世人熟知的一位，當他進入北京教育學術的核心地帶，在 1916 年 12 月接任北京大學校長的時候[5]，正值北京城和北大走到中國現代史上的重要歷史時刻。個人識見與因緣際會相得益彰，蔡元培不僅塑造了這所學校作為現代大學的基本形態，也從觀念和體制上影響了全國範圍內的高等教育。蔡元培出任北大校長，是多種機緣作用的結果：蔡元培既是前清的翰林，又是光復會的早期領導，後來成為同盟會重要成員，有留洋經歷，在教育界素有聲望，曾擔任紹興中西學堂監督、南洋公學特辦總教習，發起中國教育會和愛國學社，是民國首任教育部長，主持制定了《大學令》和《中學令》，集新舊資望於一身，易於得到各方認同，此其一；蔡元培作為國民黨黨員，出任北洋政府治下的北大，體現了當時的黨派合作新氣象[6]，此其二；另一個不可忽略的因素，則是浙江同鄉故交的援引推舉以及浙籍人士在當時北京政界、學界的影響力。根據馬敘倫、沈尹默等人回憶，蔡元培出任北京大學校長，是與北大、教育部乃至北京教育界關係密切的知識精英馬敘倫、湯爾和、沈步洲、夏元栗諸浙籍人士相商的結果。[7]此說在細節上或有出入，但蔡元培得到浙籍勢力的支持確是事實。

---

[5] 1916 年 12 月 26 日，蔡元培接受了當時北洋政府黎元洪的委任，1917 年 1 月 4 日正式赴任北京大學校長。

[6] 袁世凱倒臺後，一度出現北洋系、研究系和國民黨三派合作的政治格局。參見楊琥：《蔡元培出長北京大學的前前後後》，載《北京社會科學》，2004 年第 4 期，第 121~126 頁。

[7] 馬敘倫回憶說，是他向湯爾和舉薦了蔡元培，湯再引薦蔡給其他人，參見馬敘倫：《我在六十歲以前》，收入胡適、馬敘倫、陳鶴琴：《四十自述·我在六十歲以前·我的半生》，長沙：嶽麓書社，1988 年。另可參見沈尹默：《我與北大》，收入陳平原、夏曉虹編：《北大舊事》，北京：生活·讀書·新知三聯書店，1998 年。

　　蔡元培執掌北大，是浙籍知識群體話語權的延續和進一步擴大。浙籍勢力一直存在於北洋政府的教育部中。[8]在入主北京大學之前，蔡元培在民國初年曾任臨時政府教育總長，並援引了浙江籍的夏曾佑（社會教育司司長）、許壽裳（教育部參事）、周樹人（教育部僉事、社會教育司第二科科長）等。而北京大學在浙籍知識份子何燏時、胡仁源主政時期，陸續引入章太炎門下的浙籍弟子，如沈兼士、錢玄同、朱希祖等浙籍留日新派人物。蔡元培與章太炎曾共事革命，私交甚厚，與章門弟子也大多相識，所以蔡元培出任北大，一個極為有利的條件就是浙籍人士借助地緣、學緣紐帶所形成的交往空間。而蔡元培執掌北大之後，又進一步擴大了浙籍知識群體在北京學術界、文化界的優勢和影響力。

　　蔡元培治校一方面提供了轉移風氣的制度環境，另一方面在人事上廣延富有學識和現代思想的教員和學者，直接促成北大文科的新氣象，新文化運動的展開以及新文學的誕生，都以此為基礎。蔡元培的人事調整擴大了具有浙籍留日背景的學者文人在北大文科中的群體力量，當然，他們最終對中國新文學、新文化發揮的影響力，還是得益於他們自身的知識儲備、思想傾向和寫作實績，但在人際交往的推動下形成的文化共同體的作

---

[8] 據王雲五回憶，民初教育部中的浙籍人士勢力之盛，足以擠走非浙江籍的教育總長。參見王雲五：《舊學新探——王雲五論學文選》，上海：學林出版社，1997 年，第 119~121 頁。另參見楊琥：《蔡元培出長北京大學的前前後後》，載《北京社會科學》，2004 年第 4 期，第 121~126 頁。

用，也是不容回避、不容小覷的。可以說，地緣、學緣紐帶通過人際交往介入了以職業為紐帶的社會關係，並進而影響了大學場域和知識生活。

浙籍留日學人群體因蔡元培治校而與北大的風氣轉移相得益彰，為中國現代文學和學術打上了江浙文化的烙印。周氏兄弟在北大的任職，在文學上的影響力，都是具有代表性的案例。

周氏兄弟與蔡元培同籍浙江紹興，周家與蔡家又「向有世誼」。1906年蔡元培回紹興辦「學務公所」，就曾邀請剛剛從江南水師學堂畢業的周作人回鄉幫忙。1916年蔡元培回鄉演講，當時擔任紹興教育會會長的周作人也前往聆聽，可見蔡、週二人早已相識相交。後來周作人到北京大學任教，也是蔡元培通過魯迅主動邀請的結果。1917 年周作人被聘為文科教授兼國史編撰處編撰員，這使得他從一個蟄居鄉鎮的青年躍升為最高學府的教授，對周作人來說，變化不可謂不大。[9]而魯迅本人受聘北大講師，則是在 1920 年 8 月 2 日。[10]任教北大改變了周氏兄弟的人生軌跡，另一方面，他們進入這個當時

---

[9] 周作人：《記蔡孑民先生的事》，見《藥味集》，石家莊：河北教育出版社，2002 年，第 20~21 頁。張菊香等編著：《周作人年譜（1885-1967）》，天津：天津人民出版社，2000 年，第 120、125 頁。周昌龍：《新思潮與傳統──五四思想史論集》，南昌：百花洲文藝出版社，2004 年，第 233~234 頁。

[10] 魯迅 1920 年到北大教授「中國小說史」，是受當時同為浙江人的國文系主任馬裕藻所聘，《中國小說史略》就是因這門課而寫成的。參見魯迅博物館等編：《魯迅年譜》（修訂本·第 2 卷），北京：人民文學出版社，2000 年，第 25 頁。

中國的文化中心也極大影響了新文化運動的文學地圖。
在文學創作、文學理論建構以及文學教育等方面，二人
都對現代中國文學話語基本形態的形成發揮了重要作
用。周作人在五四時期發表《人的文學》、《平民的文
學》等文章，借助歐洲文藝復興、啟蒙運動以來的思想
文學資源為中國的現代文學確立了理論基礎；魯迅的《中
國小說史略》對國人根據現代文學觀念重新認識傳統文
學，重新進行文學分類，尤其是重新認識小說這一文學
體裁是一個示範，對小說理論的發展也有開創之功。同
時他們還屬於最早在文學系教授文學概論相關課程的一
批人，他們的文學思想在很大程度上塑造了青年一代的
文學觀念。

　　蔡元培主政北大後援引的浙籍學者和此前就已任職
的浙籍學者，在北京大學形成一種群體性力量，並成為
當時文學話語的主導力量之一，除周氏兄弟、錢玄同以
外，還有頗具聲望的沈氏兄弟和馬氏兄弟，即「三沈」
（沈尹默、沈遠士、沈兼士）、「三馬」（馬裕藻、馬
衡、馬鑒），以及擔任過國文系、史學系兩系主任的朱
希祖等。這個現象，直至後來還不時被人提起，稱之為
「在北京教育界占最大勢力的某籍某系」[11]。所謂「某
籍」，即浙江籍；「某系」，即北京大學中國文學系，
於是就有「北大的中國文學系裡浙江人專權」[12]之說。

---

[11]　陳西瀅：《閒話》，載《現代評論》，第 1 卷第 25 期。
[12]　周作人：《周作人回憶錄》，長沙：湖南人民出版社，1982 年，
　　　第 343 頁。

　　以上可見在作為新文化運動中心的北大文科中，浙江籍學者有操牛耳之勢。蔡元培晚年曾這樣回憶當年的作為：「北大的整頓自文科起，舊教員中如沈尹默、沈兼士、錢玄同諸君，本已啟革新的端緒……周豫才、周啟明來任教員，而文學革命、思想自由的風氣遂大流行」[13]。可見，地緣因素事實上通過人際交往、職業紐帶和文化共同體的形成而介入了文學話語，那麼對中國新文化運動、新文學寫作以及文學理論學科化的考察，也就應該把對地緣文化的考察納入進來。而這一問題進一步引發的是，地域文化如何通過人際交往在中國現代文化轉型和知識建構中發揮作用。

　　中國幅員遼闊，雖然在儒家文化的長期主導下整個民族具有強大的文化向心力和文化同質性，但地域文化還是在學風、文風中有明顯體現，在清代，地域與學派有明顯關聯。現代社會流動性大大增強，但地域文化並沒有立即淡化，而是以新的方式表現出來。江浙地區經濟富庶，文化發達，擁有優勢文化資本，又因地處東南沿海較早與西人交接，同時相對遠離中央政權，尤其是經過「東南互保」之後與舊有的權力核心已產生疏離感，因此在時局變化，同時文化風氣也發生轉移之際，這一地區與廣大內陸地區相比更易於適應並進而主導新形勢，在因教育、職業而發生遷徙的現代流動性中更易於把地域文化優勢轉化為新的文化資本。如此，傳統的地

---

[13] 蔡元培：《我在教育界的經驗》，見中國蔡元培研究會編：《蔡元培全集》（第 8 卷），杭州：浙江教育出版社，1998 年。

緣紐帶與現代的職業紐帶就因人際交往空間而疊合在一起，使地域文化超越地區影響，在更大的範圍內發揮作用。所以，知識主體在現代生活中流動性的增強，也帶來地域文化的兩大變化：一是使地域文化本身更具開放性，二是使地域文化的流動性也得到增強，更易形成不同地域文化之間的競爭和融合，而這種競爭和融合顯然更利於優勢文化成為主導。浙籍留日學人群體北上，並在北大文科中佔據主導地位進而促發新文化運動，事實上意味著結合了傳統優勢和新興西學的現代江浙文化取代了原來的文化勢力，成為現代轉型之際的文化領導力量。這可以說是現代文化地理的開放性與流動性為江浙文化帶來的機遇。另一方面，他們與政治權力保持一定距離，但又善於發揮教育、報刊、社團的作用以文化影響力對政治權力形成一定制約，這種方式是現代知識份子參與政治生活，發揮社會影響的主要方式之一。從這個意義上說，以蔡元培為核心的浙籍留日群體在五四前後的文化政治活動為民國時期文化生態的形成起到了重要的推動、示範作用，也真正實現了從梁啟超時代先驅知識份子就開始為之奔走呼籲的輿論動員、文學啟蒙。

第三節　《新青年》與浙籍留日學人群體

經過蔡元培在北大的人事改革、制度改革以及對現代學術風氣、思想風氣的提倡，新興文化力量在這裡彙

聚，浙籍留日知識份子借此平臺迅速成為新文化運動的群體性勢力。然而，還必須建造一個不限於學院空間的發言陣地，來擴大北大在新文化運動中的影響力，在更廣泛的範圍表達價值訴求，這時候，創辦於上海的《新青年》[14]便進入了蔡元培的視野。由陳獨秀創辦主持的《新青年》遷至北京後，不負眾望地成為中國新文化運動的主要陣地，北大的浙籍留日學人紛紛加入，或成為編輯，或成為主要作者。

蔡元培是《新青年》北遷的主要促動者，他力邀陳獨秀擔任北大文科學長，1917 年 1 月陳獨秀正式受聘，並將其在上海創辦的《新青年》雜誌遷往北大。[15]除此之外，蔡元培還延聘了一些為《新青年》撰稿的作者任職北大，有學者統計，「這時期進入北大任教職的，《新青年》雜誌的重要作者占了一個很大的比例」[16]。《新青年》移師全國最高學府，一方面擴大了新派在北大的

---

[14] 本文所說的《新青年》雜誌是指從 1915 年 9 月創刊至 1922 年 7 月休刊的《新青年》月刊，共 9 卷 54 期，創刊時名為《青年雜誌》，從第 2 卷第 1 期起改為《新青年》。大體上，可以分為早、中、晚三個時期。1~2 卷在上海編輯，為早期；3~7 卷主要在北京大學編輯，為中期；8~9 卷重返上海，組建成為中共的機關刊物。至於 1923 年在廣州創刊的由瞿秋白主編的《新青年》季刊，是同名的另外一份刊物，不屬於本文的研究範圍。本文所研究的主要是「一校一刊」結合時期的《新青年》雜誌。

[15] 據沈尹默回憶，一開始，陳獨秀有拒絕文科學長一職之意，理由是要回上海辦《新青年》，後經蔡元培轉告，可將《新青年》雜誌搬到北京，方慨然應允。沈尹默：《我與北大》，見陳平原、夏曉虹編：《北大舊事》，北京：生活·讀書·新知三聯書店，1998 年，第 172~173 頁。

[16] 陳萬雄：《五四新文化的源流》，北京：生活·讀書·新知三聯書店，1997 年，第 43 頁。

勢力;另一方面又擴大了這個雜誌在文化界和知識群體
中的影響,拓展了這個雜誌的作者群,使《新青年》作
為新思潮引領者的特色更為鮮明,名副其實地成為新文
化運動的主要刊物,初步完成了現代文學史意義上的「一
校一刊」的結合。這不僅讓《新青年》雜誌成為新文化
運動的言論中心,更使《新青年》起到了聚合新知識群
體並擴大其社會影響力的作用,而在這個新知識群體
中,浙籍留日學人仍然佔有重要位置。通過對《新青年》
第 3 卷(1917 年 3 月—1917 年 8 月,共出 6 期)、第 4
卷(1918 年 1 月—1918 年 6 月,共出 6 期)作者群的考
察,我們發現浙籍人士佔據了很大的比例,除魯迅外,
這些人都是北大的教師,如錢玄同、周作人、沈尹默、
沈兼士、陳大齊等。《新青年》「編輯部同人」中的錢
玄同與沈尹默同籍浙江吳興,都有留日經歷,且都在蔡
元培就任北大校長前就已任職北大。[17]浙籍人士良好的
鄉誼編織了一個巨大的文化交際網路,編輯部同人交往
互動中存在協商和合作,沈尹默因有眼疾,輪到他編輯,
同鄉錢玄同便來幫助。周氏兄弟並非編輯部同人[18],他

---

[17] 據沈尹默回憶,他與錢玄同的相識約在辛亥革命後,當時一批章門
弟子自日回國後到杭州,中有朱希祖、周氏兄弟、許壽裳、錢玄同
和沈尹默的弟弟沈兼士等人,沈尹默因沈兼士與他們相識。參見沈
尹默:《憶魯迅》,收入魯迅博物館、魯迅研究室、《魯迅研究月
刊》選編:《魯迅回憶錄》(散文上冊),北京:北京出版社,1999
年。

[18] 參見張耀傑:《北京大學與〈新青年〉編輯部》,收入《歷史背後
──政學兩界的人和事》,桂林:廣西師範大學出版社,2006
年。

們成為《新青年》主要撰稿人，浙籍同鄉錢玄同的極力相邀起了很大作用。周氏兄弟的日記裡都記載了錢玄同的首度拜訪，魯迅在《〈吶喊〉自序》裡也描寫了錢玄同約稿的情形。三人同為浙籍留日人士，又是章太炎門生，關係不同尋常。周氏兄弟最初對《新青年》不無微詞，是經過錢玄同苦口婆心地勸說才加盟寫稿，並因此影響到章門其他弟子也加入其中。經過此番以地緣、學緣為紐帶的人際關係的運作，浙籍留日學人幾乎占到當時最知名的雜誌《新青年》同人作者群一半的名額，又因為他們發表作品數量多，影響大，因而成為《新青年》作家中最引人注目的一個群體。我們還看到，在這一時期，北大的學生如傅斯年、羅家倫等也加入了《新青年》的作者隊伍，標誌著年青一代的知識份子已成長為新文化運動的有生力量。新知識群體成功地實現了代際傳承，在師生關係、刊物平臺的推動下，一個超越地緣紐帶的新文化共同體正在形成。

　　因此，關於這樣一個文化共同體的形成，有兩方面的事實應該引起研究者的同等重視。一方面，《新青年》作者群體中，沈尹默、錢玄同、魯迅、周作人、沈兼士、朱希祖等影響較大，他們既是浙籍留日人士，又多是章太炎門生，鑒於浙籍留日學人群體在北大乃至北京教育界的勢力，以及章門弟子在學術上的支配地位，上述浙籍留日知識份子加盟《新青年》，使得在當時北京教育界、知識界佔據主流的一股文學力量和學術力量支持並實際參與了新文化運動和新文學寫作，從而大大增強了

《新青年》的文化聲勢。如果不考慮同鄉、同門以及同事的人際交往空間，是很難把握《新青年》群體之形成的。[19]另一方面，浙籍留日學人的人際交往空間並不局限於鄉誼同門，更因思想上的一致與其他學人群體相互引為同道。比如「文學革命」雖由安徽人胡適和陳獨秀首倡，但錢玄同和沈尹默的呼應和支持也起到了舉足輕重的作用。在胡、陳二人提出「文學革命」之初，回應者寥寥，錢玄同最早投書熱情應和胡適和陳獨秀的主張，而胡、陳得到錢玄同的支持也信心大增，1917 年陳獨秀接到錢玄同的信後，回復說：「惠書謹悉。以先生之聲韻訓詁學大家，而提倡通俗的新文學，何憂全國之不景從也？可為文學界浮一大白！」[20]而胡適晚年回憶道：「錢玄同則沒有寫什麼文章，但是他卻向獨秀和我寫了些小批評大捧場的長信，支持我們的觀點。這些信也在《新青年》上發表了。錢教授是位古文大家，他居然也對我們有如此同情的反應，實在使我們聲勢一振。」[21]1918 年 3 月，錢玄同還親自出馬，化名「王敬軒」與劉半農一起發表「雙簧」信，以製造爭議的方式來吸引

---

[19] 《新青年》群體中另一重要的地緣性群體是安徽學人群體，參見陳萬雄：《五四新文化的源流》第一章《〈新青年〉及其作者》，北京：生活·讀書·新知三聯書店，1997 年；汪楊：《皖籍知識份子與新文化運動 —— 以〈新青年〉的安徽作者群為例》，載《合肥工業大學學報》（社會科學版），2010 年第 6 期。

[20] 水如編：《陳獨秀書信集》，北京：新華出版社，1987 年，第 90~91 頁。

[21] 胡適：《胡適口述傳》，見歐陽哲生編：《胡適文集》（第 1 冊），北京：北京大學出版社，1998 年，第 321 頁。

知識社會對「文學革命」的關注。可見，地緣紐帶之所以能夠造就浙籍留日學人在新文化運動中的巨大影響力，有一個根本原因就是地緣紐帶與思想趨同在這個群體中是統一的，因而能在思想一致的前提下超越地緣。當初，章門弟子進入北大，排擠了桐城派文人的勢力，浙江籍學人取代安徽籍學人成為北大文科新的主導者。但在新文化運動時期，新知識群體並沒有囿於地緣區隔和門戶之見，浙籍留日群體與來自安徽的陳獨秀、胡適等人相互支持，形成合力，擴大了人際交往空間，從而進一步擴大了所屬群體的影響力和思想資源，這充分體現了現代地緣關係的流動性和開放性，體現了知識群體的文化觀念和思想傾向施加於地緣關係的影響。

第四節　北京文化圈與浙籍留日學人群體

現代地緣紐帶與因知識背景、思想觀念趨同而產生的精神紐帶、文化紐帶之間的交叉疊合，不僅體現在北大文科的人事更迭、學風轉變，《新青年》雜誌北遷這樣一些具體事件上，也體現在當時北京整體的文化氛圍之中。一些重要的文學社團、文化圈子的形成，就得益於浙籍留日學人活躍的人際交往，可見地緣文化優勢對於集結新知識群體的確具有多方面的推動作用。

1919 年底，魯迅、周作人兄弟搬進西城八道灣 11

號。自此，周宅成為兄弟二人與朋友經常聚會的地方。
據魯迅日記記載，1920 年 1 月至 1923 年 7 月間（其中
1922 年的日記有缺失），來八道灣最勤的是孫伏園，其
餘往來較多的有宋子佩、馬幼漁、錢玄同、許季上、朱
逷先、沈士遠、沈尹默、徐耀辰、張鳳舉、許壽裳等。
其中僅徐耀辰、張鳳舉不是浙江人。從沈尹默的回憶中
可以一窺當時的情景：「『五四』前後，有相當長的時
間，每逢元日，八道灣周宅必定有一封信來，邀我去宴
集，座中大部分是北大同人，每年必到的是：馬二，馬
四，馬九弟兄，以及玄同，柏年，逷先（與『逷先』為
同一人，即朱希祖 —— 引者注），半農諸人。席上照例
有日本新年必備的事物 —— 粢餅烤魚之類，從清晨直到
傍晚，邊吃邊談，作竟日之樂。談話涉及範圍，極其廣
泛，有時也不免臧否當代人物，魯迅每每冷不防地、要
言不煩地判中了所談對象的要害，大家哄堂不已，附和
一陣。當時大家覺得最為暢快的，即在於此。」[22]可見
同聲相應、同氣相求的精神紐帶對於文化圈的形成是必
不可少的條件。值得注意的是，張鳳舉從 1922 年起成為
北大中國文學系文學概論課程的教員，根據現有記載，
他是這門課程的第一位專任教員。此外，周氏兄弟在他
們的相關教學中也介紹過歐洲和日本的文學理論。可
見，這時期北大文學概論課程的開展狀況與該知識群體

---

[22] 沈尹默：《魯迅先生生活中的一節》，載《文藝月報》，1956 年
第 10 期，收錄於魯迅博物館、魯迅研究室、《魯迅研究月刊》選
編：《魯迅回憶錄》（散文上冊），北京：北京出版社，1999 年，
第 248 頁。

的文化交往存在一定的關聯。[23]在新文學發展初期，文學研究會、創造社、語絲社、新月社是影響最大的四個新文學社團，除創造社外，其餘三個都主要由浙籍作家擔綱組建，或在其中擔任主導者，可見浙籍知識群體在當時的活躍度和影響力，無論在教育界、學術界、出版界，還是在文學界，都是引人注目的。但總體來說，地緣因素通常只帶來人際交往的便利，而一個文學社團或文化群體的形成最終還是取決於觀念和思想上的相互認同。所以，浙籍留日知識份子之所以在新文化運動期間及其以後形成群體力量並發揮重要作用，最重要的紐帶不是他們的籍貫，而是他們因相似的知識背景、求學經歷而形成的思想觀念上的一致。當然，地域文化對思想觀念的趨同也提供了助力，尤其是當這種地域文化因適應時代需求而充分發揮出自身優勢，體現出先進性的時候，這種文化和作為其承載者的知識群體，就更易於成為一個時代的風氣引領者，進而影響、同化其他區域的文化。此時，地域文化就可能昇華為全國範圍內的主流文化。

以上分析表明，儘管地緣因素對五四時代浙籍留日

---

23 影響頗大的本間久雄的《文學概論》有兩個譯本，翻譯者汪馥泉和章錫琛均為浙江人，當時在上海等地從事出版、教育工作，是新文化運動的積極支持者。汪馥泉1921年留日歸來曾在湖南第一師範任教，與夏尊、趙景深、田漢等共過事，夏、趙、田三人後來都編寫過文學概論教材，都明顯受到本間久雄影響，這一方面說明本間久雄所著《文學概論》在留日知識群體中產生了廣泛影響，另一方面也說明留日知識群體及其文化圈是當時中國實施文學理論學科化的主要群體之一。

知識份子文化交往的影響要比既有文學史敘述所估計的大得多，但是也絕非最重要最本質的因素，其中的複雜性值得我們深思。浙籍留日作家在五四時代這樣一個特殊的時間節點上，在北京大學和《新青年》這樣特殊的「自己的園地」耕耘的時候，傳統的師承（如章門弟子）、學派，現代的新式學堂出身、留學經歷，以及個人旨趣和文化立場都發揮了更關鍵的作用，使知識群體在交往中的聚合呈現出錯綜複雜的面貌。總體而言，在新舊思想激烈衝突的背景下，浙籍留日知識群體主要是基於相同的文化立場而保持著聯合的姿態相互支持，在擴大新文化運動的影響的同時，也壯大了自身的力量，在現代中國的學術版圖和文學版圖中佔據了重要位置。

　　文學理論在中國的學科化，主要是由具有西學知識背景，有留學經歷的知識群體推動和施行的，因此在這一編中，我們從現代文化地理、學院文化空間、文化生產場域、人際交往等方面討論了現代知識主體是如何形成的，以便呈現他們在知識結構和文學觀念上與傳統文人的差異，從而為作為現代學科的文學理論與傳統文論之間的區別提供一個知識社會學視角的解釋。文學理論與傳統文論分屬不同的知識範式，而清末民初知識範式的轉變從根本上說是社會整體轉型的產物，知識群體是在逐步認識到中國社會從經濟、政治到文化各方面的危急處境並力求改良自強的過程中，經歷了主體的自我重構之後開始接受、建構新的知識範式的。因而以社會學的思路考察其人力資源的形成，是為了把對文學理論學

科化過程的探討還原到生動複雜的歷史場景中去，以便
闡明知識以及知識體制的生成是一個主體與社會相互作
用，意義與語境相互制約的過程。當然，新的知識范式
的形成不僅意味著體制基礎和人力資源發生變化，權威
文本、核心術語等具體知識載體也應發生相應變化，這
是我們接下來要討論的問題。

下　編

教材與核心詞彙：文學理論學科化的學術載體

引　言

知識的合法化與代際傳播

　　在任何社會，都需要通過對知識的合法化和代際傳播來實現知識積累，形成文化傳統，並構建社會共識，家庭和學校都是知識合法化和代際傳播的重要場所。進入現代社會，個體與公共領域的關係更為密切，也更為複雜化，　因而承擔公共教育的學校的重要性大大增加。當一種知識進入教育體系，進入學科設置，就標誌著它的合法性得到社會認可，被允許向公眾傳播，同時也意味著這種知識經過了規範化。當一種知識進入課堂，被寫入教材，則標誌著傳播的實際施行。我們在上編討論了文學理論的學科建制過程，在中編討論了文學理論學科建構的先導者、實施者及其所處的文化場域，在本編我們將討論作為文學理論學科化之標誌的文學概論課程在 1920 年代的實施狀況，以及作為文學知識系統之核心術語的「文學」一詞的意義是如何被規範的。由於材料的限制，對當時的課堂教學狀況很難進行歷史還原，為儘量把研究建立在客觀事實的基礎上，我們選擇文學概論教材作為主要考察對象。教材和核心術語作為知識的實際載體和呈現形態，其變化通常透露出新的知

識范式形成的資訊。同時，教材和核心術語既是對知識的權威表述，又是知識得以積累和傳播的重要媒介，因此它們的定型也是知識合法化、規範化的標誌。

　　文學理論在現代中國的學科化，實質是對西方文學觀念和知識系統的合法化，並在西方理論模式的影響下對中國傳統文學知識進行重新組合、重新闡述，進而通過教育以之影響和塑造青年一代的文學認知和文學體驗。因為其體制基礎和人力資源的形成，都是在西學東漸的大背景下展開的，更由於文學概論教材直接受到翻譯國外同類著作的影響，所以我們在教材和核心詞彙等文學理論學科化的學術載體中，不僅能看到大量來源於西學的觀念和內容，也能辨出西學的思維、體例和話語。然而，這種從內容到形式的「西化」卻有一個鮮明的服務於本民族需求的目的，即通過學習西方儘快實現文化的現代轉換，使之適應於現代社會的需要，並激發本民族文化的生命力和創造性，因此本土舊有的文學知識並未消失，而是被重新評價、重新解讀，以便滿足現代社會倫理的要求，服務於新的時代。如此，中國的文學理論建構過程中存在著三種緊張的關係：一是因捏合中西兩種不同知識系統而導致的緊張，二是學術倫理與社會倫理之間的內在緊張，其三，不同外來資源之間也存在緊張關係。因而在文學概論教材的內容、觀點、表述方式和「文學」的意涵規定中，這三種緊張關係始終存在，這固然使現代中國的文學知識體系時常呈現出學理上、邏輯上的困頓，但從積極的方面講，這也有利於我們以動態、比較的眼光來看待文學。

第六章　文學概論教材的形成與發展

第一節　從翻譯到自撰

　　文學概論教材作為文學理論學科化的重要學術載體，既是中國文學教育從古典模式演變為現代模式的參與者，也是其文獻證據；既是塑造現代中國知識階層的集體性文學經驗的一個重要力量，也是文學學者進行知識清理和專業表述的一種重要方式。由於在本土資源中沒有前轍可循，最早的文學概論教材是從國外引進的，此後，大體上經歷了從引進翻譯到自行編寫的發展過程。但歷史細節的豐富性總是超過規律性的描述，在對國外著述的翻譯中常有譯者的改寫，甚至是創作，比如梅光迪及其學生共同翻譯的溫徹斯特《文學評論之原理》，增刪的內容相當多；而國人自撰的《文學概論》又常有對國外同類著作的模仿挪用，如田漢於 1927 年出

版的《文學概論》[1]。當然，無論是翻譯還是自撰，其基本知識架構都是以西方知識為主導，同時又試圖把傳統資源納入西方理論體系。

一

　　在「文學概論」這一名稱經日本進入中國之前，中國學者也曾獨立編撰過具有文學概論性質的教材式著述，例如 1914 年京華印書局出版的姚永樸的《文學研究法》。此書的寫作是教學的產物。姚永樸 1909 年進京，先在京師政法專門學堂任國文教習，1910 年 2 月至 1917 年 3 月在北京大學任教。任職京師政法專門學堂之時，姚永樸就寫出了《國文學》一書，此書可謂《文學研究法》的雛形。後來他在北京大學授課之時，又在《國文學》的基礎上加以補充，寫成了《文學研究法》，書名即取自當時的課程名稱。「文學研究法」科目最早出現於 1904 年的「癸卯學制」，是中國文學門開設的主幹課程，具有概論性質，但研究物件仍然是傳統的廣義文學。民國成立，京師大學堂改制為北京大學，1913 年頒佈的《大學規程》中各外國文學類都下設了「文學概論」這門課程，只有中國文學類的課程設置中沒有「文學概論」，而是仍保留「文學研究法」，直至 1917 年。可見姚永樸 1914 年出版的《文學研究法》與這門課程一樣，

---

[1] 參見章輝：《草創時期的文學理論 —— 以田漢〈文學概論〉為例》，載《文藝研究》，2006 年第 9 期。

都是傳統文論向現代文學理論過渡的產物。雖然新學制
的制定者試圖引入一些西方的學科規範和文學理念，但
由於具體實施者自身的知識結構尚未更新，在這個過渡
階段依然是傳統文學觀念佔據上風。有「桐城派的最後
一位大師」[2]之譽的姚永樸，在這部著作中主要對「桐城
派」的創作理論進行了總結與發揮，與中國傳統文論銜
接得更為默契。張瑋為其作序時就明言「其發凡起例，
仿之《文心雕龍》」[3]，並為推崇姚著而對西方同類學問
表現出不以為然的態度[4]，儘管作序者對西方文學知識並
無多少瞭解。姚氏《文學研究法》共 4 卷，除了最後的
《結論》篇，每卷 6 篇，共 24 篇，目錄如下：

> 卷一：起源、根本、範圍、綱領、門類、功效。
> 卷二：運會、派別、著述、告語、記載、詩歌。
> 卷三：性情、狀態、神理、氣味、格律、聲色。
> 卷四：剛柔、奇正、雅俗、繁簡、疵瑕、工夫。

這個目錄顯示，該書從內容範圍到體例安排，都不
出傳統文章學的規格，「由於此書是傳統的『篇章語言
學』『文章學』的總結性著作，徵引資料既廣且多，從
年代講，上起周、秦，下訖晚清，從範圍講，涉及經史
子集，旁及書信、日記、隨筆」[5]。其具體觀點，更是以

---

[2] 姚永樸：《文學研究法》，合肥：黃山書社，2011 年，《出版說明》
第 1 頁。
[3] 姚永樸：《文學研究法》，合肥：黃山書社，2011 年，《序》第 1
頁。
[4] 參見程正民、程凱：《中國現代文學理論知識體系的建構：文學理
論教材與教學的歷史沿革》，第 13 頁。
[5] 姚永樸：《文學研究法》，《出版說明》第 2 頁。

桐城派「義法」為宗旨。該書作為講義，表明姚氏在很大程度上使「文學研究法」變成了桐城派古文理論的講解和文章寫作指導，偏離了這門課程開設的初衷，儘管如此，其知識的系統性較好，宗旨明確，仍適宜於教學，「《文學研究法》的結構設置顯然考慮到了教學的要求，是學術體制的產物」[6]。這說明傳統文學知識為適應現代文學教育體制也在對自身進行調整。只不過，對於當時中國急劇發展的社會文化變革而言，這種調整就顯得太緩慢了。

　　姚永樸執教北大，與當時桐城派文人在北大文科的影響力直接相關，所以在章門弟子逐漸取代桐城派勢力之後，[7]姚永朴也於 1917 年離開北大。隨姚氏北大生涯一同結束的，還有「文學研究法」這門課程，也正是在這一年，「文學概論」課程終於在中國文學系的課程名目中出現了。《新青年》也在這一年遷至北京出版，新文化運動已呈如火如荼之勢，胡適《文學改良芻議》在當年元旦發表，拉開了醞釀已久的「文學革命」的大幕。從新舊文化勢力的消長，可見出文學理論的學科化正是因新文化運動、「文學革命」，以及擁有西學知識背景的現代知識份子進入主流的教育場域、文化場域而最終實現的。

　　1922 年劉永濟的《文學論》在長沙湘鄂印刷公司出版，這是一部不以「文學概論」為名而具「文學概論」

---

[6] 程正民、程凱：《中國現代文學理論知識體系的建構：文學理論教材與教學的歷史沿革》，第 13 頁。
[7] 這裡的人事更迭既有桐城派與選學派之爭，也有傳統與新學之爭。

之實的著作。該書用文言寫成，但其文學觀念、內容範圍、理論框架和寫作體例都是現代的，全書共 6 章，分別是「何為文學」、「文學之分類」、「文學的工具」、「文學與藝術」、「文學與人生」、「研究我國文學應注意者何在」。[8]劉永濟的著述所呈現的面貌，是其知識結構和所處學術環境的反映。劉氏幼承家學，有深厚的傳統學術積累，後又考取復旦公學，入讀清華大學，接受了西式教育，在個人交遊和文化觀念上接近學衡派，是《學衡》雜誌的作者，認同「昌明國粹，融化新知」的理念，後來他到東北大學任教，也是經學衡派核心人物吳宓引薦的。劉氏《文學論》雖初具規模，尤其是以西方理論為框架把中西文學知識冶於一爐的做法，已率先嘗試了整個現代時期中國學界編撰文學概論的基本路數，但該書是劉永濟任教長沙明德中學時在講義的基礎上寫成，因針對的學生群體不同，與高等學校對文學概論教材的需要尚有距離。因此在 1920 年代初，文學概論課程剛剛在高校開設時，教師大多直接採用國外教材，主要取自日本和英美。這在當時也引起了一場文學概論教材的引進、翻譯浪潮。

二

　　中國現代意義上的文學理論的建構，從術語到體系，都受到日本的深刻影響，「在 20 世紀 20、30 年代

---

[8] 具體章節目錄參見程正民、程凱：《中國現代文學理論知識體系的建構：文學理論教材與教學的歷史沿革》附錄二，第 283~284 頁。

日本文論甚至主導著中國現代文論的基本模式和基本形態。」[9]之所以如此，除了近代以來日本一直是中國吸收西學的中轉站之外，還與當時北京大學的文學概論課程受留日知識群體的影響直接相關，以當時北大作為新文化運動中心的地位，這種影響很自然地波及全國。當時已為國內所知的日本相關著述有大田善男《文學概論》和本間久雄《文學概論》等，後者影響更大，本間久雄本人也因此成為「影響（中國——引者注）最大的日本文學理論家之一」[10]。該書體系完善，從內容到體例都符合現代文學教材的規範，尤其是對東西文學知識進行了初步整合，與歐美同類著述相比，對中國學界而言更具針對性，也較少隔膜，這些優勢都是正在從傳統文論轉向現代文學理論的中國學界所急需的。本間久雄《文學概論》由汪馥泉翻譯，1924 年以連載形式刊登於《覺悟》雜誌，完整譯本 1925 年由上海書店出版，同年稍後，章錫琛的譯本由商務印書館出版。此後，兩個版本均有多次重印、修訂，流傳甚廣。

　　日本另一部影響較大的文學理論著作是廚川白村的《苦悶的象徵》。廚川白村（1880—1923 年）是日本著名的文學評論家，1912 年因所著《近代文學十講》受到

---

[9]　金永兵、榮文漢：《本間久雄文學概論模式及其在中國的影響》，載《內蒙古師範大學學報》（哲學社會科學版），2010 年第 6 期，第 71 頁。

[10]　金永兵、榮文漢：《本間久雄文學概論模式及其在中國的影響》，載《內蒙古師範大學學報》（哲學社會科學版），2010 年第 6 期，第 71 頁。

學界關注，其後不久還發表了《詩歌與散文中所表現的戀愛研究》，1915 年赴美國留學，1918 年獲博士學位後歸國任教於京都大學，1923 年在關東大地震中遇難。廚川白村著作頗豐，除《苦悶的象徵》之外，比較著名的還有《印象記》、《出了象牙之塔》、《近代戀愛觀》、《文藝思潮論》等。《苦悶的象徵》是其遺稿，由廚川的學生山本修二編訂出版。中國對該書的譯介與其在日本的出版基本上是同步的，有魯迅、豐子愷、樊仲雲等人的不同譯本。魯迅的譯本最為知名，這固然得益於魯迅的文學影響，同時與魯迅的教學活動也不無關係，他在北京大學和北京女子師範大學講授文學理論時選擇《苦悶的象徵》作為講義，1927 年到廣州中山大學任教時仍把此書作為教材。

然而此書並非教材性質的著作，而是一部在當時頗具理論前沿性的，闡述著作者個人文學觀點和理論傾向的作品。廚川白村的文學觀念很大程度上受到佛洛德學說的影響，對於文學的起源、創作、鑒賞，都傾向於借助精神分析學說來解釋。從該書內容看，它其實是借助心理學理論去研究文學問題，尤其是作家的創作。除引言外，全書分為 4 章，分別是創作論（包括 6 個小節 —— 兩種力、創造生活的欲求、強制壓抑之力、精神分析學、人間苦與文藝、苦悶的象徵）、鑒賞論（包括 6 個小節 —— 生命的共感、自己發現的歡喜、悲劇的淨化作用、有限中的無限、文藝鑒賞的四階段、共鳴的創作）、關於文藝的根本問題的考察（包括 6 個小節 —— 為預言

者的詩人、理想主義與現實主義、短篇《項鍊》、白日
的夢、文藝與道德、酒與女人與歌）、文藝的起源（包
括 2 個小節 —— 祈禱與勞動、原人的夢）。這樣的章節
設置顯示，創作論是全書的核心，一般的文學理論著作，
尤其是教材類，通常首先討論文學的定義和本質，而廚
川白村則將創作論置於首章，並以此統領全書。從創作
論中引出的基本理論觀點，貫穿於對文學鑒賞、文學性
質、文學功能、文藝起源等幾乎所有問題的解釋。而作
為其核心的創作論基本上就是對佛洛德文藝觀的一種演
繹，僅根據章節目錄也能看出廚川白村所受的影響，比
如 「強制壓抑之力」、「人間苦與文藝」、「苦悶的
象徵」等等，都是佛洛德的經典論述。

　　魯迅對《苦悶的象徵》一書的特點有準確的判斷：
「既異於科學家似的專斷和哲學家似的玄虛，而且也並
無一般文學論者的繁瑣。作者自己就很有獨創力的，於
是此書也就成為一種創作，而對於文藝，即多有獨到的
見地和深切的會心。」[11]魯迅之所以一再把這樣一部主
觀色彩、個人色彩突出的著作用於教學，主要在於廚川
白村的文學觀與魯迅本人相近，比如在社會對個體的壓
制中強調創作主體的反叛力量和文學的意義，這是魯迅
從寫作《摩羅詩力說》、《文化偏至論》起就一直堅持
的觀點，而廚川白村極力主張的文學創作的「天馬」精
神正與之如出一轍；而且廚川白村對日本民族傳統中固

---

[11] 〔日〕廚川白村：《苦悶的象徵・出了象牙之塔》，魯迅譯，北京：
　　人民文學出版社，1988 年，《引言》第 4 頁。

有的「劣根性」有著敏銳的察覺與感悟，他往往以辛辣的筆觸去揭開日本社會、日本文化中存在的弊端，這也切合了魯迅當時對「國民性」問題的關注。另一個原因則是當時魯迅是把自己的文學教學、文學創作與新文化運動結合在一起的，尤其致力於對青年的引導，因此就其教學意圖而言，最重要的並不是系統而全面地傳授文學知識，而是進行思想的啟蒙，在這方面《苦悶的象徵》也恰好符合魯迅的標準，「它的意圖不在於傳授一系列的知識，而是帶領讀者探討它提出的一個藝術的核心問題，即人為什麼要創作，其意義何在？……他竭力宣揚作家主體的抗爭精神，那種同一切壓抑搏鬥，以創作提升自己的生命力的號召無疑對五四一代苦悶的青年有著巨大的鼓動作用。」[12]由於進入了文學教育課堂，也對新文學產生了切實的影響，因此《苦悶的象徵》並沒有因其作為教材有知識性的缺陷而降低了自身對現代中國文學理論學科建構的影響力。

然而，日本現代的文學理論最終還是來源於西方，中國學界不會一直滿足於二手資源。1920年代初，直接從西方引進的文學理論教材也進入了高等學校的課堂。最早完整引進，在影響力上可與本間久雄《文學概論》比肩的是美國學者溫徹斯特的《文學評論之原理》，「它是第一本翻譯成書的西方文學基礎理論原著，自然影響深遠。幾乎所有二三十年代出版的文學理論教材都會提

---

[12] 程正民、程凱：《中國現代文學理論知識體系的建構：文學理論教材與教學的歷史沿革》，第37頁。

到這本書。」[13]該書本來就是溫徹斯特應教學之需而寫成的，體系完備，知識系統，持論力求客觀，學理性強，體現了歐美學院派著述的風格，在英語世界已產生廣泛影響，自 1899 年初版後多次再版。《文學評論之原理》的譯介，對中國文學理論學科建構的影響一方面在於它提出的關於文學要素、文學情感表現、文學想像的一些基本命題被中國學界接受，進入了文學理論學科的知識體系，其觀點和術語幾乎成為此後文學概論教材編寫中必不可少的內容；另一方面「在於它為人們演示了編寫這類非原創性

理論應取的方式、態度，即如何在現代學科規範下進行操作」　程正民、程凱：《中國現代文學理論知識體系的建構：文學理論教材與教學的歷史沿革》，第 38頁。，也就是說，它為中國學者撰寫教材性質的文學理論著作提供了經典範例。

三

其實本間久雄所著的《文學概論》也在很大程度上受到溫徹斯特的影響。1915 年前後植松安訳（キンチエスター）將《文學評論之原理》譯為日文，使該書成為引導日本文學理論走向西化的重要著作，在日本文論界產生了深遠影響。本間久雄就是通過這個譯本接觸到溫

---

[13]　程正民、程凱：《中國現代文學理論知識體系的建構：文學理論教材與教學的歷史沿革》，第 37~38 頁。

徹斯特及其文藝理論的，他吸收改造了溫徹斯特的部分
理論，寫入自己的《新文學概論》（1916 年）及後來的
修訂本《文學概論》（1925 年）。溫徹斯特對本間久雄
的影響首先體現在全書基本框架的設置上，「溫徹斯特
的《文學批評原理》為本間提供了全部『本質論』和部
分『作品論』和『批評論』的參照框架」 張旭春：《文
學理論的「西學東漸」── 本間久雄〈文學概論〉的西
學淵源考》,載《中國比較文學》，2009 年第 4 期，第
27 頁。。因此，本間久雄著作在引入中國的時候，實質
上也是一種對溫徹斯特的間接傳播。

以下列表是對溫徹斯特所著作品和本間久雄所著作
品章節分佈的比較：

溫徹斯特《文學評論之原理》與本間久雄《文學概
論》之章節對比表

C.T.Winchester：*Someprinciples Of Literary Criticism*	本間久雄：《文學概論》
	第一編 文學的本質
Chapter First: Definition And Limitations	緒言 第一章 文學的定義
Chapter Second: What Is Literature?	第二章 文學的特質
Chapter Third: The Emotional Element In Literature	第三章 美的情緒及想像
Chapter Fourth: The Imagination	

	第四章　文學與個性
Chapter Fifth: The Intellectual Element In Literature	
Chapter Sixth: The Formal Element In Literature	第五章　文學與形式
	第二編　為社會底現象的文學
	第一章　文學的起源
	第二章　文學與時代
	第三章　文學與國民性
	第四章　文學與道德
	第三編　文學各論
Chapter Seventh: Poetry Chapter Eighth: Prose Fiction	第一章　詩
	第二章　戲曲
	第三章　小說
	第四編　文學批評論
	第一章　批評泛論
	第二章　客觀的批評與主觀的批評

　　在上表中我們可以看到本間久雄對溫徹斯特的借鑒，溫徹斯特首先討論文學的定義與特徵，繼之以論述文學四要素和文學體裁，這一寫作框架基本上被本間久雄所吸收。本間久雄增加的部分，主要在第二編和第四編，後者是為細化文學批評的分類而專設的，這是受到哈德森（W　H　Hudson）的啟發，「哈德森的《文學研究入門》則為本間提供了部分『本質論』、全部『作

品論』和『批評論』的框架，第二編『為社會底現象之文學』的框架安排不見於溫氏和哈氏，似乎為他所獨創」[14]。溫徹斯特和哈德森，都沒有專門把文學作為社會現象來討論，本間久雄則從文學的起源、文學與時代、文學與國民性、文學與道德四個角度對文學與社會的關係進行了闡述，但其中的具體內容和觀點，在溫徹斯特和哈德森的作品中是有所論述的，真正屬於本間久雄自己添加的，是第二編中關於「文學與國民性」的討論。「僅對這一問題的特殊關注就可以說明為什麼本間久雄的這本書比其他英美名著更貼近中國讀者，影響更大」[15]。中國讀者之所以對「國民性」問題感興趣，有傳統的原因也有現實的原因。本間久雄對「國民性」的關注，緣於近代日本興起的以文學推動社會改造，實行思想啟蒙，喚起民族自覺的文藝思潮，這實質上強化了文學的政治道德功能和民族主義立場，正如明治時期著名的理論家坪內逍遙指出：「他的理論和作品都沒有超過迎合功利的改良思潮的、啟蒙性的小說改良方策的範圍」[16]而對於中國讀者而言，強調文學的教化功能，本就是儒家文學傳統的核心理念，延續兩千年，幾已成為漢語文學的集體無意識，而晚清以來愈演愈烈的民族危機又刺激

---

[14] 張旭春：《文學理論的「西學東漸」──本間久雄〈文學概論〉的西學淵源考》，載《中國比較文學》，2009 年第 4 期，第 27 頁。

[15] 程正民、程凱：《中國現代文學理論知識體系的建構：文學理論教材與教學的歷史沿革》，第 35 頁。

[16] ［日］西鄉信綱等：《日本文學史》，佩珊譯，北京：人民文學出版社，1978 年，第 237 頁。。

了民族主義情緒的高漲，如此一來，傳統文化積澱與現實需求形成相互支持的格局，這樣的社會文化土壤自然有利於本間久雄著作的傳播。尤其不應忽視的是，在中國讀者讀到本間久雄關於「文學與國民性」的討論之前，「國民性」問題已經進入視野，前有梁啟超一代討論「群治」、「新民」的思想積累，後有新文化運動的推動，所以本間久雄的相關探討實際上為中國讀者提供了又一個佐證和支援，讀者對之產生親切感是很自然的。事實上，近代以來遭遇西方強勢文化的中日兩國，在民族處境上本來就有相似之處。

但不應忽視的是，本間久雄所論述的「國民性」仍然有其西方來源，換言之，現代意義上的「民族」、「民族國家」本來就是源自西方的概念。本間久雄在《文學與國民性》一章中，開篇就介紹了海爾巴脫(德國哲學家 Johann Friedrich Herbart，1776—1841 年，今譯赫爾巴特)的《國民性與其諸問題》一書以及吉定司（美國社會學家 Franklin Henry Giddings，1855-1931 年，今譯吉丁斯）的觀點，以此說明民族意識的形成有賴於「在文字上所表示的意義的同情和同胞感」[17]。為了把「國民性」由一個社會學範疇轉化為文學理論範疇，本間久雄旁徵博引，介紹了很多西方學者的相關觀點，涉及「泰納之說」、「勒滂之說」、「洛裡埃的《比較文學史》」等等，進而又側重從文學角度逐一談論法國、德國、美國、

----

[17] ［日］本間久雄：《文學概論》，章錫琛譯，上海：開明書店，1930年，第119頁。

英國、俄國的「國民性」。總之，本間久雄徵引各種「國民性」理論，並對一些國家的國民性進行描述，想要論證的核心觀點是文學與國民性之間具有密切關係，要理解一個國家的文學，國民性分析是一個絕佳的而且必要的切入點。這一從國民性來理解文學的角度在當時是比較新穎的，更重要的是它既切合了中國號召民眾樹立民族意識，增強民族凝聚力的時代需要，又屬於西學新知，所以這種分析方法被中國新知識群體所青睞，與其說是為了用「國民性」理論來深化對各國文學的瞭解，探討文學的社會文化屬性，不如說是為了用文學來實施對不盡如人意的「國民性」的改造。

從以上分析可以看出，無論是歐美 —— 日本 —— 中國這個文學知識的間接傳播路徑，還是歐美 —— 中國這個文學知識的直接傳播途徑，溫徹斯特及其《文學評論之原理》都是關鍵性著作，在中國 1920 年代文學知識的更新換代中發揮了重要作用。同時我們也注意到，經由這兩個路徑傳入的文學概論教材各有特點，在中國產生的實際影響也有所不同，但是這兩個傳入路徑本身並不是相互隔絕的，而是互有交叉，因此在分析日本文學理論著作時，一方面必須注意其西方來源，另一方面又有必要考察它對西方理論的改造如何影響中國的接受。

由於文學理論學科本身的移植性，師資和教材的外源性在所難免，至少在初期階段如此，因此譯介實踐是我們重點關注的問題。譯介不僅改變本土知識結構，而且也重塑作為譯介者的知識主體，因而對比文學概論教

材輸入的兩條路徑，還可見出當時中國新知識群體內部的分歧。引進日本文學理論資源的知識群體通常具有更強烈的社會介入意識，更重視知識與學術承擔現實的社會功能，而引進歐美文學理論資源的知識群體相對更強調知識與學術所具有的普世價值。

四

在引進國外著作的同時，中國學界也開始嘗試自行編撰文學概論教材。1921 年，廣東高等師範學校貿易部出版了署名「倫達如」的《文學概論》（由「倫敘」作序），上海世界書局出版了署名「倫敘」的《文學概論》，是現在見到的國內最早以「文學概論」為名的著述，但該書實際上是根據日本人大田善男的《文學概論》一書編輯而成，算不上真正的自撰，而且也沒有產生多大影響。1925 年上海商務印書館出版了馬宗霍的《文學概論》，是現在發現的最早的由中國人寫成的文學概論教材。該書用文言寫作，體制龐大，第一篇為緒論，共 4 章，分別討論文學的界說、起源、特質和功能；第二篇為外論，共 8 章，討論文學與各種社會文化因素的關係，涉及語言、文字、思意、性情、志識、觀念、人生、時代；第三篇為本論，是對文學本體的研究，也有 8 章，涉及文學的門類、體裁、流派、法度、內象、外象、材料、精神；第四篇為附論，強調以宗經、治史、讀子、誦集為讀書之門徑。從體例上看，該書已基本完成從傳

統文論向現代文學理論的轉型，從內容上看，也顯示出相容中西的努力，並試圖立足世界文學的普遍原則來分析某些具體文學現象，比如對白話新詩的評價。但如果稍作深究，就會發現作者對西方相關知識的瞭解是相當粗淺的，而且主觀上也存在重中輕西的傾向，通常將西方資源置於從屬地位，比如書中用大量篇幅去呈現傳統文論的見解，只是用個別章節的末尾篇幅列舉一點西人的說法，頗有敷衍之意，當然更可能的原因是撰寫者對西人之說的瞭解本身就很零碎，是從二、三手材料中得來的；而且其術語、範疇也主要來自於傳統文論，尤其是附論《讀書之門徑》中列舉的都是中國傳統經典，似乎無意為讀者拓展知識結構。該書所呈現的新舊雜陳、中西雜陳卻難以捏合的面貌，體現了傳統學者在適應現代學術、接受新的知識范式時遇到的困難。對現代範式的適應從根本上說需要知識結構的轉變，而這種轉變不是一朝一夕可以完成的，但這種雜糅的狀態也說明，至少傳統的學術格局和話語形態都已經被打破了，所以即使對西學瞭解不多的學者，也已經初具中西參照的學術意識。

　　1920 年代中期以後，開設文學概論課程的學校漸漸增多，與之相應，由國人自行編寫的文學概論教材開始集中出現。但當時對這門課程的知識體系、教學目的並沒有明確、統一的規範，對師資的選擇也有較大的隨意性，有半新不舊的傳統文人，有歸國留學生，也有新文學作家。知識主體的差異很自然地體現在教材編寫中，

知識結構較為傳統的，所撰教材通常以傳統文論為主，即使有一個西式的框架，也難免新瓶裝舊酒，上述馬宗霍的《文學概論》就是這一類著作的代表。偏好西方文學的，則揉入對西方文學作品、文學流派的介紹，比如馬仲殊的《文學概論》（1930年）第一章就介紹了西方文學史上的四大經典——《荷馬史詩》、《神曲》、莎劇和《浮士德》，第二章又介紹了西方近代文學概況，分述寫實主義、浪漫主義和世紀末文學，從第三章開始才進入理論部分。雖名為「文學概論」，實際上更像是外國文學史和文學理論的組合。有的則乾脆是對國外新興理論的專題介紹，比如顧鳳城的《新興文學概論》（1930年）就只涉及了普羅塔利亞文學，根本不具有「概論」的性質。1927年，以新文學創作而知名的田漢和郁達夫各自出版了一部《文學概論》，他們對「何為文學概論」的理解比較準確，內容以闡述一般性文學原理為主，受日本同類著作影響較大，尤其是田漢，對本間久雄的模仿很明顯。[18]同為新文學名家的夏丏尊、老舍等，在他們的著述中則體現了維護文學獨立價值的傾向。[19]

現代意義上的文學概論教材在中國的出現，經歷了一個從譯介、模仿到自撰的過程，總體而言，具有以下特點：其一，大多試圖捏合中西兩種文學知識系統；其二，初期尚無統一、穩定的規範，譯者的知識背景和文

---

[18] 參見章輝：《草創時期的文學理論——以田漢〈文學概論〉為例》，載《文藝研究》，2006年第9期。

[19] 參見程正民、程凱：《中國現代文學理論知識體系的建構：文學理論教材與教學的歷史沿革》，第53~55頁。

化立場影響對引進資源的選擇，作者主體的知識結構和
價值傾向決定所著教材的具體面貌；其三，作為新生事
物，在學理上的深入性和知識體系上的完備性都相當不
足；其四，由於尚無規範，在體例和內容上都具有明顯
的開放性，新興的、前沿的理論觀點不斷被納入進來，
1930 年代初，來自左翼文學理論的內容有明顯增加，同
時，引進國外資源的方向也從日本、歐美擴展到蘇俄。

第二節　從文言到白話

　　在文學概論教材的翻譯和編撰過程中，不僅內容和
體例在發生改變，一種新的理論表述方式也在逐漸形
成，以現代白話為基礎形成了規範的學術寫作語言和教
學語言，這對文學理論的學科化具有根本性的意義。

　　最初的文學概論教材，無論是翻譯的還是自撰的，
在觀念上無論是傾向西方還是留戀傳統，其語言載體都
仍然以文言為主。1920 年，北洋政府教育部通令全國，
自當年起國民學校一、二年級教科書改用語體文，並從
1922 年開始在小學全部實行語體文教學，白話從此正式
進入課堂，標誌著白話取得官方語言的地位。雖然在高
等教育中尚未做此要求，但趨勢已經很明顯了，不可能
等到接受語體文教育的少年一代都進入高等學校之後才
來推行高校教材的白話化。當然，承載精英文化的學術
表述要從慣用的文言改為在當時書面化程度還比較低的

白話，要相對困難一些，但當時的知識界畢竟經歷過晚清白話文運動的洗禮，熟知梁啟超的「新文體」，而且自胡適宣導「文學改良」以來，用白話創作的詩歌、小說、散文已逐漸增多，因此到 1920 年代中期，以現代白話為語言載體的文學概論教材出現了。1924 年汪馥泉翻譯本間久雄的著作時，就使用了白話，1919 年章錫琛開始翻譯本間久雄著作時採用的是文言，但他在 1925 年出版的全譯本則是用白話重譯的。在中國人自撰的文學概論教材中，隨著新文學作家的加入，白話日益成為主流。

　　文學理論必須建構以現代語體文為基礎的表述方式和話語規範，這不僅是「白話文運動」迅速推廣的結果，其實也是作為現代學科的文學理論學術發展的內在需要。文學理論學科的形成是現代性的產物，文學理論的學術資源以西學為主導，作為文學理論研究物件的文學也已經白話化，這三方面的因素都意味著，只有儘快建立以語體文為載體的學術表述和話語規範，才能真正實現文學理論的學科建構和學術發展。

一、白話與現代性

　　新文化運動中白話與文言的對立，本質上並不是一個語言問題或文學問題，而是現代與古典兩種文化邏輯的角逐，因而前者的勝出是必然的。提倡白話文，其實質是要求「言文一致」，這是社會發展對語言的一種普遍要求，世界許多國家在現代轉型期都曾發生過類似的

語言變革。在晚清「白話文運動」中，知識界對此就有所意識，並具備一定的世界性視野，直接受到日本「言文一致」運動的影響和帶動。從表面看，提倡「言文一致」是為了降低書面語的難度，擴大受教育人群，開啟民智，實現民族自強，其內在的深層動因，則在於現代國家的社會平民化、政治民主化、文化世俗化趨勢，因此它在根本上是一個現代性問題。中國最初「睜眼看世界」的一代人，從日本的「言文一致」運動中看到的正是語言變革所牽涉的全方位社會變革，因而當他們在國內提倡白話，並以之為維新之本和「新民」之具，就充分說明晚清知識份子多多少少已經意識到，「言文一致」與現代化之間存在著某種本質關聯，而且這種關聯性是一種普遍規律，中國也不能例外。儘管新文化運動一代的白話文提倡者有意迴避與晚清白話文運動的淵源，以突出新文化、新文學之「新」的純粹性，以預防來自傳統的任何干擾，這作為策略也許具有合理性，但是從事實來看，晚清白話文運動不僅為之營造了使用白話、俗語的社會文化氛圍，同時也為之培養了一批熟悉白話文寫作的知識份子。新文化運動的先鋒們大多直接或間接地參與過晚清白話文運動，已有用白話寫作的經驗，胡適主編《競業旬報》，陳獨秀創辦並主編《安徽俗話報》，都屬於晚清白話文運動的一部分。而且，兩次白話文運動的提倡者，都是各自時代在政治文化上的先驅，也都自覺地把語言變革與社會變革、實現政治文化理想聯繫在一起。這些事實充分說明，白話的提倡與現代性具有

本質關聯，晚清和五四兩次白話文運動的差別只在於現代性推進過程中的階段或程度上的差別，而不像周作人、胡適所聲稱的那樣具有性質上的差別。

當然，白話文運動的最終成功是由五四一代完成的，它在實踐層面上的成功標誌是 1920 年教育部關於教材、教學的規定，在理論上的標誌則是「國語」概念的形成。對五四一代而言，除日本「言文一致」運動之外，歐洲文藝復興時期民族國家興起，廢除拉丁文宣導本國語言，進而創作出本國語言文學，同樣是中國白話文運動的重要參照體系。作為啟動歐洲社會現代轉型的發端，文藝復興對急欲使中國走上現代化道路的新知識群體所產生的影響力、吸引力之大是可想而知的。胡適就明確把新文化運動比作「中國的文藝復興」，認為「中國今日國語文學的建設需要狠想歐洲當日的情形」，並以「但丁路德之偉業」作為創造「文學的國語，國語的文學」的精神指標。[20]雖然歐洲當時提倡以本民族俗語來取代拉丁文，涉及的是兩種不同語言之間的替換，與中國用白話取代文言有根本的不同，後者涉及的是同一語言內部語體文與純書面語之間的替換，但就語言通俗化與現代性之間的本質聯繫而言，中國與歐洲當時的情形是類似的。拉丁語與基督教之間形成權力共謀關係，正如文言負載著儒家意識形態；拉丁語造成的言文分離以及給知識文化普及造成的障礙，也與文言的弊端如出

---

[20] 胡適：《建設的文學革命論》，載《新青年》第 4 卷第 4 號，1918 年 4 月。

一轍，因此要打破舊的權威，瓦解專制的意識形態，為新的文化形態開闢自由空間，就必須廢除早已與權力牢固地凝結在一起的拉丁語或文言的正統地位。也許正是因為意識形態上的一致性強烈吸引了胡適等人的注意力，使他們忽略了中國與歐洲兩種「言文一致」運動在語言學層面上的明顯差異。畢竟，新文化運動推行的語言變革實質上是一場文化政治運動，是中國社會全面現代轉型的一部分，而不是關於文言文與語體文的學理性探討，這場運動的宣導者也並不是語言學專家。

以推行白話為主要內容的中國「言文一致」運動，是現代性追求在語言上的集中體現。這要從文言的地位談起。在古代中國，文化、政治、道德三方面的權威呈現為三位一體的格局，儒家經典是它們共同的載體，文言也因此成為權力的象徵，它既是傳承、發揚、闡釋經典的工具，也是政權擢升人才的標準。如果以日常的、通俗的白話文代替非日常的、經典化的文言文作為正式書面語，這首先就解除了官方書面語與經籍的密切關係，權力話語的生產將不再以傳統典籍為主要資源，知識階層獲得權力的方式也隨之改變，作為專業領域的精英和權威，以及作為社會的意見領袖將成為知識階層進行權力表達的新方式。因此與傳統士大夫相比，他們相對疏離了與政治權力機構的關係，更傾向於借助專業知識、現代傳媒和民眾力量來獲取為社會立法的正當性和話語權。因此，知識階層宣導白話文，說明他們主動發起了自身的現代轉型，並喚起和推動社會各個階層、各

個領域的現代轉型。如此一來，新的知識話語就必須確立並維護專業知識的獨立價值和自律性，從而形成了現代學術倫理；也有責任自覺反映民眾的利益訴求，從而形成了現代社會倫理。因此，白話與文言的更替屬於歷史新舊更替的一部分，當時的白話提倡者也正是這樣來闡述白話的必要性的，於是「言文一致」的語言觀與進化論的歷史觀形成了聯動，並被用於解釋文學。

在 19 世紀末 20 世紀初，西方的各種文化思潮、理論學說湧入，並作用於中國知識群體對現代性的想像，形成了一個彼此聚合、碰撞的「場」。「言文一致」這一觀念自從進入中國知識份子的視野，就一方面與這些思潮、學說相聚合，影響著中國現代文化的建構，另一方面也折射出這一時期不同思想學說投射在語言、文字問題上的複雜性。在眾多理論學說中，歷史進化論尤其值得我們重視，白話之所以能夠代替文言並最終取得合法地位，順利地論證自身的優越性和先進性，在很大程度上正是得益於歷史進化論的支撐。

在 20 世紀前後的中國，社會達爾文主義所產生的影響是巨大的。1897 年嚴復把英國學者赫胥黎的著作譯為《天演論》，從此「天演」、「進化」就成為推動中國社會文化變革的關鍵字，這一把生物進化論延用於社會、歷史領域的思想也成為中國變法圖強和社會改革的理論基礎，以至於「就近代中國歷史而言，還不曾有任

何一種學說像進化論那樣富有魅力。」[21]在文化領域，歷史的進化觀念不僅為語言革命、文學改良提供了原動力和合法性，也重塑了中國知識界對待文化變遷的基本態度。

「言文一致」觀念自進入中國知識份子視野以來就與進化論產生聯動，並因此被理所當然地認為是中國文字、文學、文化的發展方向。作為晚清白話文運動的主將，梁啟超在 1903 年發表的《小說叢話》中指出，文學進步的最大關鍵就是俗語文體的流行。[22] 這一評價顯然滲透著歷史進化論的思維邏輯，然而真正把歷史進化的觀念系統地引入文學理論範疇，並以此作為革除舊文學、建立新文學的理論基礎的，還是五四一代，胡適的《歷史的文學進化觀念論》一文是其中的經典文獻。由於現代性本身蘊涵的時間維度，從歷史進化的角度把白話文學推上「文學之正宗」的位置的確具有強大的說服力，正如胡適所言：「我們要用這個歷史的文學觀來做打倒古文學的武器」[23]。五四白話文運動把「言文一致」觀念納入歷史進化的邏輯，尖銳地揭示出文言作為一種封閉的書面語表達當下經驗的局限性，凸現了俗語、白話與時俱進的優勢，推動了中國文化價值觀由古雅到今俗的轉向。當然，在今天看來，社會達爾文主義把進化

---

[21] 鄭師渠：《晚清國粹派文化思想研究》，北京：北京師範大學出版社，1997 年，第 61 頁。

[22] 梁啟超：《小說叢話》，載《新小說》，1903 年第 7 號

[23] 胡適：《中國新文學運動小史》，見歐陽哲生編：《胡適文集》（第 1 冊），北京：北京大學出版社，1998 年，第 126 頁。

論用於人類歷史，在理論上有致命缺陷，更不宜於用作
解釋文化、文學現象。馬克思講兩種生產的不平衡，不
同時代有各自的文學高峰，王國維說「一代有一代之文
學」，等等，都是深刻見解。但我們議題的重點並不是
評判晚清和五四的白話文運動對中國文學的功過是非，
也不是評判它與進化論的結合是否合理，而是揭示白話
文運動所內含的現代性本質。那麼，「歷史的文學進化
觀」就正是白話、新文學、現代性的內在關聯的明證。

　　現代性給中國文化帶來的衝擊，不僅僅是在線性歷
史的意義上從傳統走向現代那麼簡單，還意味著在新的
世界格局中重新認識「中國」。由於文言的語言規範是
以傳統典籍為標準的，它在很大程度上並不與日常的語
言運用掛鉤，因而文言隨儒家文化一起向外輻射，也曾
作為中國周邊如日本、朝鮮、越南等國的書面語，這使
中華帝國對自己的文化優越性充滿自信，「過去她並
不是把自己想像成『中華』，而是『位居中央』之國
── 之所以可能，主要還是經由某種神聖的語言與書寫
文字的媒介」[24]。但是，自鴉片戰爭起，中國在與外來
勢力的對抗中屢屢受挫的情形打破了這一想像，也打破
了以「華夏」為「天下」、以「夷夏之辨」來認識中外
關係的思維定式，中國不得不接受一個新的世界文化秩
序 ── 在這個世界上還存在著足以與中國文明抗衡的異
域文明。這樣的衝擊是雙重性的，首先是對外面世界的

---

[24] [美]本尼迪克特·安德森：《想像的共同體 ── 民族主義的起源與
散佈》，吳叡人譯，上海：上海人民出版社，2005年，第12頁。

重新認識，其次是對內部世界的重新檢討，於是文言不僅不再是文化優越的證明，反而成為民族自強、社會進步、文化新生的障礙。因此中國知識份子開始仿效西方和日本提倡俗語。可見，當我們從空間意義上觀察中國的現代性時，白話文運動同樣內含了現代性特質。對於現代性後發的中國來說，位於中西、新舊兩軸之交點的現代性本身就是一個同時具有時間維度與空間維度的概念。

正是對文言與儒家意識形態以及古典社會形態之關係的揭示，對白話文運動所內含的現代性本質的考察，使我們看到白話文運動與文學理論的建構之間存在著邏輯上和事實上的關係。文學理論在學科建構中最終選擇以白話為基礎來形成學術表述的文體規範和話語模式，不只是為了適應時代需要，也有其學理依據。文言不僅是一種載體，更積澱著儒家思維方式和意識形態，尤其是對傳統文論而言，由於它與經學共用經典和大量的範疇、術語，因而儒家文學觀念既成為它的理論內容的主體，也無處不在地滲透到它的字裡行間。語言和話語之中運行著思維的邏輯，因而表述方式和所表述的內容是很難剝離的，外來資源很容易因翻譯成文言而被傳統理念同化，因而只要還以文言作為學術話語的載體，文學理論就很難真正成為一門現代知識。

二、白話與理論資源

文言失去官方書面語的地位，並不是突如其來的。在內，明清白話小說的興盛為白話的文學化積累了經

驗。在外，19 世紀中葉以來西方事物和西學大量湧入，為漢語帶來很多新詞彙、新學語。它們一方面破壞了文言的結構和文體，比如「詩界革命」中的舊體詩，對雙音節詞甚至多音節詞的引入很難與傳統格律兼顧，這也正是新文化運動時期「文學革命」對白話的提倡以「詩體大解放」為重要內容的原因。更重要的是，新詞彙、新學語的植入以及西學的文言譯本還破壞了文言與儒家意識形態的一體化，比如王國維《紅樓夢評論》、《人間詞話》，魯迅《摩羅詩力說》、《文化偏至論》，嚴復所譯《群己權界論》、《天演論》等等，雖用文言，但西方的範疇術語、西方的思想觀念已在其中暗度陳倉。這就意味著文言借助儒學權威以獲得文化正統性的權力結構已經產生了裂縫，這樣一來，當時社會的精英群體放棄文言的障礙也就更少。同時，應接不暇的新生事物，層出不窮的新經驗，紛至遝來的新觀念、新學問，也要求對原有表述方式進行更大程度的破壞，因為文言所包含的古典文化形態與西學具有相當多的不可通約性，而白話文雖然也長期存在於民間，但因為不是正統書面語，其詞彙、語法、文體都尚未定型，因而更容易接納新因素、新成分。

可見，白話之所以成為近代以來先進知識份子的選擇，正是基於引進、吸收西方新思想的現實需求。文言因其與日常口語、現實生活的疏離而表現出的封閉性和日益僵化的趨勢，已經不能成為新事物、新思想的理想載體，新銳的知識群體越來越感受到作為傳統文化載體

的文言對吸收外來先進思想是一種阻力。梁啟超宣導「文
界革命」，提倡「務為平易暢達，時雜以俚語韻語及外
國語法，縱筆所至不檢束」的新文體，其主要目的就是
傳達「歐西文思」。[25]「新文體」的重要意義在於，它
示範了一種非文言的理論文體，為中國現代學術寫作積
累了經驗，對學術文體規範的形成起到積極作用。當時，
王國維也認識到「新學語」與「新思想」的密切關係，
認為「夫語言者，代表國民之思想者。思想之精粗廣狹
為准，觀其言語，而其國民之思想可知矣。」在這種認
識下，王國維主張輸入「新學語」，因為「新思想之輸
入，即新言語輸入之意味……講一學、治一藝，則非增
添新語不可」。[26]因此，近代以來語言媒介的更換從一
開始就發端於知識份子吸收外來文化的自覺追求。進入
民國，現代教育的發展走上快車道，西方文化學術更加
深入、廣泛、頻繁地影響中國社會，甚至直接介入中國
知識體系，到五四前後，從少年時期便已接觸到西式教
育的新一代知識群體已經成長起來，文言與現代生活、
現代學術的不適應性更為突出了。所以，在這個時候出
現中國「白話文運動」的第二波高潮，並非偶然，而是
新式教育發展到一定程度的必然結果。因為此時的中國
文化已經成為一種自覺而積極吸收外來資源的外向型文
化，一種寄望於未來的現代型文化，而具有封閉性、崇

---

[25] 梁啟超：《清代學術概論·二十五》，見《飲冰室合集》專集之三
十四，第 62 頁。
[26] 王國維：《論新學語之輸入》，見《王國維論學集》，北京：中國
社會科學出版社，1997 年，第 386 頁。

古性的文言所代表的則是典型的內聚型、古典型文化，它很難有效處理西方的思想學術資源。

尤其是對於文學理論這一學科而言，在興起之初，其學科觀念就是外來的，在其理論資源和知識體系中也是西學佔據上風，其研究物件須廣泛涉及各國文學以探究文學的普遍規律，也須密切關注當下文學經驗以見其發展趨勢，尤其重要的是，它的教材範本也是從西方或日本輸入的，這些事實決定了文言很難勝任文學理論的語言載體這一角色。所以，從 1920 年代中期起，無論是翻譯還是自撰，白話都逐漸成為文學概論著作的主流語言。同時，源於儒家經典的術語逐漸淡出，源出西方的術語日益增多，這不是所謂「失語」，而是開始與西方共用學術資源的必然結果；為當下文學現象、生活經驗命名的概念增多，傳統文論中的固有概念從核心理論中退出或者發生了意義改變，這也不是所謂「割斷傳統」，因為真正有生命力的傳統依然在現實中延續並擁有了新的表述方式，比如「人生的藝術化」、「境界」、「古雅」等等。傳統不應該被視為神廟裡的陳跡或博物館裡的化石，不能觸碰和更改，而是仍然在生長、在嬗變的事物。

現代白話成為文學理論的主要語言載體之後，的確極大拓展了國人在理解和建構這門學科時的文化視野和理論資源，也最終確立了這門學科的現代身份以及它在整個文學知識體系中的地位。從 1920 年代中期到抗戰爆發的十年間，形成了文學概論教材的第一個寫作高峰，

同時，發表於報刊或者彙集出版的文學批評，以及為闡述文學社團主張及文學刊物宗旨而寫作的宣言、綱領、發刊詞等理論文體，都在這一時期繁榮起來。《中國新文學大系》專設《建設理論集》（胡適編選）、《文學論爭集》（鄭振鐸編選）兩卷收錄理論文章和批評文章，即是文學理論成為文學學科的一個重要分支領域的標誌。在國外學術資源的引進方面，範圍進一步擴大，學理性更強，完整譯本明顯增多，這些努力促進了文學理論知識體系的完善。

三、理論表述與文學實踐在語言上的統一

經過晚清的「三界革命」和白話文運動，白話雖然還遠未成為文學語言的主流載體，但相比以前在觀念上已有所鬆動，從而帶動了新興知識群體的白話寫作，尤其是提高了小說的地位，並為這一體裁的通俗性賦予了正面價值。這些變化在實質上為白話進入文學語言開闢了很大的空間。五四「文學革命」不僅推動了文學語言的全面白話化，而且還以白話文學的觀念去重新理解歷史上的文學，胡適的「白話文學正宗論」就是試圖通過重寫文學史來確定白話作為文學語言的正當性，與之相應，這也使傳統文學中通俗文學的地位得到很大提升，這正是現代性的世俗化趨勢在文學領域內的體現。同時，對外國文學作品的翻譯也開始普遍採用白話。於是，對文學理論而言，研究物件中有大量作品是白話文學，

甚至主要是白話文學。在這種情況下，如果文學理論不能發展出以白話為語言載體的理論文體、術語範疇，則難免與文學實踐存在隔膜。

　　文學語言的白話化並不等於抹殺文學語言與日常語言的差異，而是要立足於現代白話發展新的文學語言。這本是文學發展的自然趨勢，但由於文言與白話的對立中實際存在著不同意識形態、不同文化邏輯的對立，這一自然趨勢起初受到非文學因素的粗暴壓制，繼而又受到非文學因素的強勢推動，因而現代的文學語言的建設難免粗疏倉促，在詩歌領域中，這一現象尤其明顯。從文學史上看，漢語古典詩歌的語言、格律、體式其實一直在演變，不僅因應時代變遷而發展出新的詩歌形式，也時常從民歌民謠中吸納鮮活的語言資源和審美要素，並不是典型的文言文本；從理論上看，在各文學體裁中，詩歌在語言上與日常語言差別最明顯本是普遍規律，是詩歌的詩性特質決定的，並非只是挾文言以自重。但新文化運動的「文學革命」卻把古典詩歌作為首當其衝的靶子，大力提倡自由體白話詩。為什麼會如此？首先是因為詩歌的白話化對於推行白話文運動而言最具象徵意義，其次是因為對晚清「詩界革命」的反思。然而在相當一段時間內，白話新詩卻難以拿出有足夠說服力的作品，發展不如散文、小說順利，因為上述兩種考量，其出發點主要在於文學觀念的革新，缺乏對詩歌本體的深入具體的研究。

　　詩歌在古典文學體系中具有特殊的地位和影響力，

長久以來，詩歌以《詩經》為直接源頭和最高範本，一直是中國正統文學體系中的核心體裁，源於詩論的「溫柔敦厚」，「樂而不淫，哀而不傷」，「興觀群怨」等觀念成為中國古典文學的金科玉律，詩教觀更是文學價值論的核心，因此，用白話寫作詩歌就成為新文學向傳統文學發起的最重要一擊。胡適就這樣說過，「待到白話征服了這個詩國時，白話文學的勝利就可說是十足的了。」[27]與其說最初的新詩提倡者和嘗試者是以發展新的詩歌語言為目的而提倡詩歌白話化，毋寧說是以推廣白話為目的而看中了詩歌白話化的象徵意義，但他們有意無意混淆這兩個目的，的確在一定程度上損耗了白話詩對語言詩性的探索。另一方面，新詩提倡者還混淆了詩歌語言的革命與詩歌體式的革命，這與晚清先行者的失誤有關。梁啟超、黃遵憲等人採用新詞語、新語句入詩，在詩歌語言的解放上做了有益探索，更重要的是試圖通過對新事物、新經驗的表達來擴大格律體的藝術表現力，使之適應變化了的社會生活，「雖然失敗了，但對於民國的新詩運動，在觀念上，不在方法上，卻給與了很大的影響」[28]，「詩界革命」提出的「我手寫我口」，表面看來就與胡適所主張的「有什麼話，說什麼話；話怎麼說，就怎麼說」極為相似。但是，「詩界革命」並

---

[27] 胡適：《逼上梁山，文學革命的開始》，見胡適編選：《中國新文學大系·建設理論集》，上海：良友圖書印刷公司，1935年，第19頁。

[28] 朱自清編選：《中國新文學大系·詩集》（影印本），上海：上海文藝出版社，2003年，第1頁。

沒有真正啟動漢語詩歌的創造力，究其原因，梁啟超對詩歌革新的主張「熔鑄新理想，以入舊風格」試圖把新事物、新經驗囊括在舊體詩嚴密的格律中，違背了詩歌的內在規律，割裂了詩歌形式和內容的有機整體性，實際效果是「合則兩傷」，既破壞了格律詩原有的形式美感，又無法對現代生活、現代情感進行有效的詩性傳達。五四時期的新詩提倡者意識到詩體的革新勢在必行，胡適「詩體的大解放」正是在這個背景下提出來的，「形式上的束縛，使精神不能自由發展，使良好的內容不能充分表現。若要想有一種新內容和新精神，不能不先打破那些束縛精神的枷鎖鐐銬」胡適：《談新詩》，載《星期評論》，1919 年 10 月 10 日。，只有經過「詩體的大解放」，「豐富的材料，精密的觀察，高深的理想，複雜的感情，方才能跑到詩裡面去」，而「充分採用白話的字，白話的文法，白話的自然音節」[29]正是對詩體大解放的實現。詩歌語言與詩歌體式之間的確具有緊密聯繫，如果保存古典的格律體，則很難真正達成白話入詩，在這一點上胡適是有眼光的，從本質上揭示了晚清「詩界革命」的誤區；然而，實現了詩體的自由化，並不能保證進入詩歌的白話就自然成為現代的詩性語言，這一點恰是胡適所忽略的。梅光迪在辯駁其「做詩如作文」的主張時就已經指出了胡適對「詩之文字」與「文

---

[29]　胡適：《〈嘗試集〉自序》，原題《我為什麼要做白話詩》，載1919 年 9 月 16 日至 23 日《北京大學日刊》；又發表于《新青年》第 6 卷第 5 號，1919 年 10 月 1 日。

之文字」的混淆：「詩文截然兩途，詩之文字與文之文字，自有詩文以來，無論中西，已分道而馳……足下為詩界革命家，改良詩之文字則可；若僅移文之文字於詩，即謂之革命，謂之改良，則不可也。」[30]所以，真正的詩歌現代化，不是簡單地用自由體取代格律體，用白話取代文言就可以成功的，而是要發展現代的詩性語言。從歷史的脈絡來看，「詩界革命」只是因內容和精神的革新而要求詩歌在語言上有相應變化，五四新詩推進到詩體的革新，本可為詩歌語言的多樣化探索提供更大空間，但語言「白話化」的時代熱點遮蔽了對語言「詩性化」的追求。不過到 1920 年代初，新詩界就出現了反思的聲音，以及周作人在散文領域提出「美文」[31]的概念，都標誌著新文學開始致力於建構以現代白話為基礎的文學語言。但對現代詩歌語言的本質特徵有較為深刻的認識和較為明確的理論表述，則要等到 1926 年穆木天《譚詩》一文的問世。所以，在今天來審視五四新詩「白話化」的主張，更應重視的是其文化象徵意義而非其詩學意義，更應重視其先破後立的革新思想而非苛求其學理上的深度和完備。事實上，新詩在此後的發展也並沒有按照胡適的設想進行，到 1920 年代中期，創作實踐和詩歌主張都有了明顯的變化，陸續出現的象徵派、新格律詩、新月派、現代派、七月派、九葉派等等，雖然都是

---

[30] 梅光迪致胡適函，見胡適《〈嘗試集〉自序》，同上。

[31] 參見周作人：《美文》，見止庵校訂：《周作人自編文集·談虎集》，石家莊：河北教育出版社，2002 年，第 29~30 頁。

白話詩，但其詩歌語言與早期白話新詩的差別已不可以道裡計。

　　古典文學中，以小說對白話的使用最為廣泛，但相比傳統小說，現代小說無論在精神內容上還是在文體上都發生了明顯變化。這在很大程度上是因為小說所受語言限制相對小於詩歌和散文，是最容易吸納西方影響的文學體裁。同時也因為小說的文學地位是到現代才被真正認可，而且這種認可不同於梁啟超「小說界革命」的主張，不再只是認可小說作為啟蒙工具的優勢，而是真正認識到小說作為一種文學體裁的藝術優勢，以及小說這種體裁對現代生活的高度適應性。觀念的轉變既吸引更多優秀作者加入小說寫作，也促發對小說藝術的多方面探索。正是經過了新文學在觀念和創作兩方面的推動，小說成為中國現代文學的核心體裁，虛構敘事成為中國現代文學的典型樣式，以詩歌為中心的古典文學形態向以小說為中心的現代文學形態轉變這一世界文學史上的普遍趨勢也在中國出現了。現代中國最早從藝術的角度推崇小說體裁的是王國維，他明確地把小說、戲曲作為純文學的代表，但這個體現個人洞察力、具有超前性的觀點要真正得到社會的普遍接受，還須得力於新文學界的集體努力。

　　需要特別指出的是，儘管中國古典小說已擁有悠久的白話創作傳統和一流水準的傑作，但中國的現代白話小說並不是由古典白話小說自然演化而來，國外作品的影響是顯而易見的，魯迅的《狂人日記》作為中國現代

小說的開端，就已呈現出這個特點，他的寫作直接受到
俄國作家果戈理同名小說的觸發。從形式上來看，《狂
人日記》改變了中國傳統小說「有首有尾，環環相扣的
完整故事和依次展開情節的結構方式，而以 13 則『語頗
錯雜無倫次』，『間亦略具聯絡者』的不標年月的日記，
按照狂人心理活動的流動來組織小說。」[32]在題材的選
擇上，也有意與中國傳統小說慣用的題材拉開距離，用
魯迅自己的話說，「古之小說，主角是勇將策士，俠盜
贓官，妖怪神仙，佳人才子，後來則有妓女嫖客，無賴
奴才之流。『五四』之後的短篇裡卻大抵是新的智識者
登了場。」[33]在思想上，更是對傳統文化進行了激烈批
評。頗有意味的是，魯迅《狂人日記》在白話體的正文
之前設計了一個文言體的序文，以此表現「狂人」在服
從封建禮教時所表現出的「正常」狀態，而正文則用白
話來展開其「狂人」狀態下的自述。在這樣的對比中，
文言和白話就被賦予了分別代表兩個精神世界的象徵意
味──文言象徵禮教禁錮下人性的麻木和良知的喪失，
白話則象徵覺醒和反抗。新文學中長篇小說的發展要稍
晚一些，但對傳統章回體模式的放棄非常徹底，不能不
說，它所受的西方影響要遠遠大於傳統影響。

　　現代散文與傳統文學的關係要密切得多，但它同樣
也是結合了西方散文的某些特點而形成的現代文體，尤

---

[32] 錢理群、溫儒敏、吳福輝：《中國現代文學三十年》（修訂本），
　　北京：北京大學出版社，1998 年，第 44 頁。
[33] 魯迅：《〈總退卻〉序》，見《魯迅全集》（第 4 卷），第 219
　　頁。

其是成功實現了白話的「文學性」。現代戲劇採取話劇形式，與傳統戲曲以唱為主有根本的不同，白話成為戲劇語言的主要載體。

文學語言和學術語言都是書面語的主要構成，二者的變化是聯動的。晚清民初以來的漢語文學，從內容到形式都發生了巨大變化，面對新的研究物件，此時的理論表述如果還依賴於文言，就難免捉襟見肘了。

從時間上看，文學理論進入大學課堂與新文學初見成效、白話文獲得正式書面語地位是同步的，三者之間也存在相互推動、相互支持的關係。簡而言之，它們是同一文化氛圍、同一知識結構的產物，因而理論表述與文學實踐走向語言載體的統一是必然的。除學衡群體以外，影響較大的文學概論教材的翻譯、編撰，以及文學概論課程的講授，大多是由宣導、參與或支持新文化運動的知識群體承擔的，因而也大多是以白話為載體的。而「學衡派」雖然反對新文化運動的語言觀念、文學理念和文化態度，但他們代表的是中國現代文化探索的另一種方向，他們也推動了文學理論在中國的學科化，並積極輸入西方資源。「學衡派」的存在，使我們看到西方文化的多樣性和內在張力，也看到通向現代文化的多種可能性以及中國歷史的豐富性；同樣也由於「學衡派」的存在，我們對新文化運動何以佔據上風也有了更全面的認識。

第三節　理論移植與經驗填充

　　文學理論作為一門在西學影響下形成的學科，無須諱言，它對西方理論資源有很大依賴性。但如果移植的理論不能與知識主體的實際文學經驗吻合，這種理論也很難真正進入現代中國的文學知識體系，更不用說影響創作實踐。因此，在譯介西方理論的同時，譯介者就開始致力於外來理論與本土經驗的對接，這種努力不僅體現在他們對西方著作的介紹和評述中，甚至也直接體現於翻譯文本，使譯本實際成為翻譯與改寫並存的互文性文本，成為原作者與譯者的對話式文本。譯者並不執著於對原著的忠實傳達，這在早期翻譯中是很常見的現象。因此自晚清以來，移譯西學就不僅是中國社會汲取新知的主要途徑，更成為國人表達文化立場的一種重要方式，文學理論著作的翻譯也不例外。溫徹斯特《文學評論之原理》的翻譯出版，固然與仿效西學模式的文學概論課程在國內大學的開設直接相關，是應教學之需的產物，但根據對原著與譯本的細緻比較，以及對其翻譯過程的語境還原，我們認為這個文言譯本還負載了更豐富的文化資訊：它不僅體現了「學衡派」的文化選擇，也實際介入了當時中國的文化保守主義與文化激進主義之爭；該譯本是翻譯與改寫的結合，它對原著的文學事例進行了大量置換並增加了譯者的闡釋，頻頻調用本土

經驗去填充外來理論，此舉雖有助於降低讀者的接受難度，有助於探索中西文學的共通性，但忽視了兩種文學傳統中那些不可通約性的因素，有誤讀、同化外來知識之弊。這兩方面都顯示出譯介主體的文化選擇和立場在譯本中得到強有力的表達，使原著在譯介過程中產生明顯的意義變化和意義增殖。該譯本及其在文學教育中的運用，是西學影響現代中國的文學知識生產的生動實例，而它有限的影響力則證明了中國在輸入西學時往往把社會對文化資源的現實需求作為選擇的首要條件，這也正是「學衡派」在與新文化運動的對抗中處於弱勢的根本原因。尤需指出的是，當這一翻譯實踐參與了對文化立場的表達和爭論，參與了不同文化勢力的博弈，也就意味著在現代中國文學理論學科化的推進過程中，西學並不是作為一個籠統的整體發揮作用的，西學本身的多樣性以及中國接受西學時的不同闡釋，使文學理論的具體建構呈現出複雜樣態，因此其知識體系和話語模式中不僅存在著中西之間的緊張關係，學術倫理與社會倫理之間的緊張關係，還存在著不同外來資源之間的競爭。

一

　　1923 年，溫徹斯特《文學評論之原理》中譯本出版，在晚清以來的西學譯介大潮中，它只是一個小水花，並不會特別引人注目。但一次翻譯行為不只是造就一個文本，它還是一種對立場的表達，是一個文化實踐的過程。

《文學評論之原理》在中國的譯介，就實際參與了現代
大學的文學教育模式的建構，是文學理論在學科化建構
中處理中西兩種知識系統的一個生動實例，同時它也實
際介入了當時中國知識界的文化論戰，它作為一個發生
在中國的文化事件而產生的影響，遠遠超出它作為一部
被譯介的西方經典所發揮的影響。若對這一翻譯實踐進
行語境還原，便可更清楚地見出它的典型意義：既具體
而微地體現了現代中國如何實現知識重構和文化選擇，
又在宏觀層面上以其開放性的文化保守主義姿態體現了
中西交流、新舊交替中歷史經驗的複雜性。

　　作為「第一本翻譯成書的西方文學基礎理論原著」
[34]，《文學評論之原理》在中國的譯介與現代時期文學
教育模式的變化與文學理論學科的形成有直接關係。晚
清民初，中國的整個文學知識系統及其傳播方式都發生
了重大變化，西學在其中起到引導性作用。文學概論作
為一門課程進入大學課堂就是西學東漸的產物，由於在
本土傳統中幾無前轍可循，最早的文學概論教材是從國
外引進的，突出地體現了在西方影響下實現知識重構這
一時代特點。

　　當時中國引入西學一般有兩種空間路徑，或以日本
為仲介，或者直接取自歐美。文學概論教材的引入也符
合這個規律。由於擁有地緣優勢和長期文化交往的傳
統，日本成為中西交流的重要中轉站，有學者認為，「現

---

[34] 程正民、程凱：《中國現代文學理論知識體系的建構：文學理論教
材與教學的歷史沿革》，第 37 頁。

代中國出版的最早的《文學概論》都是從日本引進的」[35]，「在 20 世紀 20、30 年代日本文論甚至主導著中國現代文論的基本模式和基本形態」[36]。但究其實質，這些在中國產生了重要影響的日本著述，無論是在理論內容上還是在體例上都並非日本原創，而是日本人學習、吸收西方的產物。我們在前面已經談到，在中國傳播頗廣的本間久雄的《文學概論》，就明顯受到溫徹斯特《文學評論之原理》和哈德森《文學研究入門》（An Introduction to the Study of Literature）兩書的影響。[37]而且，或從日本中轉，或根據西文直接譯介，西方文學概論教材通過這兩種路徑進入中國的時間是大致同步的，並無明顯的先後之分。本間久雄的著作雖在 1919 年就被零星地譯介到中國，但遲至 1925 年才由上海商務印書館出版了完整的中譯本，而溫徹斯特《文學評論之原理》的文言中譯本已於 1923 年在商務印書館出版。而且該書的英文本在國內也有小範圍的傳播，至遲在 1920 年當梅光迪在南高師—東南大學暑期學校開設文學理論課程時，溫著就被作為教材使用，後由修習了該課程的學生景昌極、錢堃新翻譯為文言，梅光迪本人參與了校對，這就是 1923 年譯本的來源。同為文化保守主義陣營的東

---

[35] 程正民、程凱：《中國現代文學理論知識體系的建構：文學理論教材與教學的歷史沿革》，第 32 頁。

[36] 金永兵、榮文漢：《本間久雄文學概論模式及其在中國的影響》，載《內蒙古師範大學學報》（哲學社會科學版），2010 年第 6 期，第 71 頁。

[37] 張旭春：《文學理論的西學東漸 —— 本間久雄〈文學概論〉的西學淵源考》，載《中國比較文學》，2009 年第 4 期，第 24~38 頁。

南大學學者劉伯明也介紹過溫徹斯特的文學四要素說，他在《學藝雜誌》上發表的《文學之要素》一文，基本上就是對溫著中相關內容的選譯。即使在中譯本問世之後，英文本也仍然在學院中使用，1929 年成都大學圖書館曾翻印過溫氏原著。對溫徹斯特感興趣的，並非只有「學衡派」，在景、錢的文言譯本正式出版之前，鄭振鐸也曾根據英文本翻譯過其中一些章節，其《文齊斯特的〈文學批評原理〉》1921 年 8 月 16 日至 22 日發表於《時事新報·學燈》；此外，他在稍早些時候發表的《文學的定義》（1921 年 5 月 10 日《文學旬刊》第 1 期，署名「西諦」）一文，也明顯見出溫徹斯特的影響。[38]可見，無論從哪條路徑來考察文學概論教材的輸入，溫徹斯特《文學評論之原理》都是一個繞不開的網站。

　　文學教育不僅僅是知識傳授中的一個組成部分，更關涉對文化價值的確立、傳播和維繫。課程的講授與學習、教材的編撰與使用等各個環節往往都負載著參與其事的知識群體的學術背景、文化立場，甚至是某些意氣之爭。《文學評論之原理》的文言譯本是教學實踐的衍生物，是師生合作的成果，因此，不僅是其中所透露出的文化資訊及其實際影響有必要追溯到相關知識群體的文化實踐中來理解，文本中那些言在此而意在彼的曲筆，那些有意無意的互文，那些對原著的增刪，也需要這樣的追溯才能有效解讀。

---

[38] 參見鄭振偉：《鄭振鐸前期的文學觀》，載《中國現代文學研究叢刊》，1998 年第 4 期，第 154~172 頁。

二

　　論及對中國文學知識界的影響，溫著與同期傳入的其他文學理論著作有共同之處：一是介紹了西方的文學、文化觀念，為國人認識文學、體驗文學提供了另一參照系，自此以後，中國文學理論在知識結構上一直具有中西二元共生的特點；二是從理論範疇、體例、結構、表述方式等各方面影響了中國文學理論教材的基本形態，使國人在自己最自信、也最看重的文學教育領域逐漸接受了西學模式；三是它主要在接受新式教育的群體中產生影響，塑造了中國新一代知識群體關於文學的集體想像。但與其他同類著作相比較，溫著在中國的傳播和接受又具有一些特殊性：從傳播過程和實際影響來看，它介入了當時文化保守主義陣營與新文化派的分歧；從翻譯實踐來看，它的譯者把自己的創作植入翻譯之中，創造了一個翻譯與創作相互闡釋的互文性文本，以理論移植與經驗填充相融合的方式更新了讀者對本土文學傳統的感受和認知，在一定程度上還可以說它嘗試了中西文學的對話。以下將對上述判斷依次進行解說。

　　從梅光迪選擇溫著作為教材的意圖和以梅氏為中心的師生群體對該書的具體使用來看，都體現了「學衡派」文化保守主義對在當時具有優勢地位的新文化陣營激進主義傾向的有意識抵制。在 19 世紀以來西學東漸的過程中，中國興起了各種保守主義，「學衡派」的特殊之處在於他們對西學的瞭解不輸於他們的對手，而且對西學

以及中國社會文化的現代性進程並不持排斥態度。「學
衡派」的命名雖源於《學衡》雜誌，但其文化觀念的形
成，以及它作為一個文化群體的形成，則是與兩所大學
密切相關的，一是哈佛大學，二是南高師—東南大學。
在哈佛，受到白璧德新人文主義的影響以及英美學院派
精英文化的薰陶，梅光迪、吳宓等早期核心成員初步形
成了自己的文化觀和文學觀，在南高師—東南大學，學
衡同人不僅辦刊撰文在國內介紹宣傳，更在學術研究、
學科建設和課堂教學等方面踐行新人文主義的文化學術
理念和文學觀，擴大了中國的文化保守主義群體，尤其
是影響了一些青年學生，「因為師承效應，南京高師—
東南大學的學生，不少人受柳詒徵、梅光迪、吳宓、胡
先驌的影響，是反對白話新文學的。」[39]梅光迪選用《文
學評論之原理》作為教學用書，正如他倡辦《學衡》一
樣，都是其信奉、宣揚、踐行文化保守主義的體現。據
筆者所見文獻，雖然不能說溫著是白璧德新人文主義影
響下的產物[40]，但基本可以確定的是，溫徹斯特和白璧

---

[39] 沈衛威：《「學衡派」譜系 —— 歷史與敘事》，第 448 頁。

[40] 溫徹斯特《文學評論之原理》一書初版於 1899 年，因其教學所需
而成書，其相關學術思想的形成應該更早。溫徹斯特出生於 1847
年，1869 年畢業于美國衛斯理大學（Wesleyan University），取
得學士學位，1872 年在該校取得碩士學位並留校擔任圖書管理員
一職，1873 年成為英國文學和修辭學的教授，1880 年至 1881 年期
間在德國萊比錫大學做訪問研究，1890 年成為衛斯理大學的「奧
林教授」（史蒂芬‧奧林是衛斯理大學第二任校長，為了紀念他，
衛斯理大學以他的名字設立「奧林教授」榮譽稱號，為當時衛斯理
大學教授的最高榮譽）。1890 年至 1900 年，溫徹斯特在霍普金斯
大學任客座教授。可見溫徹斯特至遲在 1873 年已成為學者，此時
白璧德年僅 8 歲，而白璧德的主要著作更是在 1908 年以後才相繼
出版。

德浸淫於同一種文化氛圍和學術傳統，擁有相似的知識結構和價值觀，因而形成了較為一致的文學思想，比如在英語文學教育中形成的精英主義文學觀以及對人文傳統的推崇，比如信仰真理的普遍性和超越性，尊重經典和傳統，強調理性和節制，等等。對梅光迪而言，溫著既是英語世界頗有分量和影響力的文學理論教材[41]，為同類教材建立了規範[42]，理應輸入國內文學教育界，同時又符合自己的文化理念和文學體驗，正好可以用於介紹、提倡新人文主義，向國內展示不同於杜威實證主義的另一種西方資源，並以此表達對新文化陣營的批評和對抗。

在該書的文言譯本中，這種文化層面上的異議表現得更為明顯。其一，《譯序》開篇即稱溫著「擘肌分理，惟務折衷，平理若衡，照辭如鏡……以其可為國人立論之則而拯其狂悖也」[43]，可見譯者之看重溫著者，正在其觀點中正平和，說理不偏不倚，不作偏激聳動之語，若以之為討論文學的準則，對於當時國內激進思潮之「狂

---

[41] 該書出版以後多次重印再版，從 1899 年至 2009 年一百年間，重印次數在 34 次以上。

[42] 溫徹斯特在《文學評論之原理》一書的《序言》中說明了他寫作此書的緣由與意旨：「因從事大學課堂的教學，我時常需要尋找一本簡明的、概括性的文學理論書籍，或為文學批評提供基礎理論的書籍，但當時幾乎找不到這類著作，於是我決定自己來寫一本。」可見在教材編寫的意義上，溫徹斯特這本著作在英美世界也具有一定的開創性，是建立範式之作。參見 C.T. Winchester Some Principles of Literary Criticism London: Macmillan Co Ltd 1938p. v.

[43] 〔英〕溫徹斯特：《文學評論之原理》，景昌極、錢堃新譯，梅光迪校，上海：商務印書館，1924 年，《譯序》第 1 頁。

悖」可有拯救之功。譯者認為「今之君子，党朋而伐異，
嗜奇而憚正，稍得一二，便操斤斧。肆其狂蕩之說，以
騰於報章雜誌者，往往而是……是故正軌未啟，迷而不
復。本根未立，雖善無功」，溫著在「探本振源，判情
析采」方面可比肩劉勰《文心雕龍》，而無後者「雜揉」、
「隆古疏今」之弊，因此「大有補於今之世」，「著以
為學校之課本，有正始之意焉」。[44]結合譯者的背景來
看，以上對「今之君子」的指責顯然是針對新文化運動
諸君，是學衡同人的集體意見，類似觀點在吳宓《論新
文化運動》一文中早有表述。[45]其二，《譯序》凡有涉
及中西新舊問題之處，皆力圖表達一視同仁的理性態
度，並有意展示中西經典的相通之處，這顯然也是「學
衡派」文化理念的翻版，「西洋正真之文化，與吾國之
國粹，實多互相發明，互相裨益指出。甚可兼蓄並收，
相得益彰。」[46]其三，該譯本並非依照溫徹斯特原著全
文照翻。原著共九章，前六章為文學批評基本原理的闡
述，七、八兩章分論詩歌與小說，第九章是結論，而譯
本僅八章，刪除了原著論說詩歌的整個章節，而以附錄
的形式增加吳宓《詩學總論》一文。《譯例》對此有一
番說明：「惟詩論一章，定義則意少而辭多，韻律則不
合國情，體別又病其簡略。以為此章本非作意所在。而

---

[44] 〔英〕溫徹斯特：《文學評論之原理》，景昌極、錢堃新譯，梅
光迪校，上海：商務印書館，1924年，《譯序》第1頁。
[45] 該文1921年發表於《留美學生季報》第8卷第1號，1922年經整
理擴充刊載於《學衡》雜誌第4期。
[46] 吳宓：《論新文化運動》，載《學衡》，1922年第4期。

對於初學英詩者，似無所裨益。能解英詩者，又無庸借徑於此。因決然刪去。適吳雨僧先生為《學衡雜誌》作《詩學總論》一篇，持議與溫說大同小異。論韻律處尤言簡意賅。誠針對時尚之作也。因丐諸先生而附之，俾讀者無憾焉。」[47]看起來，譯者的取捨標準在於適用性，的確，要理解溫徹斯特立足於英語詩歌而進行的理論解說，對於不熟悉英語詩歌的中國讀者而言肯定存在難度，尤其難以有切身的感性體驗。但更需留意的是，譯本通過這一取捨也表達了「學衡派」對當時中國文壇的態度，取原著第七章而以吳宓所作詩論代之，這固然是因為吳宓的詩學觀與原著「大同小異」而又能援引中國詩歌作分析，易於中國讀者理解，但譯者對吳文「針對時尚」的倚重更不可忽視。「故今之作粗劣之白話詩，而以改良中國之詩自命，舉國風從，滔滔皆是者……去正途愈遠，入魔障益深，嗚呼哀哉。吾今之介紹英文詩，亦欲藉此以明詩之根本道理精神，及格律程式之要。苟能貫通而徹悟，則中國詩之前途，或有一線生機乎」[48]，吳宓在這段文字中，把介紹西方文學與抨擊國內新文化諸君對白話新詩的提倡冶煉為一體，試圖從邏輯上瓦解後者以「新」佔據合法性，借助西學權威激進反傳統的策略。由此可見，譯者的取捨與「學衡派」在國內宣傳新人文主義，與梅光迪以溫徹斯特著作為教材講授文學概論，在思路和取徑上是相似的，所持的文化態度也頗

---

[47] 〔英〕溫徹斯特：《文學評論之原理》，《譯例》第 1 頁。
[48] 〔英〕溫徹斯特：《文學評論之原理》，《附錄》第 154~155 頁。

為一致。

綜合以上三方面來看，該譯本是一個典型的互文文本，其互文性的顯性層次體現為《譯序》、《譯例》、正文（包括對溫著的翻譯和譯者的改寫），以及作為附錄的吳宓《詩歌總論》各部分的同聲相應，其隱性層次則指向譯本所表達的文化立場與「學衡派」文學觀、文化觀之間的呼應。無論哪一個層次，都表達了對新文化運動的異議以及對文化保守主義立場的堅持，這也是「學衡派」在 1920 年代初期的核心議題。但這個文言譯本之所以引起我們的研究興趣，並不在於它體現了「學衡派」的文化主張或批評新文化運動的態度，而在於這一翻譯實踐使一部英語文學教材的介紹和傳播介入了中國的文化激進主義與文化保守主義的分歧，同時這種分歧又反過來映射了當時美國知識界實證主義與人文主義的論爭。晚清以來的變局瓦解了中國原有的文化格局，西方作為一種新的參照系的強勢介入，不僅促使國人重新認識本土傳統，也以自身豐富多元的資源為中國對文化出路的探索提供不同選擇。新文化運動與「學衡派」對待本土文化傳統的態度有分歧，但雙方都體現了對西學的認同，都試圖從西學中找尋證據來支持自己的立場。在這個意義上，雙方的爭論越是尖銳，反而越能證明西方作為一種正面的象徵符號已然植入了當時的中國文化，越能證明文化上的民族隔絕、獨善其身已不再可能。溫著本身傾向於文化保守主義，但經由「學衡派」以外的其他途徑在中國傳播時（比如溫徹斯特 ── 本間久雄

—— 田漢《文學概論》、溫徹斯特 —— 鄭振鐸），這一特點並沒有凸顯出來，更沒有成為反駁胡適一派的新文學理念的依據。可見譯介主體在相當程度上影響著源文本在目標文本所屬文化中的意義再生產。從學理上講，相對於從日本著作中輾轉獲得的資訊，相對於鄭振鐸的零散翻譯，「學衡派」對溫著的理解更為深入和完整，但並不能因此否定由梅光迪及其學生合作完成的譯本是跨文化傳播中資訊變異、意義增殖的典型案例，是主體預設強勢介入文本的典型案例。

三

《文學評論之原理》的文言譯本在傳播過程中產生的意義增殖，是譯者有意為之。如前所述，這種增殖體現為譯者把西人著述用於為自身及其所屬群體的文化選擇加碼，用於對文化激進主義的批評和證偽；不僅如此，這種增殖還體現為譯者頻繁使用本土文學經驗去填充外來理論。譯本對原著所用作品例證進行了大量置換，這種改造的初衷是為了幫助中國讀者理解原著中的觀點和原理，「原書於重要處，輒征之以例。或舉篇名，或引章句，顯意旨正觀念也。惟其所舉者，自西人視之，實不啻老生常談。自國人視之，乃訝為耳所未聞。恐譯之不足達其意，而轉失例證之用，因取諸本國文學以代之」，此種處理方法，「嚴復氏已為先河」，「蓋因國人於西方學術掌故，所知甚罕……非欲擅改原著。乃

不得已耳。」[49]但客觀來看，這些置換必然產生雙向對接的效應，既以西方文學觀念和原理對中國文學經典進行了再闡釋，更新和豐富了我們對自身文學傳統的感性體驗，也通過中國文學經驗來理解西方理論，為外來資源打上了中國烙印。同時，這種創作式的翻譯對譯者的文學素養提出了更高要求，從本土文學中選取恰當例證進行有效置換，不僅有賴於對原著所舉證文學作品的熟悉和領悟，更需要透徹理解原著所闡述的批評原理與所選作品之間的對應性和契合點，還有賴於對中西文學之共通性的敏銳體察。因此，這一翻譯過程實際上也是一次對中西文學進行比較研究的過程，那麼意義增殖就不僅發生於譯本完成之後的讀者接受過程，也發生在翻譯過程之中。總之，這種雙向對接生動地呈現了中西文化交流中的複雜性和創造性，也是現代中國在中西格局中進行文學知識生產的一個縮影。以下將對原著和譯本中對應的作品舉例進行具體分析。

譯本對原著所選作品進行置換，大致可分為四種類型。

一是同類項的直接置換。比如，為了說明有些歷史著作何以具有強烈的文學性，何以與年表綱目之類的歷史文獻截然不同，溫徹斯特舉出 19 世紀英國歷史學家麥考萊（T B Macaulay）和美國歷史學家派克曼（Francis Parkman）的著述為例，譯本則直接置換為《史記》和

---

[49] 〔英〕溫徹斯特：《文學評論之原理》，《譯例》第 1~2 頁。

《左傳》。按翻譯慣例，對於讀者可能不熟悉的內容，通常是增加注釋來給以說明，這裡採用的方式則是換用本土文化資源中的同類作品。雖然在文字上未忠實於原著，但對原著意圖的傳遞還是非常準確的，因為《史記》和《左傳》在中國文化傳統中既被公認為歷史巨著，又被視作文學經典。除作品之外，用中國文學中的人物形象置換原著所例舉的文學人物，也屬於此類。比如溫徹斯特在討論藝術與事實的關係時，認為藝術具有主觀化和理想化的特徵，這不僅不妨礙藝術的真實性，而且使藝術具有一般事實所不具備的感染力，是一種更深層次的真實，在這裡原著例舉了莎士比亞劇作中的人物形象（《李爾王》中的考狄利亞、《辛白林》中的伊摩琴、《皆大歡喜》中的羅莎琳、《第十二夜》中的薇奧拉，等等）進行解說，[50]而譯本則置換為《紅樓夢》中的黛玉、寶釵、湘雲、鳳姐。[51]這一類置換，雖然引入了本土文化資訊，但這些資訊在譯文文本中所起的作用基本上是輔助性、從屬性的，它們天衣無縫地被納入了原著的行文結構，帶給讀者的文學體驗也不易脫離原著的理論語境，損耗的僅僅是知識性資訊。

第二類置換，因為原著舉例時涉及多部作品並有較多闡述，譯本在置換時也相應地選取了多部作品。這種置換的難度更大。由於每一部文學作品都有一定獨特

---

[50] C.T.Winchester　Some Principles of Literary Criticism New York and London: the Macmillan Company1899p.167.
[51] 〔英〕溫徹斯特：《文學評論之原理》，第 94~95 頁。

性，原著例舉的多部作品在相互參照中形成的經驗關聯
域往往也是獨一無二的，很難與譯本所提供作品的經驗
關聯域完全對應，因此，譯本所選用的作品即使在理論
邏輯上與原著的論述相符，但原著通過作品而呈示的文
學感性和文化體驗，卻不能被置換後的作品完美體現。
這種置換一方面使原著的資訊在翻譯過程中有所衰減，
另一方面又使譯本成為一個中西參照文本，有助於引導
讀者去發現中西文學經驗的相通之處。溫徹斯特在第六
章《文學上之形式原素》(The Formal Element in
Literature)中指出，人類共通的情感體驗因作家不同的個
性而體現出差異，而這些差異又將微妙地體現於文學形
式，為了解釋這個觀點，他舉出四個文本為例，它們都
以玫瑰為題材，表達因美之易逝而生髮的感傷情緒。第
一例出自羅伯特·赫裡克（Robert Herrick，1591—1674
年）的詩《致少女》（Counsel to Girls），直白地表達
了有花堪摘直須摘的情緒，在傷感中又流露出不負韶光
的歡快；第二例出自愛德蒙·瓦勒（Edmund Waller，
1606—1687 年）的詩《去吧，可愛的玫瑰》（Go，Lovely
Rose），用密集的詩節暗示了更強烈的情感；第三例出
自喬治·赫伯特（George Herbert，1593-1633 年）的詩歌
《美德》（Virtue），在哀傷的調子中又帶有一種素樸
的順從，體現了詩人古雅的、虔敬的趣味。第四例是傑
瑞米·泰勒（Jeremy Taylor，1613-1667 年）《聖潔的死
亡》（Holy Dying）中的選段，用一種具有持續節奏的
散體文形式和一個接一個湧出的意象，書寫了最富想像

力然而也最具絕望感的玫瑰挽歌，並把這種深沉的悲傷延伸到對一切美好事物的體察和憑弔。[52]玫瑰在歐洲文化傳統中有豐富複雜的寓意和象徵，不瞭解其中背景和作家個人風格，也沒有讀過作品全文的中國讀者難以揣摩上述四例的微妙差別，於是譯本選擇了《紅樓夢》第七十回吟詠柳絮詞的情節，用黛玉《唐多令》、寶釵《臨江仙》、寶琴《西江月》置換了原著中的例子。〔英〕溫徹斯特：《文學評論之原理》，第106~107頁。曹雪芹設計這一段情節本來就是為了烘托筆下人物的不同性情，暗示她們的不同命運，而且在中國古典詩歌傳統中，柳絮作為常見的意象也正有韶華易逝的含義，與歐洲文學中的玫瑰意象有異曲同工之妙，因此，譯者選用這個片段來解釋溫徹斯特原著所闡述的理論觀點，的確可收事半功倍之效。但是，原著對所引四例的並置和比較，無形中已構築起一個自足的審美空間，讀者於此獲得的文學感性和文化體驗，與文言譯本的讀者基於三闕柳絮詞及其相關背景而獲得的文學感性和文化體驗，顯然是不能相互替代的。尤其是原著中第四例在譯本中沒有給出對應例子，譯者因此不得不刪除了原著在第四例之下的一段精彩分析，而且第四例本可能觸發讀者去思考宗教體驗如何給文學帶來靈感和深度，具宗教背景的文學有何獨特性等等問題，而這個可能性在譯本中已蕩

---

[52] C. T. Winchester　Some Principles of Literary Criticism New York and London: the Macmillan Company 1899, pp. 185~187.

然無存。這樣的置換，固然不影響對溫徹斯特理論觀點的理解，卻使中譯本讀者失去了對英語文學傳統的感性體驗，也使西方理論與它自身擁有的文學傳統、文化積澱相割裂，從而失去了生動性和鮮活感。

第三類是對所涉及作家作品與相關評論的整體性置換。原著第五章《文學上之理智原素》（The Intellectual Element in Literature）討論了真理與藝術的關係，溫徹斯特認為，在真理和藝術兩方面都堪稱完美的作品才是文學的最高理想，普遍真理和健全理智是一切偉大文學的構成要素，但藝術也有自身的獨立性，擁有正確而深刻思想的文本並不一定是優秀的文學作品，而有些在思想上並非無懈可擊的作品，從藝術角度來看卻不失為佳作，比如華茲華斯的《不朽頌》（Ode：Intimations of Immortality），就其對人生真理的領悟而言，大有可質疑之處，但這並不影響它在藝術上引人入勝的魅力。譯本用李白《將進酒》一詩替換了《不朽頌》，並對原著的解說做了微妙的調整，以便更貼合譯本所選用的例子。[53] 隨後，在原著談及華茲華斯在同代詩人中的地位，並引證阿諾德的評價的時候，譯本相應地把這一部分內容置換為王安石、黃庭堅、趙次公對李白的評價。[54] 中

---

[53] 原文為「this conceptionbeautiful as it may beisto say the best of itof very doubtful truth. But is the poem for the reason any less august and moving?」見 Some Principles of Literary Criticismp 153. 譯文為「此等人生觀念，誠瀟灑出群矣。而其是否為人生之正軌，則頗可疑。然豈以此而喪其高快動人之致乎？」見《文學評論之原理》，第 87 頁。

[54] 〔英〕溫徹斯特：《文學評論之原理》，第 87~88 頁。

國歷代詩論關於李白的評論甚多,譯本從中拈取王、黃、趙三人為例,固然是因為他們的評論與阿諾德對《不朽頌》的看法大致相似,同時,這一選擇也體現了譯者對宋詩的熟悉和偏好。[55]從這一個案可以看出,置換為譯者賦予了更多發揮空間,但也增添了翻譯的難度,原著的論述具整體性、有機性,在材料上和邏輯上都須前後呼應,譯本一旦更改了其中某一例子,就需要對相關部分進行相應處理;而且這種有機性也依託於在歷史中形成的文學共同體,因此置換不僅僅發生在華茲華斯和李白之間,必然也發生在兩者分別關聯的兩個文學共同體之間,那麼,譯者就須在不同的文學共同體中找出可以整體對應的史實關聯。事實上,這種可對應的史實關聯,在很多時候不是一種自然的存在,而是依靠研究者的闡釋而建構起來的,因此就溫著的文言譯本而言,譯者所做的工作與其說是翻譯,毋寧說是對中西文學的比較研究。當然,就置換本身來看,在上例中,譯本的處理是比較成功的,既照顧到上下文的呼應關係,也不露痕跡地表達了自己的傾向性。但譯本中也有處理得不太妥當的地方,比如我們在下一個類型中將要分析的例子。

　　第四類可稱為創作性置換。在上述第二、三種類型

---

[55] 「學衡派」的核心人物胡先驌、吳宓、柳詒徵都推崇宋詩(參見楊萌芽:《學衡派與清末民初宋詩派文人群體》,載《殷都學刊》,2007 年第 2 期,第 104~108 頁),梅光迪在以《文學評論之原理》為教材講授的「文學概論」課程中曾請胡先驌講過宋詩,譯者之一景昌極不僅修習了梅氏開設的該門課程,也是柳詒徵執教的國學班的學生。

的置換中，其實已有譯者的創作成分，而在下面的例子中，創作性更加突出，甚至已經溢出了原著的行文結構和內在理路，基本上是譯者在消化了原著所闡述的批評原理之後對自身固有的本土文學經驗的一次再闡釋。

例一：

原著第三章《文學上之感情原素》（The Emotional Element in Literature）討論情感對於文學的重要性，溫徹斯特提出，雖然任何感官愉悅皆可成為文學表現的對象，但若不能從中生髮、提煉出道德性情感，則只能流於下品。相對於視聽感官，觸覺和味覺與精神層面的聯繫要薄弱得多，因而抒寫從觸覺、味覺體驗到的感官愉悅，很難產生境界高遠的作品，比如濟慈《聖亞尼節前夕》（The Eve of St. Agnes）一詩，以華麗辭藻鋪陳感官之美，雖然生動形象，但如果不是詩人在這些鋪陳之後還試圖引起我們對東方世界的想像，那麼這首詩歌就實在乏善可陳了。儘管濟慈在鋪陳感官之美方面有獨到的文學才華，但這類作品與莎士比亞的悲劇相比，顯然有品格上的高下之別；與華茲華斯那些寓神思於美感的詩歌相比，差距也非常明顯。[56] 譯本用清代詩人鄭珍的「荔芰腰子蓮花鴨，羨爾承平醉飽人」置換了濟慈的詩，以便說明「賴有後句，故較有可觀」；並在此例之前杜撰了純粹描寫感官體驗的詩句「火腿蛋花攤薄餅，蝦仁鍋貼滿盤裝」，以便在比較中說明感官愉悅必須融

---

[56] C T Winchester　Some Principles of Literary Criticismpp 105~106

入情感體驗，作品才有藝術價值可言；之後，譯本引用了唐代詩人耿煒（應為「湋」）的「反照入閭巷，憂來誰與語。古道無人行，秋風動禾黍」作為正面例子，與原著中的莎士比亞、華茲華斯對應。[57]雖然耿湋在中國詩史中的地位遠不及莎士比亞、華茲華斯在英國文學中的地位，但譯本所引詩句以秋日晚景起興故國荒涼之思，頗具中國詩論看重的「風人深致」，用在這裡未必不當。而且，這一選擇同樣與譯者的詩學傾向有一定關係，中唐「大曆十才子」的詩風已具有後來宋詩的某些特徵，而耿湋又是「大曆十才子」中風格最接近宋詩的一位。可見，譯者選擇哪些作品來置換原著中的例子，並不僅僅是出於忠實原著的考慮，也在很大程度上受到自身知識結構的影響。在對耿湋詩歌做了簡要評析之後，譯本保留了原著對濟慈、莎士比亞、華茲華斯的評論，但由於前面的例子和分析已經被置換，這一段評論缺乏上文的鋪墊，就顯得有些突兀了。

例二：

原著第四章《想像》（The Imagination）區分了文學想像的三種類型，即創造的、聯想的和解釋的，在說明聯想的想像和解釋的想像時，都以華茲華斯《詠雛菊》（To the Same Flower）一詩為例，譯本則在說明第三種想像時，換用了駱賓王《在獄詠蟬》為例。因原著對《詠雛菊》有大段分析，譯本也相應置換為對《詠蟬》的具

---

[57] ［英］溫徹斯特：《文學評論之原理》，第 55~56 頁。

體解讀，試分別列舉如下：

The daisy is not compared to anything else, it is not like this, that, or the other thing, that the fancy may put beside it; it is a 「sweet silent creature」; it can share with us its 「own meek nature」...Thus Wordsworth calls the daisy a 「sweet silent creature.」 Why silent? Of course the daisy is silent; but so is a rose, so, for that matter, is a cabbage-vegetable generally are. But that epithet applied to the rose would be manifestly inapt. It is appropriate here because it is subtly expressive of that demure modesty which the imagination at once fixes upon as the spiritual essence of the flower.[58]

> 蟬之為物，不可以他喻，又非如他物之可以任意幻想也。乃「來對白頭吟」之「玄鬢影」，可以其「高潔」，「表予心」之高潔者也……駱賓王謂蟬為「露重飛難進，風多響亦沈」矣。然螳螂蜉蝣之飛，絡緯螽斯之響，亦皆如是。若以易之，則為不當。蓋蟬之為物，古用以表高潔，而高潔乃想像中蟬之真性也。[59]

---

[58]　C. T. Winchester.　　　Some　Principles　of　Literary Criticism, pp. 128~130

[59]　［英］溫徹斯特：《文學評論之原理》，第 70~71 頁。

這種置換與其說是翻譯，毋寧說是模仿原著而寫成的一則簡短詩評，即使從上下文中摘引出來，也可以獨立成文，其化用西人理論，並無牽強之感。但就翻譯而言，譯本在置換了《詠雛菊》及相關分析之後，又保留了原著中與華茲華斯相關的一些評論，因而在行文的邏輯上有失嚴密，文氣也不夠貫通。這種創作式的處理方式，對翻譯的精進並無好處，但卻體現了譯者溝通中西文學的研究心得，易於初識西學的讀者入門，也為長期閉鎖在本土傳統中的國人援引他山之石重讀傳統經典、豐富文學經驗提供了一個範例。

梅光迪等人的譯本對原著例舉的作家作品進行置換，等於是向讀者明示，這是一個雜糅著翻譯、改寫和評論的文本，有心的讀者若對照原文進行閱讀，即可了然跨文化傳播中理論旅行的軌跡，但該譯本中還存在話語體系的置換，它不如前一種置換那麼頻繁和明顯，但或許更富有深意。中西文論產生於各自的文化系統，在知識的歷史積累過程中發展出不同的話語體系，包括特定的術語範疇和表述程式，由於兩種話語體系很難嚴絲合縫地鉚接，在某種意義上翻譯就意味著用母語建立一套異質性的話語體系，正如我們在《文學評論之原理》的文言譯本中看到的那樣，其語言載體是中國的，但其術語、結構、邏輯關係、論說方式以及其中所積澱的文化含義，都與我們熟悉的中國古典文論頗為不同。但是，這個譯本中還是不止一處地出現了「溫柔敦厚」等來自

儒家文論的話語範疇。比如「然其於文之溫柔敦厚之情，樂而不淫，哀而不傷，與夫精緻確切之文，豐而不餘一言，約而不失一辭者，終必許為文學之極則矣」[60]，就字面意義（meaning）而言，這段文字與原著的意思並無太大出入，但就其含義（significance）以及牽涉的意義關聯域而言，差異則顯而易見。又如，溫徹斯特在闡述文學賦予自然景物以道德暗示時，有這樣一段敘述：

I am conscious that it has some power akin to moral suggestion, a hint of repose, calm strength, restful power. The river seems to mean peace. The scattered houses dotting the distant hillside, with here and there a wreath of curling smoke, suggest home-life and love and quiet [61]

此處的譯文很是簡練，「又有啟示道德之力，仁者樂山，智者樂水，觀夫茅舍炊煙而憶室家之樂」[62]，其簡練得益於本土語言系統中恰有可以傳達相似理念的成語，但相似並不能抹除中西文化在自然觀、倫理觀層面上存在的差異。這種簡化的處理方式刪減了原著中西方人對自然景物的審美體驗，使中國讀者無法與異質文化構成感性的溝通；這種簡化也以中國式的「山水之樂」改寫了原著中「道德暗示」的具體內涵，使中國讀者難

---

[60] ［英］溫徹斯特：《文學評論之原理》，第 125 頁。
[61] C. T. Winchester　Some Principles of Literary Criticism, p. 74
[62] 溫徹斯特：《文學評論之原理》，第 38 頁。

以真正了然西方文學的倫理維度。

　　更重要的是，上述話語範疇在中國文論中的語境中具有強大深厚的儒家文化背景，不僅其基本意涵早已確定，甚至其意義關聯域也已經被固化，它們並不是語義開放的範疇。如此一來，對於那些只通過這個譯本去瞭解溫徹斯特文學思想的讀者來說，則難免走入以儒家文論固有思維同化西學新知的誤區。事實上，在中西跨文化翻譯中，話語體系的置換通常體現了一種以中釋西的本能衝動和思維定式，比如用「大同」理想來對應西方的烏托邦思想，用「格物」來對應自然科學，用「比興」來對應隱喻（metaphor）、象徵（symbol）云云。兩種話語體系並不具有完全的可通約性，因此翻譯通常產生新的術語，在本文所涉及的例子中，譯者卻忽略了這個問題，強制性地置入儒家文論的話語體系，無形中取消了原話語體系可能關聯的知識結構和文化積澱，是對異質資源的同化，阻斷了它作為他山之石為我們攻玉的可能性，消解了它激發我們去反思和創新的可能性。「學衡派」傾心於英美新人文主義，梅光迪在若干西方文學理論家中選擇了溫徹斯特，本就是因為這些資源與儒家理念的契合度更高。因此譯者對術語範疇的置換既是習慣使然，也可能是有意為之。以儒家為主導的中國傳統文論，在文化理念上，與歐美人文主義傳統對理性與節制的認同，對和諧與秩序的尊重，對經典與精英的推崇，對文學教育的重視，確有相通之處，但是，在相通或相似的理念背後，雙方所承載的藝術精神，所積澱的感性

體驗，所擁有的知識傳統並不能相互替換，僅就儒家融合了莊、禪智慧而現代西方人文主義吸納了科學精神與基督教文化而言，二者體現於文論中的思維路徑、審美趣味和價值取向就大有扞格。因此，欲速則不達，翻譯中的話語體系置換，雖可得一時之便利，卻無助於對外來知識的真正把握，也無助於深入到學術層面、文化層面來比較中西文論。

四

景、錢所譯，梅光迪所校的溫徹斯特《文學評論之原理》，是一個從翻譯角度看頗為奇特，而從學術史、文化史角度看又具有突出的時代特點的翻譯文本，它不是個人勞動的產物，而是體現了「學衡派」群體的文化選擇與審美體驗，[63]並對「學衡派」中的青年一代產生了影響；同時，這個譯本中還明顯植入了「學衡派」對新文化運動的指責。我們對「學衡派」的研究長期忽視了這一文獻，更忽視了對其翻譯實踐過程的細緻考察，不能不說是一個很大的疏漏。不僅如此，若是對這一譯

---

[63] 梅光迪學生的課堂筆記顯示，譯本中的中國文學事例，有很多是梅氏在課程講授中已經使用過的（參見梅光迪講演，楊壽增、歐梁記：《文學概論講義》，收入梅鐵山、梅傑主編：《梅光迪文存》，第 67~91 頁）。而且，其中有些內容已先期發表過：1922 年廣文書局出版的《當代名人新演講集》中收有梅光迪一篇題為《文學概論》的演講，是其學生張其昀記錄的；在譯本正式出版之前，第一章的譯文已於 1922 年發表于《文哲學報》第 2 期，Winchester 譯為「溫采斯特」。

本與其他傳播路徑中有關溫徹斯特的介紹進行比較，還可揭示譯介主體的不同如何影響一種知識在異質文化中的傳播和再生產。

當然，我們也留意到這個譯本在中國當時和此後的影響都是有限的，難與原著在英語世界一再重印再版的影響力相稱。究其原因，除中西知識傳統的差異導致了不同取捨之外，該書的譯介所採取的翻譯策略和文化立場，也使其因語言障礙、文化壁壘和時代風尚等多方面因素而在傳播中受到限制：其一，在白話文已經獲得優勢地位和政治正確的情況下，該譯本堅持使用文言，難免限制它傳播的範圍和速度，也妨礙日益激進的青年學生群體對它的心理認同；其二，新文化運動在各種文化選擇的角力中佔據上風，成為歷史主流，自然使作為其對立面的「學衡派」及其文化學術實踐在相當一段時期內被邊緣化；其三，19 世紀末以來，中國社會急切而倉促地輸入各種西方資源，其間的選擇標準往往偏重知識的利用而非知識的積累傳承，《文學評論之原理》這一類具有典型學院派風格和強烈精英文化色彩的文學思想並不能滿足那一時代中國社會的主要需求，尤其是在 20 世紀 20 年代中期以後，隨著思想啟蒙和社會動員的持續下移，中國知識界顯然需要重新尋找更有效的資源。

同時，這一個案也充分說明文學理論學科在現代中國的形成和建構從來不是一個純粹的教育問題和學術問題。一方面，它不得不接受各種社會條件的限制，經歷社會倫理對學術倫理的種種掣肘，但另一個方面，它也

會主動參與學術之外的某些權力表達，使自身成為一種文化政治。無論由新文化運動陣營推動的文學理論學科建構，還是由「學衡派」知識群體實施的文學教育，都是如此

。

第七章 「文學」：核心詞彙的意義演變

　　根據雷蒙·威廉斯的觀點，從長時段來看「文學」一詞的意義始終處於動態過程中，其具體的演變必然是社會歷史作用的結果。在歐洲，「文學」的現代意義從 18 世紀中期開始形成，成熟於浪漫主義文學運動時期，究其實質，作為現代性知識分化原則的產物，這是一個精英化、專業化的文學定義，是資本主義社會秩序的反映。具體而言，「文學」從泛指讀寫能力轉化為特指有品位的少數人的寫作，其所屬空間從一般社會場所轉入大學，這就意味著當時社會形成了一個精英化的知識共同體，通過持續的文學創作和知識生產來認同和固化這一意義，擴大其社會共識度，現代文學教育即是其中的一個重要環節。同時，現代殖民擴張帶來的國家主義和民族主義，也使國族文學的概念進入了現代的文學定義，於是，通過文學建構民族想像共同體、建構文化認同的理念，也隨之進入了現代文學教育。威廉斯有所忽略的是，隨著市場和商業因素的介入以及基礎教育的普及，資本主義的歐洲也出現了與文學精英化相反的另一種趨勢——作為娛樂消遣讀物的通俗文學蓬勃興起。然而，我們仍然能借助威廉斯的

理論進行解釋：這一趨勢沒有進入現代的文學定義，甚至受到「文學」標準的貶抑，恰好說明精英化在當時佔據了文化主導地位，也恰好說明一定時代的文學定義並不是全方位反映這個時代的文學事實，而是按照強勢文化的標準對之進行篩選的結果。

現代的文學定義在中國的形成過程，體現出更多的歷史複雜性。一方面，由於現代轉型的共性，以及在這個轉型過程中中國作為後發國家對西方的仿效，使中國新知識界積極認同對文學的精英化、專業化定義，即我們在前面談到的向現代學術倫理靠攏，但是，文學在中國知識傳統中本來就是一個精英化概念，因而它從「雜文學」意涵向「純文學」意涵的轉化，體現的是從儒家式精英向現代的專業化精英的轉變；另一方面，現代中國所遭遇的民族危機，使新知識群體試圖喚起並借助民眾的力量，而不是有意識與民眾區分開來，因而對文學進行現代定義時，還具有一個從積極意義上理解文學通俗性的維度，也就是說，文學啟蒙的性質和功能進入了中國對於文學的現代定義，並與傳統的文學教化觀保持著千絲萬縷的聯繫。這兩個方面，都作用於現代中國的文學教育，作用於文學理論的學科建構，使之既是一個建立新型知識範式的學術行為，需要遵循學術倫理，也是一個參與社會意識建構的文化政治行為，需要遵循社會倫理。因此，考察「文學」這一文學理論核心詞彙在現代漢語中的意義演變，有助於甄別和分析介入現代中國文學理論學科化過程的種種因素。

一

　　從 19 世紀末到 20 世紀 20 年代，正值文學理論經歷了從產生學科意識、建成體制基礎、形成知識主體到嘗試教材編撰、實際進入大學文學教育、初步完成學科化建構這一過程，其間，「審美」和「意識形態」先後成為中國新知識界定義「文學」，認識文學之本質特徵、文體範圍和價值功能的核心範疇。它標誌著漢語中的「文學」經歷了從傳統雜文學概念向狹義的純文學概念、再向社會學概念的意義轉移，而這一轉移的背後，正是主宰文學知識的理論體系和文化觀在發生轉變，即從儒家學說到西方現代美學，再到馬克思主義理論的轉變。

　　在漢語文化傳統中，「文學」一直是一個核心詞彙，其中凝聚了古代中國的宇宙觀、倫理觀、語言觀、審美觀，它的意義關聯域非常廣泛，涉及文學藝術、教育學術、制度禮儀的方方面面。對中國古代文化體系的理解，離不開對「文學」的各種意義關聯域的探究。從先秦到清代，漢語中的「文學」已經形成一個完整、穩定，同時又具有一定開放性、變通性的意義系統。總體來講，這個意義系統是在漢文化中心主義的格局內形成的，並向周邊區域輻射，尤其是對於日本、韓國、越南等曾經使用過漢字的國家。外來因素的加入，比如印度佛教，並不伴隨政治經濟的影響，而北方和西北少數民族入侵中原取代漢族政權時，又並未導致漢文化的危機。「文學」的意義系統發生重大變化，是從晚清開始的，關鍵

時期就是 19 世紀末到 20 世紀 20 年代。在此時期，中國遭遇了西方，漢語文明遭遇了已經完成現代轉型的西方文明，無論是在文化上，還是在政治經濟上，漢民族以本土、以自我為中心的空間格局被打破了，儒家文化作為最高象徵資本的信仰也受到衝擊。作為漢文化的核心詞彙，「文學」的意義系統發生變化，必然是因為它的社會文化基礎在發生變化，並呈現牽一髮而動全身的局面。所以，現代意義上的「文學」概念在漢語中的確立，其實質是中國為了走進現代而進行的社會文化的重組。

　　如果我們把視野擴大，就會發現這並非中國的孤立經驗。西方文學概念同樣在現代進程中發生意義的轉移，同樣引起西方學界的廣泛關注，在當代文學知識系統中，對核心概念的意義演變進行梳理，已經成為文學理論學科的基礎和前提。又比如阿拉伯世界，和漢語文化一樣在西方的衝擊和影響下，在捲入世界性的現代化進程中發展了不同於本土古典傳統的文學概念。　因此，對「文學」的意義系統及其變遷進行考察，既需要拓展深度，從文學研究、文學理論擴大到知識社會學，討論在概念的演變中，中西文化交流、教育學術體制、傳媒、政治文化等各種因素所起的作用；也需要擴大視野，在時間上關注長時段的變化，在空間上進行跨文化的分析。

　　中國古代的「文學」，一般是「文章」和「學術」的合稱，前者指寫作，後者指對經典文獻的研究，因為都以語言文字為載體，故而都是關於「文」的學問和技能。僅就「文章」而言，其所指物件也不單純，有以文采為上和以達意為

上的區分，有抒情、記敘、論說的區分。中國古代文體學的內容非常龐雜，分類標準不一，有以表達方式、語言特點分類的，如詩、詞、曲、賦等等，有以文章的內容和用途分類的，如傳、頌銘、贊等等。以今天的眼光來看，古代「文章」中的很大一部分都不是文學。清代阮元試圖統一分類標準，以「彣彰」專指注重文采、「用韻比偶」的寫作，以便與一般的「文章」相區別，在對「文學是一種語言藝術」的認識上，接近了現代文學觀念。但對於「彣彰」的價值，仍然歸之於儒家之「道」，審美仍然不能成為文學足以自立的依據，這是阮元「文言說」與現代文學觀念不符之處。儘管「文學」、「文章」等概念的意義寬泛而籠統，正統的儒家文學觀也有意識打壓那些不依附於「道」的審美追求，但從實際的寫作和閱讀經驗來看，古人對文學的情感性和文字之美是很有心得的，這為 20 世紀前後中國知識界順利接受現代的狹義文學概念提供了條件。

　　「文學」一詞的現代用法，最早產生於西方傳教士對「literature」的翻譯，艾儒略在 1623 年、裨治文在 1838 年都曾在「literature」的意義上使用過「文學」一詞，在作為漢語詞彙的「文學」中植入了異質性因素，但這種新用法對當時的中國知識界幾乎沒有產生任何影響。變化出現在 1844 年，魏源《海國圖志》在介紹傳教士著作的同時也介紹了他們所使用的新詞，其中就有作為「literature」的「文學」，「牆內開花牆外香」，《海國圖志》很快在日本產生影響，日文開始使用「文學（bungaku）」與西方的「literature」對位。後來，當漢語又大量從日文中借用新詞的時候，「文學」

與「literature」的等同關係才在漢語經驗中真正建立起來。[1]
「文學」的這一「旅行」過程幾乎與《海國圖志》的命運一
樣，都是因為對日本社會產生了重大影響才反過來引起國人
的關注。需要說明的是，「literature」在西方語言中也可以
泛指「文獻」和「著述」，也有廣義與狹義之分。「如今
我們稱之為 literature（著述）的是二十五個世紀以來人們撰
寫的著作。literature 的現代含義：文學，才不過百十年。1800
年之前，literature 這個詞和它在其他歐洲語言中相似的詞指
的是『著作』，或者『書本知識』。」[2]「literature」的狹義
化、審美化在西方也是現代性的產物，威廉斯、伊格爾頓、
托尼·本尼特等馬克思主義理論家都認為資產階級意識形態
在西方現代「文學」定義中起到主導作用。漢語「文學」一
詞的原有意義可以對位於廣義的、泛指的「literature」，二
者具有可通約性，至於它與狹義的、特指的「literature」對
位，則是外來語對母語的意義增殖。從漢語文化系統內部看，
「文學」一詞的意義變遷體現為時間性的演變關係，然而從
中西文化交流的事實來看，漢語「文學」一詞在 20 世紀前後
發生的意義變化則體現為一種空間性的影響關係。在對「文
學」的現代界定中，西方影響即使不是主導因素，也是重要
的誘發因素和知識來源。

---

[1] 參見[意]馬西尼：《現代漢語詞彙的形成 —— 19 世紀漢語外來詞研究》，
黃河清譯，上海：漢語大詞典出版社，1997 年，第 28、250 頁。另見劉
禾著：《跨語際實踐 —— 文學，民族文化與被譯介的現代性》，宋偉傑等
譯，北京：生活·讀書·新知三聯書店，2002 年，第 380 頁。
[2] [美]喬納森·卡勒：《文學理論》，李平譯，瀋陽：遼寧教育出版社，1998
年，第 21~22 頁。

在文學概念演變中，審美化是以狹義化的方式實現的。現代「文學」的狹義化始於晚清，主要在兩個方向上展開：一是把應用文從文學中排除出去，把詩歌、散文、小說、戲劇四種非應用文體獨立出來作為文學的基本體裁，即袁進所說的「純文學進來，非文學出去」[3]，與此相應，抒情、想像、虛構、文采成為文學的主要特徵；其二，是在文學的審美功能和政教功能中突出前者，削弱後者，以非功利的審美價值為依傍，確立了文學相對於政治、宗教、歷史、哲學、科學的獨立性。在上述變化過程中，「美術」和「純文學」這兩個術語在 20 世紀初相關文獻中的大量出現具有標誌性意義。「美術」源於對「fine arts」的翻譯，意即以審美為最高本質的藝術，主要指繪畫、雕塑，也擴展為包括文學、音樂在內的各種藝術門類。近代中國知識界在使用這一詞彙的同時，也接受了審美獨立的觀念。嚴復在《法意》的按語中有這樣一段話，「吾國有最乏而宜講求，然猶未有暇講求者，則美術是也。夫美術者何？凡可以娛官神耳目，而所接者在感情，不必關於理者是已」[4]，這裡指出審美本應是一種令人愉悅的感性體驗，並認為這是中國文化最匱乏的部分，但也正是因為審美的非功利性質，註定了以審美為宗旨的「美術」在當時只能居於邊緣地位。對於崇尚「經世致用」，具有深厚實用主義傳統，又面臨深重民族危機的近現代中國，藝術的啟蒙功能、宣傳功能才是社會關注的焦點，對於其審美功

---

[3] 袁進：《中國文學的近代變革》，桂林：廣西師範大學出版社，2006 年，第 168 頁。

[4] 王栻主編：《嚴復集》，北京：中華書局，1986 年，第 948 頁。

能自然是「未有暇講求」。嚴復站在社會文化的宏觀立場上，看到「美術」與「有暇」的關係，王國維則站在美學的立場上，激烈地批評工具主義的文學觀，「美術之無獨立價值也久矣，此無怪歷代詩人，多托於忠君愛國勸善懲惡之意，以自解免，而純粹美術上之著述，往往受世之迫害而無人為之昭雪也。」[5] 這一段話被後人廣為引用，作為審美主義文學觀在中國出現的標誌。

當時在使用「美術」一詞時，一般都明確把文學歸為「美術」之一種，從而把文學從經史之學中剝離出來，從「枝條經典」、「補史之闕」的任務中剝離出來。這種剝離重新劃定了「文學」的種屬，使中國知識界對文學的性質和範圍產生新的認識：文學既然屬於美術，那麼審美體驗才是它的最高追求，而具有審美價值的文本，才稱得上是文學。對這樣一種理論邏輯，魯迅的表述最為清晰簡潔：「由純文學上言之，則以一切美術之本質，皆在使觀聽之人，為之興感怡悅。文章為美術之一，質當亦然，與個人暨邦國之存，無所系屬，實利離盡，究理弗存。」[6]「美術」作為一個新術語，在當時被廣泛接受，說明其影響之大，但對這個詞彙的使用，也有取其名而遺其實的現象，架空了其內含的現代美學思想和文學獨立意識。這在金松岑《文學上之美術觀》一文中體現得非常典型，一方面把「美術」作為表達「人心之美感」，「發於不自已」的產物，一方面仍然落腳於「美術」的道德教化

---

[5] 王國維：《論哲學家與美術家之天職》，見姚淦銘、王燕編：《王國維文集》（第 3 卷），北京：中國文史出版社，1997 年，第 7 頁。

[6] 魯迅：《摩羅詩力說》，見《魯迅全集》（第 1 卷），第 71 頁。

作用。[7]知識體系變化之初，新舊雜陳在所難免，但舊去新來的趨勢是日益明顯了。

　　在「文學」歸屬於「美術」的過程中，以審美價值為標準，小說正式成為「文學」家族的一員。王國維在《紅樓夢評論》中指出「美術中以詩歌、戲曲、小說為其頂點，以其目的在描寫人生故」[8]（1904 年）；黃人以「美」為核心給小說下定義，「小說者，文學之傾於美的方面之一種也……一小說也，而號於人曰：吾不屑屑為美，一秉立誠明善之宗旨，則不過無價值之講義，不規則之格言而已」[9]（1907 年）；徐念慈以美學標準判斷小說的價值，「所謂小說者，殆合理想美學、感情美學，而居其最上乘者」[10]（1907 年）；呂思勉根據美術的性質探討小說的性質，並把小說地位的提升與小說的現代性質結合起來考慮，「美術之性質既明，則小說之性質，亦於焉可識已」[11]，「小說者，文學之一種。以其具備近世文學之特質，故在中國社會中，最為廣行也」[12]（1914

[7]　金松岑：《文學上之美術觀》，見舒蕪等編：《近代文論選》（下），北京：人民文學出版社，1999 年，第 518~522 頁。

[8]　王國維：《紅樓夢評論》，見舒蕪等編：《近代文論選》（下），北京：人民文學出版社，1999 年，第 747 頁。

[9]　黃人：《〈小說林〉發刊辭》，見陳平原、夏曉虹編：《二十世紀中國小說理論資料》（1897-1916），北京：北京大學出版社，1989 年，第 234 頁。

[10]　徐念慈：《〈小說林〉緣起》，見陳平原、夏曉虹編：《二十世紀中國小說理論資料》（1897-1916），北京：北京大學出版社，1989 年，第 235 頁。

[11]　呂思勉：《小說叢話》，見王運熙主編：《中國文論選》（近代卷·下），南京：江蘇文藝出版社，1996 年，第 806~807 頁。

[12]　呂思勉：《小說叢話》，見王運熙主編：《中國文論選》（近代卷·下），南京：江蘇文藝出版社，1996 年，第 808 頁。

年）。至此，文學屬於美術之一種，小說屬於文學之一種，小說的崛起與社會文化的現代進程密切相關，這樣一些觀念在中國知識界已經得到普遍認同。

「純文學」一詞的使用，與「美術」密切相關。當排除應用文，重視審美自律，被納入美術範圍的「文學」概念產生以後，中國知識界感到「文學」一詞固有的含混性極有可能使新知識、新觀念同化於舊傳統，為了突出文學觀念的轉變，曾使用加了限定和修飾的「純文學」、「美文學」、「狹義文學」等術語，專門指稱現代意義上的文學，以便與泛指文章和學術的傳統文學概念相區別，上述術語中，「純文學」一詞得到普遍的認同，逐漸成為通用語。與「純文學」並行，20 世紀初也在純文學的意義上使用過「文章」一詞，魯迅、周作人寫於這一時期的文學論文，都出現「純文學」與「文章」兩個術語的混用。例如，「故文章之於人生，其為用決不次於飲食，宮室，宗教，道德……近世文明，無不以科學為術，合理為神，功利為鵠。大勢如是，而文章之用益神。所以者何？以能涵養吾人之神思耳。涵養人之神思，即文章之職與用也」[13]；又如周作人引述美國學者宏德（Hunt，後譯韓德）的觀點時也使用「文章」一詞來指稱純文學，「文章者，人生思想之形現，出自意象、感情、風味，筆為文書，脫離學術，遍及都凡，皆得利領解，又生興趣者也」[14]。周氏兄弟雖然沿用了傳統的「文章」，沒有接受阮元的「彣彰」，

---

[13] 魯迅：《摩羅詩力說》，見《魯迅全集》（第 1 卷），第 71 頁。
[14] 周作人：《論文章之意義暨其使命因及中國近時論文之失》，見王運熙主編：《中國文論選》（近代卷·下），第 607 頁。

但他們都強調了「文章」獨立於道德、宗教、學術，不以功利為目的的性質，這顯然是以現代美學為理論框架來認識文學。隨著「純文學」一語被廣泛接受，「文章」的這一意義就漸漸退出了歷史舞臺，今天的「文章」通常泛指一切寫作。與「純文學」相對的，是「雜文章」或「雜文學」。後者亦有兩層含義，一是文體上的，例如周作人就從文體上區分了「純文章」與「雜文章」，「夫文章一語，雖總括文、詩，而其間實分兩部。一為純文章，或名之曰詩（這裡沿用了西方廣義概念上的『詩』── 引者注），而又分之為二： 曰吟式詩，中含詩賦、詞曲、傳奇，韻文也；曰讀式詩，為說部之類，散文也。其他書記論狀諸屬，自為一別，皆雜文章也。」[15]作為分類學意義上的「純文學」是一個中性概念，沒有評價性意義，但「在中國近代文學史上，這是有關純文學的最早也最完整的定義。」[16]「雜文學」的另一層含義著眼於文學的價值和功能，1914 年，呂思勉在《小說叢話》中談到，「有主義之小說，或欲借此以牖啟人之道德，或欲借此以輸入知識，除美的方面外，又有特殊之目的者也，故亦可謂之雜文學的小說。無主義的小說，專以表現著者之美的意象為宗旨，為美的制作物，而除此之外，別無目的者也，故亦可謂之純文學的小說。」[17]顯然，這裡的純文學與雜文學，不

---

[15] 周作人：《論文章之意義暨其使命因及中國近時論文之失》，見王運熙主編：《中國文論選》（近代卷·下），第 710~711 頁。

[16] 辛小征、靳大成：《中國 20 世紀文藝學學術史》（第二部上卷），上海：上海文藝出版社，2001 年，第 185 頁。

[17] 呂思勉：《小說叢話》，見王運熙主編：《中國文論選》（近代卷·下），第 818 頁。

是以文體類別來區分，而是以內容和目的來區分。

　　無論就文體而言還是就內容、功能而言，在純文學與非文學兩極之間都存在中間地帶。「美術」和「純文學」等概念的廣泛使用，並不意味著一種新的文學樣式、文學種類的產生，而是代表著一種新的文學觀念、文學知識體系在中國的誕生，即文學從經史之中獨立出來，被重新歸類為藝術的一種，接受了西方科學、道德、藝術三分的現代知識觀念，以審美為藝術的本質，因此文學的本質特徵和最高價值都應該是審美，而不再是「載道」、「補史」、「經世」之類。但事實總是比理論複雜，儘管不能說文學從屬於道德、政治、宗教，但這些領域之間肯定具有交叉重疊的部分，政論文章、歷史著述也可能文采斐然、情感充沛，具有審美因素，或者說具有文學性；詩歌小說也時常蘊含政教倫理的內容，並非一個審美就可以囊括文學的全部意義。總體而言，當時的新知識界接受了狹義化、審美化的文學定義，但仍然承認文學的複雜性，因此使用「純文學」的概念，以呈現理論上的清晰，表達對文學的理想；而多多少少還留有廣義痕跡的「文學」，則用以指稱事實上存在的複雜的文學現象。

二

　　五四時期，中國知識界再次掀起了討論「什麼是文學」的熱潮。這些討論在理論認識上並不比前人深入多少，但發生的影響則要大得多，經此討論，現代意義上的「文學」概念正式在中國確立了。這些討論，主要是在大學場域及其外

圍場域（如文學社團、文學報刊等）展開的，隨著共識的初步達成，一個新的文學知識共同體出現了。

　　作為「文學改良」的發起者，胡適卻仍然傾向於廣義的文學概念，他在《五十年來中國之文學》中涉及的範圍，也證明這位「開風氣之先」的新文化運動風雲人物，在文學觀念上仍然深受傳統影響。陳獨秀在《答胡適之》（1916 年）、《文學革命論》（1917 年）等文中，則主張區分「文學之文」與「應用之文」，「竊以為文學之作品，與應用文學作用不同，其美感與伎倆，文學美術自身獨立存在之價值，是否可以輕輕抹殺，豈無研究之餘地？」[18]但陳獨秀僅限於提出問題，未做進一步論述。稍後，劉半農發表的《我之改良文學觀》[19]，是當時對這一問題最為完整的回答。他首先討論的就是「文學之界說」，對於傳統文學知識關於「文學」的三種理解，劉文都持否定態度：一是「文以載道」之說，劉半農認為它錯在「不知道是道，文是文」，視文學為附庸，使狹隘的功利主義在文學中大行其道，劉半農主張對「道」和「文」分而論之。對「文以載道」的否定，是強調文學在價值上的獨立性。二是「文章有飾美之意，當作彣彰」，這是從阮元到劉師培的駢體正宗論，劉半農認為其「飾美」僅從外在形式著眼，對美的本質和文學的本質都有所誤解。對「彣彰」說的批評，強調了從審美價值的角度而不是從教化功能的角度理解文學的情感性和形式美感。三是章學誠「分

---

[18] 陳獨秀：《答胡適之》，見《獨秀文存》，合肥：安徽人民出版社，1987年，第 636 頁。

[19] 劉半農：《我之文學改良觀》，見王運熙主編：《中國文論選》（現代卷·上），第 16~28 頁。

別文史」之說，劉半農認為此說雖有突破傳統文學觀念，強調文史之別的意圖，但錯在把小說劃了出去，把小說誤為補史之作。對小說之文學地位的認定，強調了文學敘事的虛構性。

從上述態度來看，劉半農的「文學改良」與胡適的側重點顯然有所不同，是從對文學的重新定義開始的。他給出的正面意見區分了文字文本與文學文本，對後者的界定直接引用了西方「literature」的定義，「The class of beauty of style, as poetry, essays, history, fictions, or belles-lettres」，其中，「美」是本質因素。在確定文學的性質之後，劉半農繼續清理文學的範圍問題，他注意到陳獨秀「文學之文」與「應用之文」的區分，但認為其失之絕對。劉半農確定了兩個端點，一是絕對不是文學的，例如一切科學著作，一是純粹是文學的，例如「詩歌戲曲、小說雜文（這裡的雜文指文學散文——引者注）」，此外還有大量處於中間狀態的文本。承認中間狀態，符合文學的實際，也保持了理論的靈活性。20 世紀以來西方的文學理論，之所以用「什麼是文學性」的問題取代「什麼是文學」的追問，也就是因為「文學」與「非文學」之間存在廣闊的中間地帶，很難在理論上設定一個涇渭分明的界限。

劉半農關於文學界定問題的思考，基本上代表了當時中國知識界的認識水準，他提出的「詩歌戲曲、小說雜文」的文學範圍，與魯迅的觀點一致，形成了小說、詩歌、散文、戲劇「四分法」的雛形。《我之文學改良觀》應該視為新文學史上一篇重要的理論文獻，它從兩個方面對現代「文學」

概念在中國的確立起到奠基作用。其一，從重構文學的定義入手，否定了以文字為文學的雜文學觀念，把「美」確立為文學的本質特徵，實現了文學的狹義化和審美化；其二，把現代意義上的文學視為一個獨立的寫作領域，主張科學「不宜破此定例以侵略文學之範圍」，同時也反對「濫用文學，以侵害文字」，在應用性寫作中造成虛浮誇飾的文風，這種劃界意識，標誌著以分治和自律為原則的現代知識理念已在五四時期的中國知識界生根發芽了。而現代性分治原則正是以審美為核心的文學觀念的最終依據，「純文學的觀念只有在科學、道德、藝術分治的現代知識圖景中才能合理地建立起來。實際上，在這些區分的後面，有著一整套知識的建制和規範」[20]。

　　與 20 世紀初一樣，五四時期關於「文學」定義的討論，大都從西方獲取理論資源，劉半農直接引用西方定義，羅家倫也乾脆用 6 個英文單詞來幫助說明「什麼是文學」：「文學界說，本是極不容易定的。因為文學的內涵極大，外周極寬，其本質又極微妙。文學不但是表白思想的（Expression），並且是深入人心的（Impression），不但是興到而成的（Aspiration），並且是神來方就的（Inspiration ），不但是人間的知識（Knowledge），而且是世上的威權（Power）。」[21]這一理解非常宏觀，注意到文學並非只有審美這唯一的本質，而是思想、語言、情感、靈性、知識、權力等因素共同

[20] 曠新年：《中國 20 世紀文藝學學術史》（第二部下卷），上海：上海文藝出版社，2001 年，第 38 頁。
[21] 羅家倫：《什麼是文學 —— 文學界說》，載《新潮》第 1 卷第 2 號，1919年 2 月。

作用的產物，這是一個接近於文化學意義上的文學定義，也比較符合文學的實際。正是因為文學內含極大，外周極寬，本質微妙，廣義的文學概念才在人類歷史上長期存在，中國傳統文學觀念如此，西方也不例外。中國新知識界受到西方現代美學的影響，在批評「吾國之論文學者,往往以文字為准,駢散有爭,文辭有爭,皆不離乎此域;而文學之所以與其他學科並立,具有獨立之資格,極深之基礎,與其巨大之作用,美妙之精神,則置而不論。故文學之觀念,往往渾而不析,偏而不全」的時候，以為「在吾國,則以一切學術皆為文學;在歐美則以文學離一切學科而獨立」，[22]事實上，在歐美，文學的獨立也是現代社會的產物。文學的狹義化和審美化，究其實質是一個現代性現象，而且，「文學」的現代概念也並非蓋棺論定的概念，今天，當現代性受到質疑，「文學」的定義也面臨又一次重構。

　　文學自身的複雜性，新文學草創之初理論上的薄弱，兼之中國文學界強烈的社會介入意識，使得中國現代的「文學」概念在邏輯上並不嚴密，現代文學史上的很多論爭正與此相關。1919 年，李大釗曾這樣為新文學下定義：「我們所要的新文學，是為社會寫實的文學，不是為個人造名的文學；是以博愛心為基礎的文學，不是以好名心為基礎的文學；是為文學而創作的文學，不是為文學本身以外的什麼東西而創作的文學。」[23]在這裡，「為文學而文學」這一文學獨立意

---

[22] 朱希祖：《文學論》，《北京大學月刊》第 1 卷第 1 號，1919 年 1 月。
[23] 李大釗：《什麼是新文學》，見王運熙主編：《中國文論選》（現代卷·上），第 142 頁。

識的標籤，並不排除「為社會寫實」、「以博愛心為基礎」的啟蒙功利訴求，典型地體現了新文化運動時期文學觀念的含混。這種含混與最初的新舊雜陳不同，與啟蒙現代性內在的悖論關係更大，與現代學術倫理與社會倫理分裂而文學知識份子通常身兼雙重文化責任的事實關係更大。

　　進入 1920 年代，關於文學的定義和本質的討論從大學場域進一步延伸到公共空間，社團、傳媒在爭論中扮演了重要角色。上述含混性在「文研會」和「創造社」關於「為人生」、「為藝術」的爭論中再次體現出來，並最終導致這場爭論不了了之。他們都接受了以知識分化、審美獨立為基礎的現代文學觀念，也都未能忘情於文學的社會使命。「文研會」固然主張文學要「為人生」，但並不同意消解文學的審美特性，使之在諸文化產品中泯然於眾生，鄭振鐸《文學的定義》[24]一文，即從文學與科學的區別入手來認識文學的本質，強調文學的情感性、想像性以及文學語言的藝術性。文學的「為人生」，是以獨特的方式達成的，這個獨特的方式，暗中通向了「為藝術」。「創造社」固然要「為藝術」，郭沫若以詩意的語言闡述了文藝在「為藝術」之外別無目的，「文藝也如春日的花草，乃藝術家內在之智慧的表現，詩人寫出一篇詩，音樂家譜出一支曲子，畫家畫成一幅畫，都是他們感情的自然流露：如一陣春風吹過池面所生的微波，應該說沒有所謂目的」[25]，但也並未徹底拒絕文藝與社會人生的關聯，

---

[24] 鄭振鐸（署名「西諦」）：《文學的定義》，載《文學旬刊》第 1 期，1921 年 5 月。

[25] 郭沫若：《文藝之社會的使命》，見《沫若文集》（10），北京：人民文

郭沫若仍然「承認一切藝術，她雖形似無用，然在她的無用之中，有大用存焉」[26]。成仿吾在同一篇文章中既宣稱「除去一切功利的打算，專求文學的全（Perfection）與美（Beauty）有值得我們終身從事的價值之可能性」，又要求文學表現「時代的使命」，成為「猛烈的炮火」。[27]顯然，「文研會」與「創造社」在文學觀念上的分歧，並不像「為人生」與「為藝術」這兩個口號所顯示的那樣明顯和絕對。

就理論邏輯而言，周作人的調和之論「人生的藝術派」是這場爭論水到渠成的結論。但就周作人本人而言，這種文學觀念由來已久。且看周作人關於「純文學」的兩種理解。一是文體學分類意義上的「純文學」。出現在《人的文學》一文中的「純文學」，具體指的是小說戲曲等文類，這一觀念周作人在十年以前就已確立，只不過當時他使用的術語是「純文章」。二是在藝術觀念上「唯美」、「唯藝術」的「純文學」。出現在《平民文學》一文中的「純藝術」一語，周作人是這樣解釋的：「純藝術派以造成純粹藝術品為藝術惟一之目的，古文的雕章琢句，自然是最詳盡，但白話也未嘗不可雕琢，造成一種部分的修飾的享樂的遊戲的文學，那便是雖用白話也仍然是貴族的文學」[28]。同時周作人也對「純藝術」與「人生的藝術」進行了區分：「只須以真為主，美

學出版社，1959 年，第 83~84 頁。

[26] 郭沫若：《論國內的評壇及我對於創作上的態度》，載《時事新報·學燈》，1922 年 8 月 4 日。

[27] 成仿吾：《新文學的使命》，見《成仿吾文集》，濟南：山東大學出版社，1985 年，第 91 頁。

[28] 周作人：《平民文學》，載《每週評論》第 5 號，1919 年 1 月。

即在其中，這便是人生的藝術派的主張，與以美為主的純藝術派所以有別」。在這裡，「純文學」有了貴族氣味，是「平民文學」的反面，被打上了反現代性的色彩。對唯藝術論的防範，在周作人 1908 年所寫的那篇文章中也可以看到，他列出「文章」之為「文章」而必須滿足的四個條件：必須形成文字文本（排除了禮儀之文、無句讀之文）；必須與學術性文章相區別（排除了以說理、考證為主的專業性文章）；必須關涉人生和思想（對「過宗美論、唯主詞藻」的糾偏）；必須具有美感，即「具神思（ideal），能感興（impassioned），有美致（artistic）」。[29]

文學獨立本來就有兩重內涵：一是在文體上從一般文字文本中獨立出來，二是文學應具有獨立的文化價值，不依附於科學、宗教、政治、道德等方面的意義，一般是把審美作為它的獨特價值。周作人使用的「純文學」概念包括了這兩方面的意義，但由於他對文學的文化價值理解比較寬泛，所以不贊同「純文學」對第二層次意義的過分執著。周作人文學思想的特點是不走極端，他不贊同藝術至上，但對文學的功利性訴求也總是心存疑慮，只好一邊表達對人生派的反思，「這派的流弊，是容易講到功利裡邊去，以文學為倫理的工具，變成壇上的說教」，一邊又申說自己「背著過去的歷史，生在現在的境地，自然與唯美及快樂主義不能多有同情」。[30]

---

[29] 周作人：《論文章之意義暨其使命因及中國近時論文之失》，見王運熙主編：《中國文論選》（近代卷·下），第 699 頁。

[30] 周作人：《新文學的要求》，見《藝術與生活》，長沙：嶽麓書

　　關於文學定義的討論，關於「為人生」與「為藝術」的爭論，是中國知識界推進現代文學觀念的又一次努力。文學在知識體系中的獨立和對藝術自律的認同，經過從王國維呼籲「美術之獨立價值」到五四一代重構「文學」定義的發展，在 20 世紀 20 年代初的中國已獲得較為廣泛的接納，同時，拋棄了「載道」，拋棄了傳統政教功用的文學，也面臨著重新尋找價值歸宿的任務，「為人生」的提出，尤其是以鄭振鐸、茅盾為代表的對文學嚴肅性的強調，正是對價值真空的填補。鄭振鐸在《新文學觀的建設》一文中指出，「文學雖是藝術，雖也能以其文字之美與想像之美來感動人，但卻絕不是以娛樂為目的的。反而言之，卻也不是以教訓、以傳道為目的的」[31]，以文學為遊戲消遣和以文學為教化，這兩種文學觀念在中國傳統中都存在，都是以文學為工具，對文學本身的態度都缺乏嚴肅性。茅盾更把中國文學的不發達歸罪於「一向只把表現的文學看作消遣品」，「現在欲使中國藝術復興時代出現，唯有積極的提倡為人生的文學，痛斥把文學當作消遣品的觀念，方才有點影響。」[32]1921 年，《文學研究會宣言》發表於茅盾主編的《小說月報》，宣稱「將文藝當作高興時的遊戲或失意時的消遣的時候，現在已經過去了。我們相信文學是一種工作，而且又是於人生很切要的一種工作；治文學的人當以這事為他終生的事業，正同勞農一

社，1989 年，第 19 頁。

[31] 鄭振鐸：《新文學觀的建設》，載《文學旬報》第 37 期，1922 年 5 月 11 日。

[32] 茅盾（署名「玄注」）：《中國文學不發達的原因》，載《文學旬刊》第 1 期，1921 年 5 月。

樣。」[33]這個宣言對中國現代文學發展的意義是多方面的，就現代「文學」概念的形成而言，它把嚴肅的創作態度乃至人生態度引入對文學的理解，以文學的嚴肅性來為文學獨立尋找合法依據，批判了實用主義、工具主義對文學的利用，也批判了娛樂消遣的文學觀。至此，中國現代的「文學」概念走出了單純依靠外來文化資源的階段，開始立足本民族的文化特點和現實需要對文學知識進行自主生產。此後，嚴肅性一直是中國現代「文學」概念中的重要內容，對鴛鴦蝴蝶派的批評，對「戀愛+革命」模式的批評，京派海派之爭，小品文論爭，「反差不多運動」等一系列的文學論爭中，「嚴肅性」都是文學界對抗文學的商業化和政治化，維護文學的藝術品格和獨立精神的一面旗幟。從中，我們也可看出「嚴肅性」是試圖彌合學術倫理與社會倫理的一種努力，文學並非不能或不應該承擔社會倫理所賦予的責任，而是在承擔這一責任時對文學不能以工具視之，隨意撥弄。

三

「在我們，重新來定義『文學』，不唯是可能，而且是必要。」[34]1928 年無產階級文學運動的興起以及「革命文學」的提倡，再次調整了文學的定義，這次調整不只是表達一種文學觀念、文化邏輯，更主要的是表達一種政治立場，這次

---

[33] 《文學研究會宣言》，載《小說月報》第 12 卷第 1 號，1921 年 1 月。
[34] 李初梨：《怎樣地建設革命文學》，載《文化批判》第 2 號，1928 年 2 月。

調整不是從文體上而只是從文學的性質和功能上立論，具體而言就是把文學視為意識形態（當時音譯為「意德沃羅基」[35]），強調文學與政治、經濟的關係，強調文學的階級性和宣傳功能，要求以正確的政治觀點對文學進行積極的控制和利用。這種文學觀念如同當年的審美非功利論一樣，是以一種新銳、先進的外來知識的面目在中國出現的，一時間影響極大，並在此後的數十年中發揮著重要作用。從知識學角度看，「文學」概念在中國現代的再次更改，是因為馬克思主義的經濟基礎與上層建築理論取代康德的科學、道德、藝術三分的哲學原理，取代現代性知識分治原則成為我們認識文學的新的理論框架。但當時中國知識界對馬克思主義的接受一般經過了蘇聯、東歐、日本的轉手，有片面化和簡單化的傾向，於是，對藝術規律的尊重被視為「藝術的奴隸」[36]，藝術的階級性被闡發為「我們的藝術是階級解放的一種武器」[37]。不久，以後期創作社、太陽社為代表的過於極端的文學觀念受到「革命文學」陣營內部的調整，但「階級意識形態」作為定義「文學」的關鍵字，一直對中國的文學理論產生著深遠的影響。與此同時，在原有的歐美、日本兩種路徑之外的其他國外資源也隨之進入文學理論的學科建構中，1930年代前後，對普羅塔利亞文學的介紹，對唯物史觀、革命文學的闡述開始進入國人編寫的文學概論中。

　　文學與意識形態的瓜葛並不僅僅限於「階級性」，在現

---

[35] 見《文化批判》第1號，1928年1月。

[36] 王獨清：《新的開場》，載《創造月刊》第2卷第1期，1928年8月。

[37] 馮乃超：《怎樣地克服藝術的危機》，載《創造月刊》第2卷第2期，1928年9月。

代中國的文學定義中，還介入了一個重要的因素，就是民族國家的觀念。它圍繞文學與國語的關係、文學與改造國民性的關係、文學與民族文化傳統的關係、文學與建設新文化的關係，把文學視為建構現代中國身份認同的重要力量，因而也把「民族主義」的意識形態植入了文學的現代定義。

　　「民族主義」的植入有不同的角度，一是知識份子的角度，主要以建立民族文化共同體為核心，致力於把傳統中國的「天下觀」轉型為現代意義上的民族觀；一是政府文化政策的角度，以民族主義文學為號召，抵制左翼文學對「階級鬥爭」的強調，緩解或掩飾民族內部的利益分歧，黏合政治性的民族共同體，使文學教育和文藝團體成為阿爾都塞意義上的意識形態國家機器（Ideological State Apparatuses）。這兩個角度，有一致和互補，也有分歧和衝突。「民族主義」的植入，與「審美」和「階級意識形態」兩種文學定義都存在一定的邏輯衝突，因為無論是西方現代美學還是馬克思主義都隱含對普世價值的追求，甚或都認可西方現代性是人類社會普遍規律中的必經一環，而「民族主義」則需要強調民族和本土的特殊性，強調中國與西方的差異性。因此，現代中國的各種「西化」，即使是以民族自強為根本出發點，其合法性也時常受到來自民族主義的質疑。

　　1920 年代中期以後的中國，雖然意識形態的對立日益尖銳，對立雙方都強化了對文學的意識形態控制或引導，但以「意識形態」為核心的文學定義並非一統天下，而是與以「審美」為核心的文學定義並存。1930 年，范壽康將日本學者伊勢專一郎的著作編譯為《藝術之本質》，由商務印書館出版，

該書以西方現代美學為理論框架系統闡述藝術的審美本質。
1936 年，朱光潛《文藝心理學》由開明書店出版，較為系統
地介紹了康得、克羅齊美學。這些著作的出版，標誌著中國
知識界對西方美學及其藝術論的介紹和認識在學理性方面有
了重要進展，也意味著存在一個與左右兩種意識形態都保持
一定距離的文化空間。現代文學史上的多次文學論爭，都與
這兩種文學概念的分歧密切相關。究其實質，這些論爭是對
「文學」命名權的爭奪，畢竟，怎樣界定文學與怎樣使用文
學，總是相輔相成的。從積極的角度講，這些論爭也促使中
國現代知識界從更宏觀的立場去思考文學的本質，避免局限
在一種理論之中畫地為牢。

　　1948 年，年青的袁可嘉設想了一種「完美的文學觀」：

> 　　一個比較完美的文學觀……一定得包含社會
> 學，心理學的和美學的三個方面；從社會學的觀點來
> 看，文學的價值在對於社會的傳達；從心理學來看，
> 它的價值在個人的創造；從美學來看，它的價值在文
> 字的藝術，而三者絕對是相輔相成，有機綜合的，否
> 則即不會有文學作品。在這個文學觀裡，我們必須堅
> 持幾點：（一）三者的影響是互相的，而非單方面的，
> 是滲透的，而非外加的；（二）社會學的觀點不僅指
> 馬克思的理論（雖然它是極重要的社會學說之一），
> 心理學的認識也不僅指佛洛德的學說，美學的也並非
> 只指克羅齊的見解；這個文學觀更不僅是馬克思的經
> 濟決定論＋佛洛德的性和下意識＋克羅齊的直覺，我

們必須利用全部文化，學術的成果來接近文學，瞭解文學，而決不可自限於某一套的教條或自縛於某一種的迷信。（三）尤其重要的，無論從哪一觀點來看文學，我們的目的都在欣賞文學，研究文學，創造文學，而非別的。[38]

這裡，文學不再是單純的「言志」、「緣情」或「載道」，也不再是單純的「自我表現」、「審美」或「意識形態」，文學的本質是多元的、綜合的，對文學的認識、定義和研究，都應該吸收多個學科、多種理論的思路和資源，以還原文學本身的豐富性。如果再加上語言學、符號學的思考維度，袁可嘉的文學觀念就完全等同於當前對文學的跨學科理解。無獨有偶，另一位年青的批評家唐湜在當時也有類似的思考：「藝術的存在至少是應該通過進步的社會學，科學的心理學與堅定切實的美學上的凝視與試煉的。我那時想，這個渾然統一的時代馬上就要到來了，這是邏輯發展上，也是歷史發展上的必然」[39]。可惜，時代沒有為這樣的沉思留下多少發展的空間，當「九葉詩人」的詩歌創作和理論建樹再度進入我們的視野，已經是 1980 年代了。

文學定義的變化，歸根結底在於文學觀念的演變，它是一定時代、一定社會的文化格局和知識體系的展現。中國現代的「文學」，經歷了從傳統雜文學概念向狹義的純文學概

---

[38] 袁可嘉：《我的文學觀》，見《論新詩現代化》，北京：生活·讀書·新知三聯書店，1988 年，第 110~111 頁。

[39] 唐湜：《新意度集·前言》，北京：生活·讀書·新知三聯書店，1990 年，第 4 頁。

念、再向社會學概念的意義轉移，天道性情、審美自律和意識形態先後成為定義中國「文學」的關鍵字，在這一轉變的背後，其實是主宰文學知識的理論框架發生了從儒家經學到西方現代美學，再到社會學理論（主要是馬克思主義理論）的轉變。這是歷時性的、縱向的梳理。在清末民初的中國知識界，西方與本土的關係常常被置換為新舊今古的時間性命題。同時，中西關係也是一種空間並置的差異關係，這一維度並沒有被完全忽視。在古代傳統中，我們是在「普天之下，莫非王土」的關係格局中定義文學，以中國為中心，以漢文化的天道觀、人文觀為普世性原理，這是一個如同同心圓的同質空間格局；而民族國家觀念的興起，民族主義意識的強化以及民族文化差異的存在，使我們也不得不在中國與世界的關係格局中來定義漢語文學，不得不進入相交圓的異質空間格局中。

總之，「詞」的變化代表了命名權的轉手，體現了行使命名權的各種文化勢力的消長。圍繞核心詞彙的意義演變，現代中國的知識共同體也在不斷發生分化與重組；根據核心詞彙的意義演變，也可見出從晚清到 1920 年代，中國文學理論的學科建構初步完成了第一階段，即現代知識對於傳統知識的勝利，開始進入各種現代知識博弈、融合的第二階段。

結　語

　　作為一種知識與思想的凝結，文學理論是以各種形態存在、積累和傳播的。在西方它曾長期是哲學的一部分，也散見於修辭學、語言學、敘述學，以及作家、批評家的文學討論，在古代中國它曾以訓詁、解經、述史、序跋、文評、詩話、評點等各種形式存在但又全都統攝於經學的思維方式和價值體系之下。學科化、專業性的知識體系，是文學理論的現代知識形態，是現代性在知識領域的體現。在當代，人文學術呈現跨學科甚至去學科的發展趨勢，文學理論與語言學、哲學、社會學、傳播學的邊界似乎正在消融，以至於在越來越多的學術語境中，「理論」這一不再設定學科歸屬的概念正在取代「文學理論」。儘管如此，作為現代性成果的學科建制仍然存在，也仍然主導著當代的知識生產。因而，對文學理論的學科化過程的研究，除了從知識社會學的角度對學術史進行梳理之外，更重要的是進行理論思考：作為現代性建制的學科，是否如同生產線決定產品形態一般對文學理論的知識生產起到根本塑型的作用？後現代理論對現代性知識建制的質疑和顛覆是否合理，又是否有效？哈貝馬斯與德里達之爭是否凸顯了人類思維搖擺於堅持規範性與尋找通約性之間的兩難困境？

　　然而，在 20 世紀初的中國，文學理論的學科化是在一個

相當特殊的場域中展開的，對它的研究不可能止步於一般性的理論探討。從體制基礎、文化空間、知識主體到具體的教材、概念，中國文學理論學科形成之初的每一個環節都同時處於兩種張力關係之中，即傳統與現代的時間張力，中國與西方的空間張力，而且，這兩種張力不僅存在於學理和知識的層面，更存在於文化、倫理、社會心理甚至是政治的層面，因而介入中國文學理論學科化過程的因素頗為蕪雜。此外，中國語境的特殊性還在於，對外來資源的選擇、理解和利用難以避免地受到輸入路徑的影響，日本因素、歐美因素以及後來的蘇俄因素不僅把不同的知識內容、術語範疇、文化傳統和現代化模式帶進國人視野，甚至還相當具體地作用於中國新知識群體的聚合與分化。這些特殊性語境非常突出地映射於文學理論學科的形成過程和具體形態中，比如，學科化的理念和文學理論的基本知識體系，其根本源頭都來自歐洲，來自西學，但初期對中國文學理論的學科形態影響最大的卻是日本化的「西學」，「文學概論」一詞就直接取自日本，它作為文學理論學科的基礎課程的名稱，和後來譯自蘇聯、作為學科名稱的「文藝學」，一起沿用至今。通過對這些特殊性及其結果的討論，我們得以從理論上認清：遵循知識分治原則的現代學術倫理與社會倫理之間產生分裂，在本質上固然根源於現代性的內在悖論，但這一分裂之所以在中國的文學理論學科化過程中表現得尤為突出，很大程度上是因為中國的現代學科建制不是教育、知識在自身文化系統內自然演進的結果，而是外來文化系統的植入，因而它一開始就是一種文化政治，一開始就面臨民族立場對外源性的學術

建制和學術倫理的修改，因而文學理論作為社會話語的歷史介入並塑造了它作為學術話語的歷史，其強度和廣度遠遠大於學術話語對社會話語的引導與規約。如果把學術身份的獲得作為一個知識領域完成學科化建構的標誌，那麼就本課題研究的這個時段而言，文學理論的學科化還僅僅是一個開始，而且在此後相當長的時期內，也並沒有從這個起點向前推進多少。1949 年以後，文學理論在學科體制中的地位有很大提高，但其知識形態的學科屬性卻明顯弱化，此時它的意識形態身份壓倒了它的學術身份，它作為社會話語、政治話語的重要性遮蔽了它作為學術話語的專業性。

　　基於這樣的歷史事實，我們似乎更需要認同哈貝馬斯對現代性分治規約的捍衛，儘管德里達似乎賦予了文學理論更大的適用空間。當然，這並不意味著對學術身份的維護就需要製造學科壁壘。從 1990 年代起，各人文學科的學科建構都有很大推進，雖然文學理論仍然具有一些社會話語的功能和性質，而且新媒體的廣泛運用和文化傳播的全球化為它在這方面的發揮提供了新的可能性，但其學術身份無疑比此前任何時期都更為突出了，已成為文學理論的首要身份。正如社會話語也可能具有學術性，同樣，學術話語也具有社會性，學術身份並不排斥文學理論可能承擔的某些社會責任。也是在 1990 年代，跨學科化已進入文學理論的視野，使中國文學理論的知識系統再次面臨全面調整，但這次調整是從學理的角度，而不是為了體現社會政治訴求，因此，我們認為知識與方法的跨學科發展是文學理論學科化建構在當代學術語境中的表達方式。

參考文獻

一、中　文

[美] 本尼迪克特·安德森：《想像的共同體：民族主義的起源與散佈》，吳叡人譯，上海：上海人民出版社，2005年。

[英]齊格蒙·鮑曼：《立法者與闡釋者：論現代性、後現代性與知識份子》，洪濤譯，上海：上海人民出版社，2000年。

北京大學校史研究室編：《北京大學史料》第一卷（1898-1911），北京：北京大學出版社，1993年。

北京大學校史研究室編：《北京大學史料》第二卷（1912-1937），北京：北京大學出版社，1993年。

[德]烏爾裡希·貝克、 [英]安東尼·吉登斯、 [英]斯科特·拉什：《自反性現代化：現代社會秩序中的政治、傳統與美學》，趙文書譯，北京：商務印書館，2001年。

[日]本間久雄：《文學概論》，章錫琛譯，上海：開明書店，1930年。

[法]布林迪厄：《文化資本與社會煉金術 —— 布林迪厄訪談

錄》，包亞明譯，上海：上海人民出版社，1997 年。

[法]布林迪厄：《藝術的法則：文學場的生成和結構》，劉
　　暉譯，北京：中央編譯出版社，2001 年。

　　[法]布林迪厄：《國家精英：名牌大學與群體精神》，
楊亞平譯，北京：商務印書館，2004 年。

　　蔡元培：《蔡元培全集》，中國蔡元培研究會編，杭州：
浙江教育出版社，1998 年。

陳平原、夏曉虹編：《二十世紀中國小說理論資料》
　　（1897-1916），北京：北京大學出版社，1989 年。

陳平原：《中國現代學術之建立》，北京：北京大學出版社，
　　1998 年。

陳萬雄：《五四新文化運動的源流》，北京：生活·讀書·新
　　知三聯書店，1997 年。

陳學恂、田正平編：《中國近代教育史資料彙編·留學教育》，
　　上海：上海教育出版社，2007 年。

陳以愛：《中國現代學術研究機構的興起》，南昌：江西教
　　育出版社，2002 年。

程正民、程凱：《中國現代文學理論知識體系的建構 —— 文
　　學理論教材與教學的歷史沿革》，北京：北京大學出版
　　社，2005 年。

丁淦林：《中國新聞史事業新編》，成都：四川人民出版社，
　　1998 年。

丁文江、趙豐田編：《梁啟超年譜長編》，上海：上海人民
　　出版社，1983 年。

杜書瀛、錢競主編：《中國 20 世紀文藝學學術史》，上海：
　　上海文藝出版社，2001 年。

[美]費正清：《劍橋中國晚清史》，中國社會科學院歷史研
　　究編譯室譯，北京：中國社會科學出版社，1985 年。

傅瑩：《中國現代文學理論發生史》，上海：上海文藝出版
　　社，2008 年。

戈公振：《中國報學史》，上海：上海古籍出版社，2003 年。

[美]格裡德爾：《知識份子與現代中國 —— 他們與國家關係
　　的歷史敘述》，單正平譯，天津：南開大學出版社，2002
　　年。

[德]哈貝馬斯：《作為「意識形態」的技術與科學》，李黎、
　　郭官義譯，上海：學林出版社，1999 年。

[德]哈貝馬斯：《公共空間的結構轉型》，曹衛東、王曉珏、
　　劉北城等譯，上海：學林出版社，1999 年。

[德]哈貝馬斯：《現代性的哲學話語》，曹衛東譯，上海：
　　譯林出版社，2005 年。

[美]華勒斯坦等：《學科·知識·權力》，黃燕譯，北京：生活·
　　讀書·新知三聯書店，1999 年。

胡適：《胡適口述自傳》，唐德剛譯注，北京：華文出版社，
　　1992 年。

胡適：《胡適自傳》，歐陽哲生編，北京：北京大學出版社，
　　1998 年。

金以林：《近代中國大學研究：1895-1949》，北京：中央文
　　獻出版社，2000 年。

[英]邁克·克朗：《文化地理學》，楊淑華、宋慧敏譯，南京：

南京大學出版社，2005 年。

梁啟超：《飲冰室合集》，北京：中華書局，1989 年。

梁啟超：《梁啟超全集》，張品興主編，北京：北京出版社，
　　1999 年。

李喜所：《近代中國的留美教育》，天津：天津古籍出版社，
　　2000 年。

李喜所：《中國留學史論稿》，北京：中華書局，2007 年。

劉禾：《跨語際實踐 —— 文學、民族文化與被譯介的現代性》，
　　宋偉傑等譯，北京：生活·讀書·新知三聯書店，2002 年。

劉少雪：《書院改制與中國高等教育近代化》，上海：上海
　　交通大學出版社，2004 年。

陸小光主編：《人文東方 —— 旅外中國學者研究論集》，上
　　海：上海文藝出版社，2005 年。

羅崗：《危機時刻的文化想像 —— 文學·文學史·文學教育》，
　　南昌：江西教育出版社，2005 年。

[美]吉伯特·羅茲曼主編：《中國的現代化》，國家社會科學
　　基金「比較現代化」課題組譯，南京：江蘇人民出版社，
　　2003 年。

[意]馬西尼：《現代漢語詞彙的形成 —— 19 世紀漢語外來詞
　　研究》，黃河清譯，上海：漢語大詞典出版社，1997 年。

梅鐵山、梅傑主編：《梅光迪文存》，上海：華中師範大學
　　出版社，2011 年。

歐陽哲生編：《胡適文集》，北京：北京大學出版社，1998
　　年。

彭修銀、皮珺俊：《近代中日文藝學話語的轉型及其關係之

研究》，北京：人民出版社，2009 年。

璩鑫圭、唐良炎編：《中國近代教育史資料彙編·學制彙編》，
　　上海：上海教育出版社，1991 年。

桑兵：《晚清學堂學生與社會變遷》，上海：學林出版社，
　　1995 年。

尚小明：《留日學生與清末新政》，南昌：江西教育出版社，
　　2003 年。

沈衛威：《「學衡派」譜系 —— 歷史與敘事》，南昌：江西
　　教育出版社，2007 年。

舒蕪等編：《近代文論選》，北京：人民文學出版社，1999
　　年。

舒新城編：《中國近代教育史資料》，北京：人民教育出版
　　社，1981 年。

舒新城：《近代中國留學史》，上海：上海書店出版社，2011
　　年。

[匈]斯蒂文·托托西：《文學研究的合法化》，馬瑞奇譯，北
　　京：北京大學出版社，1997 年。

王德滋主編：《南京大學百年史》，南京：南京大學出版社，
　　2002 年。

王栻主編：《嚴復集》，北京：中華書局，1986 年。

王小丁：《中美教育關係研究：1840-1927》，成都：四川大
　　學出版社，2009 年。

王運熙主編：《中國文論選》（近代卷），南京：江蘇文藝
　　出版社，1996 年。

王運熙主編：《中國文論選》（現代卷），南京：江蘇文藝

出版社，1996 年。

[英]雷蒙·威廉斯：《關鍵字 ── 文化與社會的詞彙》，劉建基譯，北京：生活·讀書·新知三聯書店，2005 年。

隗瀛濤編：《新民之夢 ── 梁啟超傳》，成都：四川人民出版社，1995 年；

[美]溫徹斯特：《文學評論之原理》，景昌極、錢堃新譯，梅光迪校，上海：商務印書館，1924 年。

吳霓：《中國人留學史話》，北京：商務印書館，2008 年。

[日]西鄉信綱等：《日本文學史》，佩珊譯，北京：人民文學出版社，1978 年。

[加]許美德：《中國大學 1895-1995：一個文化衝突的世紀》，許潔英譯，北京：教育科學出版社，2000 年。

姚淦銘、王燕編：《王國維文集》，北京：中國文史出版社，1997 年。

姚永樸：《文學研究法》，合肥：黃山書社，2011 年。

袁進：《中國文學的近代變革》，桂林：廣西師範大學出版社，2006 年。

余英時：《現代危機與思想人物》，北京：生活·讀書·新知三聯書店，2005 年。

趙建國：《分解與重構：清季民初的報界團體》，北京：生活·讀書·新知三聯書店，2008 年。

鄭春：《留學背景與中國現代文學》，濟南：山東教育出版社，2002 年。

朱國仁：《西學東漸與中國高等教育近代化》，廈門：廈門大學出版社，1996 年。

左玉和：《中國近代學術體制之創建》，成都：四川人民出版社，2008 年。

二、英　文

Goldman,Merle & Lee,Leo Ou-fan,eds.An Intellectual History of Modern China.Cambridge:Cambridge University Press,2002

Hockx,Michel,ed.The Literary Field of Twentieth　century China. Honolulu:University of Hawaii Press,1999

McDougall,Bonnie S.The Introduction of Western Literary Theories into Modern China, 1919—1925.Tokyo:Centre for East Asian Cultural Studies,1971

Meutsch,Dietrich & Viehoff,Reinhold,eds.Comprehension of Literary Discourse:Results and Problems of Interdisciplinary Approaches. New York:de Gruyter,1989

Winchester,C T Some Principles of Literary Criticism.New York and London:The Macmillan Company,1899

後　記

　　本書寫作得到四川省社科規劃專案、四川大學哲學社會科學青年傑出人才基金、中央高校基本科研業務費專案資助。書中部分內容曾在大陸和臺灣學術刊物發表。在此向這些資助單位和學術刊物致謝。

　　本書寫作得到我的研究生的幫助，孫化顯對第四章、第六章第一節的資料整理和寫作有貢獻，張贇對第三章第二節的資料整理和寫作有貢獻，薛祖輝對第三章第三節、第五章的資料整理和寫作有貢獻，在此對他們所做的工作給予說明並向他們致謝。

　　本書出版得益於李怡先生的主持和推動，以及山東文藝出版社的支持，在此一併致謝。

馬馬睿 2016 年 6 月於成都

台灣版後記

　　欣聞拙著《文學理論的興起：晚清民初的一份知識檔案》將在台灣出版，在此對促成此事、襄助學術交流的山東文藝出版社和台灣文史哲出版社深表謝意。

　　晚清民初之學術衍流是我多年來研究興趣的所在，先前出版過《從經學到美學：近代中國文論知識話語的嬗變》等書，然未盡之意，常縈繞於心，後續寫作一直在計畫之中。中途分心於教學事務和若干接踵而至的團隊研究項目，計畫的推進時斷時續，構思也幾經變更，直至昨年《文學理論的興起》成書付梓，終算對自己有一個交待，也對長期關心我學術進展的師長和學友有一個交待。行百里者半九十，況前路猶遠，此後亦當勉力而行。

　　該書的部分內容，曾在 2011 年的「海峽兩岸百年中華文學發展演變研討會」和 2012 年的東華大學之行中與台灣學界同仁有過交流，從中獲益良多。今次拙著在台灣面世，亦是對這兩次文事雅集的回應。那麼，後記行文至此，理應以致謝作結：向助力兩岸華文文學學術交流的各方，尤其是操持具體事務的李怡先生和劉秀美女士表示由衷的感謝。

　　　　　　　　　　　　　馬睿 2016 年 6 月於成都